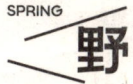

更具体地生长

All This Wild Hope

时间是一场梦，
我们所有的勤勉奋斗终究都极为可疑，
所谓的成功本身就尤其堕落，
而金钱是一种值得珍视的、可爱又璀璨的垃圾。

在我看来，
我们人类有两件要紧事：
履行职责与享受快乐！

Robert Walser
1878—1956

DER SPAZIERGANG
UND ANDERE GESCHICHTEN

散步

罗伯特·瓦尔泽
中短篇小说集

Robert Walser

[瑞士] 罗伯特·瓦尔泽　著

王雨宽　编译

GUANGXI NORMAL UNIVERSITY PRESS
广西师范大学出版社
·桂林·

图书在版编目(CIP)数据

　　散步：罗伯特·瓦尔泽中短篇小说集 / (瑞士) 罗
伯特·瓦尔泽著；王雨宽编译. —— 桂林：广西师范大
学出版社, 2023.11 (2024.3重印)
　　ISBN 978-7-5598-6233-4

　　Ⅰ.①散… Ⅱ.①罗… ②王… Ⅲ.①中篇小说 –
小说集 – 瑞士 – 现代 ②短篇小说 – 小说集 – 瑞士 – 现代
Ⅳ.①I522.45

中国国家版本馆CIP数据核字 (2023) 第135864号

SANBU: LUOBOTE WAERZE ZHONG DUANPIANXIAOSHUO JI
散步：罗伯特·瓦尔泽中短篇小说集

作　　者：(瑞士) 罗伯特·瓦尔泽
责任编辑：彭　琳
特约编辑：苏　骏　夏明浩
装帧设计：汐　和　at compus studio
内文制作：常　亭

广西师范大学出版社出版发行

广西桂林市五里店路 9 号　邮政编码：541004

网址：www.bbtpress.com

出版人：黄轩庄

全国新华书店经销

发行热线：010-64284815

北京华联印刷有限公司印刷

开本：787mm×980mm　1/32

印张：12　　　　字数：160 千

2023 年 11 月第 1 版　2024 年 3 月第 3 次印刷

定价：70.00 元

如发现印装质量问题，影响阅读，请与出版社发行部门联系调换。

目录
INHALT

导读

　　罗伯特·瓦尔泽无疑是位坦诚的作家，他事无巨细地书写个人经历，开诚布公地讲述感受，然而，这也是一位无时无刻不在试图躲藏的作家。倾诉的意图与躲藏的欲望构成了字词间的张力，彼此缠斗，不分胜负。阅读瓦尔泽意味着踏上一趟艰难的寻找之旅，又像是加入一场漫长的捉迷藏游戏，你不得不拨开茂密的文字丛林，去寻找作者的真心。一方面，那是一段由不断累加、无尽延伸的辞藻与长句组成的路径，你费尽心思地沿着一条小路蜿蜒而行，却在终点处收获一个晕头转向、忘记来路的自己；另一方面，你感到自己进入了一个貌似和谐，实则矛盾重重的世界，一个看似确凿的观点之后，总会跟着另一个虽与之相反，却也不无道理的见解，这使你无法确认作者的真实看法，反复思量，感到某种郁结。更让人困惑的，则是瓦尔泽笔下的叙述者呈现出的那种极端谦恭。

在其名篇《散步》中，我们遇见了一位常常停下叙述、频频请求谅解的讲述者："由于我已不得不多次道歉，在礼貌地恳请原谅这方面，我可以说已是训练有素了。"然而，瓦尔泽式的躲藏还远不止于此，一些模棱两可的词语频繁地扰乱我们的知觉："或许""可能""也许""可以说"，它们交织出一种摇摆不定的声音。这一切的一切打造了一场通往无的旅程，一场永不落幕的捉迷藏游戏。在瓦尔特·本雅明看来，瓦尔泽一拿起笔就会被绝望淹没，他"好像失去了一切，滔滔不绝地产出词句，每句话的唯一目的就是让读者忘记前一句话"。那么，这种躲藏的根源是什么呢？

我们可以通过瓦尔泽的生平小心翼翼地回溯这一切。1878 年，瓦尔泽出生在瑞士比尔的一户多子女家庭，他是家中的第七个孩子，还有一个妹妹。瓦尔泽的父亲经营了一家文具店，幼年时的瓦尔泽家境殷实、生活优裕。然而好景不长，父亲生意失败，瓦尔泽家族的财富缩水，社会地位也不断下滑，生活的艰辛让母亲患上了忧郁症。十四岁的瓦尔泽虽成绩优异，却因无法支付学费而放弃学业，成为一名银行职员学徒，他却在三年学徒期间爱上了戏剧，梦想成为一名演员，但这个愿望很快便落空了。二十五岁时，他受聘为一名工程师的助理，工作之余，他打磨自己最初的诗作，并开始在报刊、杂志上发表散文。二十七岁那年，瓦尔泽来到柏林，试图融入柏林的文艺圈，还进入了一所仆人学校，学习如何成为一名合格的仆人。可以说，瓦尔泽的前半生过的是一种双面人生：一方面，银行职员、仆人与助理的经历塑造了瓦尔泽谦逊顺从的品质，教会他压抑个性、臣服权威、努力使他人满意，目前的各种证据都表明，他曾完成得非常出色；另一面的瓦尔泽，则将自己的灵魂献给了艺术，献给了崇尚自由与表达的文学。

　　瓦尔泽在许多短篇小说中都描写了这种矛盾

的双面人生，例如《文策尔》中那个醉心于戏剧的丝线厂学徒工，《小职员：一种图解》中那名散发着艺术家气质、写得一手好文章的小职员，以及《工人》中那个白天奔赴日常工作，夜晚却被思想的梦境缠绕的工人。在瓦尔泽笔下，那些静默无声、努力工作的小人物，总是热切地从事着与他们的社会身份不相符的艺术工作，他们会写诗、演戏、研究科学，有独立思考的能力，也共享着某种知识分子式的忧郁。

然而，当这些小人物真正走出职业的围城，转而投身于文艺界时，他们也无法真正达成他们的热爱。为了获得文学事业的成功，瓦尔泽在柏林生活了七年，从二十七岁到三十四岁，那几乎是他一生中最重要的时光。然而，他发表的作品未能激起什么水花，生性腼腆的瓦尔泽，也始终无法真正走进那个由文学明星、戏剧明星和文化商人组成的文艺圈，他在那个圈子外围打转，最终什么也没有得到。当瓦尔泽回忆起那段苦苦挣扎的岁月时，他记起的是编辑们给他这个不成功的作家提出的各种莫

名其妙的建议，以及某人对他出身的嘲讽："您从办事员起步，并且将永远只是个办事员！"（《与瓦尔泽一起散步》）

毫无疑问，在这个文明的中心，瓦尔泽痛苦地感受到自己的格格不入，那些所谓的名流并不真正关心创作，他们在乎的是社交与名利。在《柏林小女孩》中，他从一个艺术商之女的视角出发，描绘了当时活跃在柏林文艺圈的文化商人的形象，即他们表面上关心艺术，实际却只在乎利益的本质。同时，瓦尔泽的内心也始终无法真正认同这种表面光鲜，实则毫无内容的社交生活，他在《托波德》中批判了曾经试图融入这种生活、膜拜文化权威、并为之放弃读书的自己：

> 我读过韦德金德和魏尔伦，也曾参观各种各样的画展。有时我会穿一件双排扣长礼服，并戴一副亮面山羊皮手套，时不时踏进一间精致的咖啡厅，坦白说，这种行为挺让我开心的。对诗歌的喜爱将我领向了那些智

力高度发达的人，他们在给这个世界定下基调，他们代表了当代的知识与文化。我结识了形形色色值得敬爱的重要人士，注视着他们并与他们结交，可这首先提醒了我，让我想要尽力加快自己的步伐，以便能在日后取得某种重要的地位。有一段时间，我表现得像是那种追随最新、最尖端的潮流，并按其规定而生活的年轻人；这样的生活状态却不曾使我的内心得到满足，反而进一步加强了我要成为一个关键人物，并加入某个特定团体的决心。书也不再读了；更重要的是，必须踏好那坚实的一步。

为了逃离这种浮华的圈套，瓦尔泽让他笔下的托波德退出大城市的社交圈，进入城堡，成为一名服务他人的仆人。这也是瓦尔泽自己的选择：重新回归服务性的、臣服的角色，回归日常。城堡是一个等级森严的世界，以城堡中的伯爵先生为核心，每个人都各司其职，而各种严格的贵族礼仪也约束着每一个人。在进入城堡的第一天，托波德便被要求必须表现得"勤劳、忠诚、准时、乖巧、礼貌、诚实、辛勤、尽职，并随时随地听从指示"。托波德接受了这些严苛的指令，开始踮起脚尖走路，全身心地投入擦拭灯具、看管火炉之类的琐碎工作。他尽心尽力地完成上级指派给他的任务，还获得了一份非常好的工作证明。从表面上看，臣服的确给托波德带来了某种内心的平静和安宁：工作之余，他会在自己的房间中读书，而城堡中丰富的藏书、精致的古玩、典雅的画作与高贵的人物则令他发出由衷的赞美。然而，他也无法彻底放弃写作，他会写下文章将其寄至出版社，却遭到了拒绝。而为了专心工作，托波德也不得不强迫自己忘记内心的"那个人"：

> 我养成了一种异常冷峻的态度，并以此来对付自己。头脑自由、平静、没有预设，也因此没有压力、没有忧虑，我就这样埋头于自己的事，所谓的只跟着自己的鼻子走，只履行

自己的义务。如此，我感到自己已经超脱，没错，可以说我已经超脱了内心的那个人，我几乎不会再向他投去任何哪怕是简短的目光，更确切地说，是我几乎不再向他奉上任何思考。

在瓦尔泽三十五岁那年，因资助自己的女富豪去世，瓦尔泽在柏林的生活无以为继。他回到故乡比尔，在那里的一间名为"蓝色十字"的旅馆住下，在孤独和贫困中继续他的创作。为了维系自己与外界脆弱的联系，瓦尔泽一次又一次走出房门，进行漫长的散步。也就是在这个时期，他写下了那篇著名的《散步》。或许用散步来形容他的出走也不太恰当，准确地说，那是一种漫长的、苦行僧式的徒步，往往长达半日乃至几日，瓦尔泽会翻山越岭，甚至步行至另一座城市。

《散步》描写的就是这样一种试图用行走与世界接触的体验，我们可以从中观察到一名穷困潦倒、孤苦伶仃的作家对这个庞大世界的种种看法与回应：在一个阳光明媚的早晨，一名作家兴致勃勃地出门散步。他在路途中遭遇了许多难以评价的人或事。他前往书店询问最新的书籍，去银行查询收款信息，去女富豪家用餐，去邮局寄信，去税务所解释税务问题，去裁缝店收取定制的西装。通过作家的眼睛和声音，我们得以拼凑出一个表面和谐、实际充满威胁的世界：膜拜文化权威的书商、嘲笑贫苦底层的银行职员、强迫人进食的女富豪、掌控平民经济命脉的公务员，甚至连裁缝都显得那么专制而独裁——他以各种语言强迫作家接受一件完全"做砸了"的西装。尽管瓦尔泽试图用甜美轻松的语调包裹这一切残酷，我们还是感到了某种难以言说的压迫。文中的作家也在不断对上述威胁做出回应，试图为自己辩解，然而，强压之下的辩解往往流于一种无力的空洞。为这个世界带来美好色彩的，是一位亲切的女演员和一名声音甜美的女歌手。

在比尔度过了困顿的七年后，瓦尔泽迁居伯尔尼。他尝试在伯尔尼国家档案馆工作，却因与上级的矛盾而离职。之后他愈发深居简出，随着能够发表的作品越来越少，孤独和幻影也找上了他。为了躲避各种幻觉，他频繁更换居所，最终出现了精神分裂的症状。

在瓦尔泽的文集《玫瑰》(*Die Rose*, 1925)中，收录了这样一篇关于猴子的短文。这是一则极其怪异但也无比精妙的故事：一只衣着考究，但说着方言的猴子闯进了一家人类社会的咖啡厅，试图在那里消磨时光。他在咖啡厅中邂逅了一位美丽的少女，出于爱慕，他跟随那位少女回了家，承诺要侍奉她。他战战兢兢地对她讲述自己的故事，叙述却一再被少女打断，猴子始终没有能力顺畅地表达自己的想法。少女似乎并不在乎他的经历，只是从他的只言片语中隐隐察觉了猴子高贵的本质。然而，即便如此，故事的结尾还是暗示了猴子将被少女囚禁于笼中的命运。在这篇寓言式的短文中，瓦尔泽放弃了习惯且擅长的第一人称视角，转而将自己的感知包裹进了一只猴子的外壳中。支配与被支配的关系则越发明显：少女是支配者，而猴子没有任何反击能力。

1929 年，瓦尔泽入住伯尔尼的瓦尔道疗养院，开启了他长达二十七年的疗养院生活，这一年他五十一岁。在这段漫长的疗养院岁月中，他仍在试图隐藏真实的自己：从表面上看，疗养院中的瓦尔泽是一名极其勤勉、恭敬顺从的病患。他勤勤恳恳地工作，极为投入地履行着他在疗养院中的"义务"：上午帮忙清扫房间，下午分拣小扁豆、菜豆和栗子，或是粘纸袋。甚至在他姐姐病危想见他一面时，他都不愿离开疗养院，因为害怕"扰乱疗养院的秩序"。

与此同时，他似乎彻底放弃了写作，不再发表任何文章，并在唯一的好友卡尔·泽利希面前反复申明了这一点。然而，在他去世后，泽利希却收到了五百二十六张密密麻麻的手稿，那是瓦尔泽在车票、日历、卷烟盒上不断写下的文字，字体只有一至两毫米大，几乎难以辨认。泽利希这才意识到，原来瓦尔泽从未放弃过写作。这种秘密的写作生活一直持续至1956年的圣诞节。那一天，七十八岁的瓦尔泽像往常一样走出疗养院去森林里散步，却倒在了皑皑的白雪地之中，再也没有起来。他曾在自己的小说和文章中多次谈及，渴望在森林中拥有一块可爱的墓碑，如今这个愿望实现了。我们不禁想起瓦尔泽在《落雪》中描述过的那位倒在雪地里的无名英雄：

> 他曾英勇地对抗天命，他不愿成为俘虏，他将他战士的职责履行至最后一刻，或许这位英雄也已倒在了大雪之中。那张脸、那只手、那可怜的身躯与流血的伤口、那高贵的坚持、那男人的决心、那英勇无畏的灵魂已埋葬于落雪之下。即便有某个人踏过这块墓碑，也什么都不会发觉。那躺在冰雪之下的英雄却怡然自得：他享有安宁，享有平和，而且他已回到了家园。

从比尔、柏林、伯尔尼，再到疗养院，从小职员、助理、仆人、诗人、作家，再到垂垂老去的病患，一个一路躲藏的过程，一段从"失败到失败"的经历。现在，我们可以大胆猜测那些躲藏的初衷：如果说，瓦尔泽的前半生是为了逃离臣服于他人的职业而选择成为一名作家，他后半生的课题便是从那个充斥着名利与文化权威的作家圈中再度逃离。这是两个极为庞大的世界，它们都曾向瓦尔泽施加压力，而作为个体的瓦尔泽几乎无力发出反抗的声音。于是，瓦尔泽选择了躲藏，这是某种隐秘但明确的反抗。

当我们将目光转向他身处的年代（第一次世界大战、第二次世界大战），当我们考虑到人类那些无法挽回、无从拯救的疯狂行径，我们便能更加深刻地体悟到瓦尔泽这种渴望躲藏的心愿。尽管身无分文，没有工作，与社会脱节，但享有"巨大的自由"（《一个男人给另一个男人的信》）。可以说，瓦尔泽以一种缄默、忍耐、和平的方式，为自己求得了一个不受打扰的天地、一个精神自由的角落，既无大张旗鼓的斗争，也无声嘶力竭的呐喊。

那么，瓦尔泽想要的是一种什么样的自由呢？无论是《文策尔》中那名一再受挫的年轻演员，《玛丽》中那个困惑于人生的浪荡子，还是《散步》

中那位生活困顿的作家，都曾试图向森林寻求庇护，并在森林内部重新汲取继续生活的力量与勇气。在另一篇专门献给自然和森林的《自然研究》中，瓦尔泽这样描述大自然的自由（或许也是他心中的自由）：

> 所有大自然的事物都坚定地立在此地，可它们又很柔软，因为它们自由地保持着自己的个性，因为它们是独立的，它们带着讨人喜欢的古怪与可爱的鲁莽，不受任何减损地长在此地，它们面前没有任何阻碍，也绝不会给自己设限或制造障碍。

和对他极为推崇的卡夫卡一样，瓦尔泽认为自己不太能把握长篇小说，反倒更擅长写作小短文及寓言，他在这个领域留下了极为光辉璀璨的作品。值得注意的是，瓦尔泽的短篇小说也体现了某种近似散文的特质：它们没有起伏的情节，没有规整的结构，是对日常生活的观察、感受及思考的率性拼贴。在编选的过程中，笔者力求涵盖瓦尔泽文学创作中最为典型的主题——城市生活、诗人、散步、小职员、仆从、大自然与动物寓言，涉及的文学体裁包括短篇小说、散文及寓言故事，并挑选出其中最精妙的篇章。

本书收录的二十五篇作品横跨了瓦尔泽创作生涯中最为重要的时期，它们来自瓦尔泽的首作《弗里茨·科赫尔的作文集》（*Fritz Kocher's Aufsätze,* 1904），他在柏林写下的《文章》（*Aufsätze,* 1913）、《故事集》（*Geschichten,* 1914），以及瓦尔泽创作于家乡小城比尔的《散文集》（*Prosastücke,* 1917）、《小品文》（*Kleine Prosa,* 1917）、《诗人生活》（*Poetenleben,* 1917）、《散步》（*Der Spaziergang,* 1917）、《湖泊地区》（*Seeland,* 1920），还有成书于伯尔尼的《玫瑰》，这也是瓦尔泽生前发表的最后一部文集。

值得一提的是，这里的大部分作品都是作者本人经历的艺术化加工，我们可以通过它们看到瓦尔泽在少年、青年乃至中年时期的挣扎与痛苦，看到他身为诗人、作家、小职员、城堡仆人与工人的多面生活。在所有收录的作品之中，《散步》的篇幅最长，结构最完整，也被认为是瓦尔泽最杰出的代表作，小说《图恩的克莱斯特》则集中体现了瓦尔泽杰出的文字功力。在小说之外，也穿插了一些短小精悍、意蕴悠长的寓言故事，以《施枉先生》为佼佼者，这则寓言描写了一位一生都在寻找对的东西，然而最终什么都没找到，便稀里糊涂步入死亡的先生。无论是从主题还是从表现形式上，它都让人想起卡夫卡那篇著名的《在法的门前》，由此可见两位作家之间的某种亲缘关系。

至此，我将译稿献给所有苦于压迫、身不由己的人。罗伯特·瓦尔泽是一位令人心碎的作家，这部作品集虽不一定给人带来欣快的感受，其中却潜藏着一种微妙而明亮的生命力。瓦尔泽一生命途多舛，但他仍旧竭尽全力走到了最后，留下了数量极为庞大的文字作品，或许这种忍耐力本身就能给我们带来力量。

王雨宽

一个上午

　　鞋匠铺有上午，街道有上午，山林也有上午，也许可以相当肯定地说，山林中的上午是世上最美的事物，然而能够引发更多思考的绝对是银行的上午。我们假设那是一个周一的上午，毕竟那是一周中最上午的上午，而周一上午的气息总会被完美地配发至大型银行机构的会计部。

　　那是一间大厅，摆放着十至十五排办公桌，桌子之间是供人列队通过的过道，每张双人办公桌前都有一双人在工作。既然我们常常说"几双鞋"，偶尔说一回"几双人"就不行吗？大厅最靠前的位置摆放了主管的办公桌。部门主管是个肥头大耳的男人，他扛着一张恐怖的脸。这张脸就直接插在他的脊上，仿佛不需要作为支撑的脖子，脸像烙铁一样红，好像此人随时都在游泳。现在是八点十分，主管哈斯勒目标明确地扫视大厅，以便查看人是否已经到齐。少了两人，保准又是黑尔布林和森。

就在这千钧一发之际，会计森——一个瘦骨嶙峋的男人，冲了进来，他一边咳嗽，一边喘着粗气。哈斯勒知道这种咳嗽声其实是在请求原谅。当一个人太骄傲、太别扭，以至于他无法张嘴正经道歉时，就会咳嗽。森以迅雷不及掩耳之势将自己的鼻子埋进书堆之中，做出一副似乎已埋头苦干了几个小时的样子。又过了十分钟。现在是八点二十分。"再晚就是不知廉耻了。"哈斯勒先生想，这时黑尔布林出场了。

黑尔布林已经彻底"周一化"了，他面无血色，一脸迷茫，像一阵口哨一样被吹到了他的位子和职位上。说真的，道歉，他本可以道歉的。在哈斯勒上面的池塘中，我想说的是，在他的脑子里，像一只雨蛙一样冒出了以下想法："现在都快不像话了。"哈斯勒悄悄向黑尔布林走去，在他身后站定，问道，为什么他就不能，像其他人一样，准时上班。现在，这个问题几乎已经引起了他的好奇心。黑尔布林只字未答，从很久以前开始，他就养成了不理会上司提问的习惯。哈斯勒再次回到了他那瞭望塔一样的地方，在那里指挥着整个会计部门。

八点半。黑尔布林掏出怀表，想对着办公室大表盘的时间校准怀表表盘。他叹了口气，才过去十分钟，那是微小、渺小、瘦小、弱小、细小的十分钟，面前还有个把沉重而跟跄的小时。他挣扎着试图抓住那个现在必须工作的想法。这个尝试失败了，但至少它让表盘的时间又往前挪动了一点。又过去了可亲可爱的五分钟。黑尔布林热爱那些流走的分钟，他痛恨那些即将到来的分钟，他还痛恨那些使他觉得它们并非真心要往前走的分钟。每次他都想给这些懒惰的分钟当头一棒。他在脑海中痛打分针，将它打死了。他完全不敢看时针，否则他就有理由担心自己要晕倒。

没错，就是这样一个银行的上午，就是这样

一个办公桌之间的世界。外头日光浮动。此刻森走到窗边，他说自己已经受够了，他粗暴地、抗议般地推开两扇窗，放进外面的空气。可这天气不适合开窗，另一头的哈斯勒对森喊道。森转过身，冲他的主管发言道，一名已为公司工作多年的职工或职员有权这么做。可这话很快就触碰到了哈斯勒的神经，他不允许出现"这种语气"。战火一触即发，一半窗户再度轻轻合上，森咕哝了几句，总算平静了一会儿。

九点差五分。对黑尔布林来说，时间慢得可怕。他问自己，为什么现在就不能是九点钟，那样的话他至少已挨过了一个钟头，后面的时间还多得很呢。这五分钟缓慢地流过，让他煎熬了许久；九点了。钟表的每一声敲击都伴随着黑尔布林口中发出的叹息。他将怀表揪到跟前，它也显示九点钟，这样的双重确认叫人难过。"我本不该这么频繁地看表，这不可能会健康。"他想，并开始抚摸自己的髭须。他的一位同事注意到了他的动作，是乡下来的迈尔，他转身对城里来的迈尔轻声说道："黑尔布林又在耗时间了，这可不是一桩耻辱吗?"随着这小声的评价，一众脑袋中有一个长方形的脑袋转向了把玩胡子的人。这个举动被哈斯勒看到，他很快明白了情况，为了丰富工作内容，他悄悄去找黑尔布林，又一次站在了他的身后。

"您在做什么，黑尔布林?"

这一次，这个无礼之徒仍不发一言。"我问您话的时候，您完全可以回答我一下。您不说话，我便可以把这种行为认定为您的一种态度。您先是迟到了半个小时（黑尔布林说:'不是这样的。'随后他想说:'我只迟到了二十分钟。'），接着您抓耳挠腮地犹豫要不要工作，现在您还想表达抗议。不能再这样下去了。请给我看看您的工作成果。"哈斯勒与其说是用眼睛，不如说是用下巴视察了黑尔布林刚刚开头的工作。他记下了三个数字，并尝试记录第四个。这就是全部吗? 黑尔布林说，他原本有工作的意愿，可要是没有一支好用的笔，他很难推进工作。那就应该劳驾他在得空时去买笔。都是懒惰的借口。哈斯勒再次游回了他的堡垒。刚刚抵达堡垒，他便从办公桌里掏出一个苹果，享用了第二顿早餐。黑尔布林抓紧时机，迅速去"上厕所"。乡下来的迈尔向同事们宣告了黑尔布林的"如厕"行为。

整整十三分钟，他都待在"外面"，这是后来别人为他计算出的准确时间。与此同时，十名年轻和年长的同事一个接一个地接近如厕者的办公桌和他的工作，去瞧那三个数字。下一秒，整个会计部都在传，黑尔布林一个小时只写完了三个数字，乡下来的迈尔从一张办公桌走到另一张办公桌，大肆宣扬此事。还有人走了"出去"，说要去看看"他"在做什么。之后这个"他"又进屋了。

现在已经九点半了。一阵清亮动人的女声从外面传进了大厅，好像是一位女歌手在练习唱歌。没错，就在附近，也许是过了火车站之后再经过两间房的位置，有可能。在办公室的一干人等中，有几位停下笔，沉醉地听起歌来。黑尔布林似乎也再次爱上了音乐。另外，他已经打了几次哈欠了。一秒钟之后，他开始用手心轻拍自己的脸颊，以此消磨时间。拍打的动作持续了大约整整五分钟。"他这会儿在拍打自己。"乡下来的迈尔悄悄对城里来的迈尔咬耳朵。"外面的歌声真是美妙。"格劳泽，一个工作中的人如是说。这名女子的歌声在大厅中引发了某种骚动。通信部主管施泰纳也在听歌，这已经说明了问题。苹果的汁水在哈斯勒阶梯一样的嘴唇上闪闪发光，仿佛在真正的楼梯上闪烁的黄色地板蜡，他用一块红格子手帕拭去汁水。"从外面传来了美妙的歌声！外面即是空气和大自然！"矮子格劳泽想着，他有诗人的天赋。黑尔布林去找格劳泽，打定主意要借助这次小小的散步再耗费一点时间。尽管格劳泽一直都是个努力讨好哈斯勒的上进之人，他也很乐意跟黑尔布林闲聊一会儿。哈斯勒用眼神将黑尔布林赶回了他的工位，但总算又有十二分钟被耗尽。歌声也耗尽了。

　　这个大厅里的所有人对楼下大街上发生的事一无所知。他们也不知道附近湖泊的波浪如何翻涌，天空是何模样。只有森，那个喜欢对着干的人，那个头发蓬乱、言语刻薄的革命者，才允许自已将脑袋短暂地伸入新鲜的空气中。可他也因此遭到了惩罚，从领导隔间传来了低沉、拉长的呼喝："干什么呢!"哈斯勒不赞同地摇了摇他的净化设施或脑袋。作为回应，森开始无缘无故地用刮刀在他的书上刮字，他想要再恶心一下哈斯勒，这是领导深恶痛绝的行为。

十点!"才过半呢。"黑尔布林心想，他感到自己正压抑着无边的忧郁。现在，现在他想大叫。再"上会儿厕所"会让他好受点吗?但他并不敢真的这么做。于是他躬身至地板，假装自己掉了什么东西，然而这是无中生有。他保持着弯腰的姿势，足足四分钟，仿佛这点时间刚好够他系好鞋带或捡起一支铅笔。他的心情糟透了。他开始幻想已经十二点了。等十二点的钟声敲响，他会像一名矿工放下铲子一样，立马放下手中的笔逃跑，这多美妙啊。当他陷入自己的白日梦时，哈斯勒再一次为了丰富工作内容而潜到了他的身后观察他。

"您在做什么?"

"我目前正在整理'境外'一栏。"

"我看您不用再整理什么'境外'了，您马上就要在境外了。如果您还不即刻开始干活，我将会采取更严厉的举措。您应该感到羞愧，您得打起精神。如果您还要无视这一切警告，我会和行长先生谈谈，您给我小心点。请您按我说的做。"

这头海象再度撤退回自己的沙滩。整个大厅都在骚动，以黑尔布林－哈斯勒为名的冲突一次又一次给空气带来了可喜的新变化。黑尔布林挪动步子去找乡下来的迈尔，请他帮忙读几个数字。读完数字之后，时间（啊，这连接世界的经脉也该爆裂了！）来到十点半。从楼下的街上传来一阵热闹的铜管乐声，所有人都跑到了窗边，一队人马正在将一名前参议院议员的尸体运往墓地。甚至连那位对大多数事件都不甚敏感的通信部主管，也一跃而起去看楼下的热闹。这出意外又扣去了十五分钟。现在是十点四十五分。黑尔布林只剩下一半理智，他的额头不停地撞向办公桌的边缘，墨水弄脏了他的鼻子，他擦掉鼻子上的墨水，又借此耗费了时间。十分钟被擦除了，现在离十一点只剩下激动人心的短短几分钟了。这四分钟被一分一秒地熬了过去。十一点，黑尔布林"又去"上厕所了。那个无赖又去上厕所了，大厅中心窃语道。十一点十五分，十一点二十分，十一点半。

矮子格劳泽对森说，已经十一点半了，可他刚才注意到，黑尔布林竟然什么花招都没使。乡下来的迈尔去找哈斯勒，告诉他，自己今天下午必须提早半个小时下班，因为有一件非常要紧的差事要做。黑尔布林转身偷听两人的对话。他发疯般地嫉妒着乡下来的迈尔。街上的车辆呼啸而过，轮子摩擦地面，声音传到了楼上，大厅对面，在一扇打开的窗子中出现了一名仆人的身影，他正在刷地毯，黑尔布林朝对面望去，耗费了可观的十五分钟。在他看来，现在开始干活反正已经太迟了。森准备着下一秒的消失，黑尔布林观察着他如何准备自己的逃离。十二点差两分，当各色人等戴好帽子、换上外套时，黑尔布林已来到街上，哈斯勒更是在五分钟之前就已离开。这个上午熬过去了。

黑尔布林

　　勤奋的小职员黑尔布林在一家银行工作，银行可以留着，但"勤奋"一词必须删去。祝"勤奋"的你有一个美好的早晨！不，黑尔布林绝对不是个勤奋的人，确切地说，他懒得就像个罪犯。你可以说他年轻英俊，可以说他善良乖巧，可以说他是任何一种样子，就是不能说他勤奋，他在守时方面做得很糟糕。他的主要罪过是赖床。真可惜，否则他也称得上是个相当可靠、伶俐乖巧的年轻人。对他来说，准时上班似乎是件不可能的事。睡醒了吗，黑尔布林？真是难为这个词了。不，早晨的黑尔布林永远睡不醒。本该八点钟准时到岗的他，总要等到八点十分、八点十五分或八点二十分才踏进办公室。近来，黑尔布林赏脸大驾光临的时间甚至已推迟至八点半。躺在床上的黑尔布林是世上最幸福的人，纠缠于日常工作的他却是世上最不幸的人，他是个迟到大师。各种程度的迟到他都信手拈来。"不能再这样下去了，我已经忍无可忍了。"部门主管哈斯勒先生说道，可所有的警告对这个无可救药的懒虫都不起作用。"必须收起您那种懒散的态度，这已经不像话了。"哈斯勒先生又说，可是，天哪，这样的话对这个不成器的人毫无震慑力。黑尔布林迟到时，总能在手头熟练地备好某个懒惰的借口。一会儿是这个问题导致他迟到，一会儿是那个状况致使他晚来。一会儿是下雪的错，一会儿是帽子的罪，一会儿是下雨的缘故，一会儿是鞋子的问题。这真是闻所未闻，哈斯勒先生又说，可这句话只能给这名少不更事的罪犯带来微乎其微的触动。

"躺着吧！起什么床呢！"某天早晨，正当黑尔布林准备起床时，一只麻雀叽叽喳喳地说。"你看起来不像只蠢麻雀。"这个懒鬼心想，继续躺着。当哈斯勒质问他为什么迟到时，他厚颜无耻地回答："一只在我看来并不愚蠢的麻雀叽叽喳喳地告诉我：我还不该想着起床。所以我便继续躺着了，结果造成了如此明显的迟到。"

"懒惰的借口。"哈斯勒先生说。

"躺着吧，你总不会就想起床了吧。"正当黑尔布林又准备从弹簧床上一跃而起之时，一只老鼠窸窸窣窣地说。"你说的话不讨厌。"这个懒汉心想，于是翻了个身，继续躺着。当哈斯勒质问他为什么迟得如此令人发指时，他回答说："一只老鼠窸窸窣窣地对我说，我不应该当个笨蛋。我把这句话听进了心里，却造成了一次令上帝扼腕的、不折不扣的迟到，对此我深感痛心。"

"懒惰的借口。"哈斯勒先生嘀咕道。

"躺着吧，你还盼着要在毯子下多舒坦一会儿吧？"某天清晨，正当黑尔布林又一次意识到是时候该起床时，一只小鸽子咕咕地说。"你给我提了个好建议。"这位躺舒坦了的先生心想，放任自己继续舒坦地躺着。当哈斯勒质问他为什么又迟到时，他回答道："那是一只鸽子的错，就因为我露出了准备起床的表情，它就嘲笑我。它哎呀哎呀地叫着，于是我就继续躺着了，直到我突然意识到，我不可避免地又要有一次严重的迟到。"

"懒惰的借口。"哈斯勒先生又嘀咕起来。他不再多言，内心却打起了别的算盘。

"躺着吧！这比起床聪明。想想看，再赖一会儿床是多么美妙呀。你每天到办公室的时间已经够早了。千万不要太刻苦了。众所周知，有时候太刻苦了反倒有害。人一不小心就会认真过头。很多时候，只有驴子才会尽忠职守呢。"正当黑尔布林又一次想要急匆匆起床并赶去工作时，一只苍蝇在他的鼻尖上嗡嗡地说。"我觉得你天生就能抓住重点，你既清醒又有远见。你说的话有理有据，该死的！假如我不立刻对你看待事物的方法、判断事物的方式表示赞同，我就是个蠢蛋。你说起话来就像个学者，亲爱的苍蝇。"他想道，并继续躺着。当伟大导师哈斯勒质问他，为什么一直容许自己迟到时——那是一个既非同寻常又简单明了的提问，甚至可以说，它饱含着一种恨铁不成钢的心情——他回答道："一只苍蝇……"他本想一五一十地复述苍蝇嗡嗡地告诉他的话，但哈斯勒先生立刻打断他的发言，说道："懒惰的借口。"他没再说什么，心里的算盘却打得更响了。

"什么？你已经要起床了？为什么不躺着呢！还是躺着吧；按时起床是可笑又荒谬的！你什么都不必担心，哈斯勒先生是个非常有耐心的、宽宏大量的人。"正当他又一次准备赶紧起床时，一只乌鸦哼哼唧唧的声音传入了他的耳朵。"说得对，你说得对极了。"这个赖床犯心想。于是他继续躺着，又有了一次极其严重的迟到。他近来已经因为此事遭到了批评，可这并未给他造成任何实质性的伤害，因为，正如那只乌鸦哼唧的，哈斯勒先生是个非常有耐心的人。

"懒惰的借口。"当黑尔布林再次带着他那懒惰的托词熟门熟路地进门时，哈斯勒先生只是再一次如此说道。

然而，容忍与耐心却逐渐走到了尽头。善心和宽容也有限度。随着迟到的行为变本加厉，哈斯勒先生也终于受够了，于是在某个晴朗的白天，冬日或者夏日，其实也无所谓，黑尔布林被告知，他可以离开了，意思是他被解雇了。人们委婉地告诉他，他们往后不再需要他了，从某种程度上讲，他们也是在要求他去感受彻底的自由与独立；人们友好地请他大方地让出此前由他占据的工作岗位，并请他去别处找找合适的工作，他们以这种方式，对他做出的杰出贡献以及他创下的许多价值连城的迟到记录表达了衷心的感谢。

用不那么委婉，也不那么含蓄的话来说就是：黑尔布林被打发走了，他被赶走了，以一种夹杂了羞辱与嘲讽或者嘲讽与羞辱的方式（如果后者更好听的话），自此以后，不再有上班迟到的黑尔布林，也不再有懒惰的借口和灵机一动的托词，哈斯勒先生不必再因迟到一事而大发雷霆，因为不会再有睡眼惺忪的迟到者姗姗来迟。现在，黑尔布林可以爱躺多久便躺多久，不再有人会关心此事，不再有公鸡会为此啼鸣。

小职员：一种图解

月亮照见我们的内心，

它视我为可怜的小职员——

　　尽管小职员是生活中随处可见的一类人，却从未被当作纸面上的讨论对象。至少据我所知没有这样的讨论。许是年轻羞赧、手握钢笔和算盘的男人太平常、太单纯、太不苍白、太不堕落，也太没意思了，因此他不配成为作家先生的写作素材。可我偏要写写这样的他。我认为，探索他那又小又新鲜的、尚待发掘的世界是一种乐趣，我希望在里面寻得一些被和煦阳光秘密照亮的昏暗角落。当然了，在这趟美丽的短途旅行中，我的视野还不够开阔，也因此错过了许多迷人的小角落，这是旅途中常有的事。虽然我只从那众多的迷人之处中摘录了为数不多的内容，虽然阅读这少量的内容也并非必要，但它至少会给您带来一些新鲜的感受，而您也不至于读得太累。读者朋友们，请原谅我对您所做的这些前情提要。可现如今，前情提要突然成了富有幽默感的作家的一种癖好。所以，您能对我网开一面吗？抱歉，并祝愿您生活愉快。

狂欢节

小职员是介于十八岁到二十四岁之间的年轻人。也有年龄大些的小职员，不过他们不在本文的考察范围之内。小职员的着装风格与他的生活方式一样井然有序。邋遢的小职员不在考察范围之内。另外，后者那类小职员也越发少见了。真正的小职员通常不会显山露水；假如他那么做了，那他就是一名中层职员。小职员极少容许自己有出格的行为；热情奔放的个性一般来说与他无关，相反，他拥有勤奋、谋略、适应能力及许多非常宝贵的品质，我这般恭顺的人不敢或几乎不敢将那些品质宣之于口。小职员可能是非常真诚且热情的一类人。我就认识一位在火灾救援队中发挥着出色作用的小职员。既然小职员可以一跃成为生命的拯救者，他当然也可以当一名小说主人公。为什么中篇小说很少将小职员作为主角呢？这显然是一个错误，总有一天要严肃地指出祖国文学领域内的这个错误。在政治领域及其他公共事务领域，小职员都在发出他们强有力的声音——也就是一声不吭。没错，一声不吭！必须特别强调的是：小职员们拥有丰富、光荣、真诚而杰出的性情！他们在任何情况下都是丰富的，在许多时候是光荣的，在所有方面都是真诚的，杰出则是肯定的。对小职员天分的描写，能使一位小职员摇身一变成为作家。我认识两三名梦想成为作家的小职员，他们的梦想已经实现了，或者正在实现中。小职员是一个忠诚的情人，而不是一个忠诚的啤酒狂人，若非如此，你们可以向我扔石子。他拥有一种特别的爱的禀赋，他是精通各种礼仪的大师。我曾听一位姑娘说，她宁可和任何人结婚，也不要和一名小职员结婚。她认为那只会带来不幸。可我要说，这位姑娘的品位肯定很糟糕，她的心灵则肯定更令人厌恶。不管从哪个角度看，小职员都是值得推崇的。太阳底下几乎没有生灵会拥有他们那样纯洁的心灵。小职员难道会热衷于参加煽动集会？他难道会像艺术家一样邋遢狂妄，像农民一样吝啬，像领导一样喜欢卖弄？领导和小职员是两类截然不同的人，他们是两个世界，他们之间的距离就像是地球与太阳。不，一名商界小职员的品性就像他身上穿着的衬衣立领一样纯白无瑕，你见过哪位小职员的衬衣立领不是纯白无瑕的吗？我想问，有谁见过？

还在伪装

诗人也许是害羞的，他遭到这个世界的轻视，在自己那孤独的阁楼中忘却了通行于世的人情世故，然而，一名小职员比他还害羞许多。当他走到他那满嘴训斥、口吐白沫的上司面前时，他的样子可不是温顺至极吗？就连和平鸽也无法用比他更温和、更谦和的方式来捍卫自己的权利。小职员会成百上千遍考虑自己要做什么，只有当他面临一个抉择时，他才会出于对行动的渴望而发抖。然后他会扫除他的每一个敌人，就算是领导先生也不放过！除此之外，小职员从来不会对自己的命运有所不满。他安心地过着自己的生活，扮演一个沉默的写字工具，世界自成世界，争端仍归争端，皆与他不相干，他是聪明且有智慧的，从外表上看，他仿佛对命运言听计从。在他那单调乏味的工作中，并不乏感知哲学的机会。也许是归功于他那安静的天性，他拥有足以排列想法与想法、念头与念头、灵光与灵光的天赋，他能以令人惊叹的巧思串联起众多思考，使之成为一列长度无法预估的货运火车，头尾都配上蒸汽，这样的火车难道不该往前开吗？因此，小职员对艺术、文学、喜剧以及其他不太正经的玩意儿有着正确的判断力，他懂得如何以恰当的方式谨慎地谈论它们，长达数小时之久。因为他认为，待在办公室时应该研究一点普世价值。每当上司突然身披雷电与冰雹闯进办公室（真不知道这见鬼的急迫模样是为了讨论什么）时，他那知识分子式的、长达几页的对话就会唰的一声消失，小职员会再度变回他自己。可以确定的是，小职员的变脸功力出神入化。他能反抗能听话，能骂人能求饶，能搪塞能对抗，能撒谎能说真相，能阿谀奉承也能火力全开。各种各样的感受都能在他的灵魂中找到合适的位置，这与它们在不同人的灵魂之中找到的位置一样合适。他愿意服从，偶尔也会反抗。涉及后者时，回回都是他的无奈之举；（虽然我不喜欢自我重复，可是）——地球上还会有比他更温和、更顺从、更公正的人吗？小职员非常重视自我教育，怎么做呢！是科学，他将大段的生命投入那些吞噬时间的科学，假如有人不承认，他在科学领域取得的成就与他在专业领域获得的成果一样耀眼，他就会觉得自己受到了侮辱。虽然他精通自己的专业，却羞于展示这一点。有时，他过于坚持这种美德，以至于他甚至宁愿表现得像个蠢货，而不是一个专家，这常常会给他带来本不该由他承受的、过于轻率的指责。然而，这怎么可能会伤害一个骄傲的灵魂呢！

盛宴

小职员的世界和领地是那间拥挤、狭窄、贫瘠、枯燥的办公室。他用来雕刻和创造的工具是钢笔、铅笔、红笔、蓝笔、尺子，以及各种各样的利率表格，此处愿略去对那些表格的详细描述。一名正派小职员使用的钢笔往往是十分尖锐、锋利与狠戾的。他的笔迹往往很整洁，但并非不奔放，没错，有时那笔迹甚至是太奔放了。经验丰富的小职员在正式开始写作之前，总会稍做犹豫，像是为了恰当地梳理自己的想法，或是为了能像敏锐的猎人一样瞄准目标。然后他才会下笔：字母、词语、句子仿佛飞跃过一片天堂的乐土，每句话都有其优美的特性，往往能表达出丰富的含义。书写信件时的小职员是真正的顽皮鬼。他在转瞬之间创造出的句子，足以令许多学识渊博的教授震惊。如今，这类代表着真正平民百姓之语言天赋的可爱宝藏，都去哪里了？它们已经没落了！自视甚高的诗人与学者大可以将小职员当作自己的榜样。所谓的诗人，都是一些希望靠着自己写下的一句句零碎之语功成名就、获得回报的人。比起这些人，小职员们的行为方式和态度则要高贵得多、丰富得多：虽然他们的外在显得非常匮乏，可他们拥有财富，足以称之为真正丰盛的财富。变得富有，远远不是要表现出这个表象世界所认同的富有。真正的匮乏则意味着，当一个人内心背负着所有既薄弱又邪恶的匮乏的特征时，仍不得不假装富有。说这话显然是为了维护我们今年的宠儿——商界小职员，可这难道不是他应得的吗？小职员是优秀的算术者和管家，这是毫无疑问的。一个精于算术的人，往往也是个优秀的人，关于这一点，一名小职员可以在一天内证明十次。流氓和流浪汉一辈子都不可能做对一次加法。而那种随性的人，则几乎不可能做到精确的计算。我们通常能在艺术家身上看到这一点，我差不多将所有艺术家都视为随性之人。当我看到眼前的小职员时，我会想：谁还能够胜过他呢？小职员普遍都完美地掌握着七八门语言。他的西班牙语说得像西班牙人，他的德语说得就像他自己。在这方面，还能语带讥讽地提出什么反对意见吗？小职员能够以独一无二的方式记录他的收入与支出、感触与观察、思考与想法。他可以将这种事做到近乎好笑的极致程度。此外，所有心地善良的人，在他身上看到的都只有值得学习的美好品质。然而，小职员工作的那个世界却如此狭小，他的工具是微不足道的，他从事的工作基本被其他工作掩盖了。现在来评评理，这难道不是某种残酷的命运吗？

一名社会新人

尊敬的读者，请允许我为您介绍一个商界大观园中的样本人物。他是一名二十岁左右的小职员，属于那类前途无量的小职员。他的勤奋上进之心尚未经受岁月的险恶打击。他在一切有益事物上的追求，像一朵玫瑰花一样盛开着，他那货真价实的商业头脑散发出的光彩，丝毫不逊色于一朵熊熊燃烧的郁金香。我在每天早中晚的用餐时间遇见他，而餐桌礼仪能透露许多东西。他表现得近乎完美。他完全可以让自己在某些地方表露出一丝粗鲁，就像打开窗户让一些可爱、金黄的阳光照进来一样，他却没有想过要这么做。他是故意的吗？好叫我无法太过轻易地刻画他的为人？小伙子难道察觉了我对他的意图？哎呀，小职员真狡猾！每个人都得承认，对我来说，要找出他那完美性格中的漏洞是很困难的，假如他并未表现得那么无可指摘，事情就会容易得多。一个人身上的错处与缺陷，能为一名热衷写作的作家提供绝佳的机会，令他火速抓住重点，即火速成名，火速积累财富。本文中我的龙套角色似乎要搞砸我的事业，不过，等一下，小伙子，我们是要抓住你的。真相的毫毛一根都不该就此弯曲。坚实的真相是一切的基础，而且应该坚持这一点。我们这位年轻人吃得不多，所有的机灵鬼都是这样。他只会非常谨慎地加入谈话，这又是一个优秀的聪明人的标志。他的话不是说出来的，而是从他嘴里悄悄溜出来的：他能拿它们怎么办呢？也许是他嘴唇的构造有缺陷吧。他用餐时细嚼慢咽，而且他懂得如何出色地使用勺子与刀叉。谈到下流事的时候他会脸红，这是一个高贵的习惯！他从来不敢率先起身离开餐桌，他会非常有眼色地让年长的人先走。他吃饭时总在观察四周，寄希望于在某人需要时快速搭把手。有哪位身居高位之人会这么做呢？假如一位前辈说了半句笑话，他会礼貌地陪着笑；假如一名实习生说了一整句笑话，他则会沉默。他肯定是这么想的：假如我们不用职业性的笑容为它开门，也不从气氛出发助其一臂之力，半句笑话能有什么效果呢？整句笑话或许还能经得住没有笑声的尴尬。还有：眼睁睁看着长辈们因为自己的"格言警句"没有得到回应而羞得脸红，却不出手帮忙，这难道不是很糟糕吗？读者朋友，你不得不承认，这位可怜又孤独的小职员的想法很崇高！是的，我喜欢在餐桌上观察身边的人。还有一点：我们这位年轻人的外表符合他的行为；以及，正如我们所见，既然他的行为并无有失体面之处，它自然也不会是不美好的。

无言的时刻

经常会发生这种事：一名小职员失去了他的岗位。要么是他被赶走了，要么是他主动辞职了，后者是更经常发生的情况。会这么做的是这个群体中的不安分者，他们往往也是一群不快乐的人。人们早就不会看不起一名丢了饭碗的工人了，但他们仍旧看不起一名丢了岗位的小职员，而这是有原因的。若是一名小职员，只要他还在职一天，那他就是半职先生；而他一旦失去岗位，就会沦为一个笨手笨脚、无关紧要、惹人厌烦的废物。人们会将他视为堕落的人，他不再能被世界上的某个职位聘用，而这是非常悲惨且不公平的。当然了，他身上肯定也存在某种不可否认的任性，他的性格里也必然有着某种罪恶、有害的东西；可就因为这样，这整个人就不再有任何用处了吗？谢天谢地，幸好这种堕落的商界人士数量不多，否则恐怕会危及社会治安和稳定。忍饥挨饿的小职员是最为可怕的现象之一。忍饥挨饿的工人早就不如那般可怕了。工人们从一个岗位离开之后，总能再次找到工作，而小职员们从来都不是这样，至少在我们国家不是。没错，亲爱的读者，我在本段中为您讲述了一名遭受轻视、失去岗位的贫穷小职员，在这样的一个段落中，我不能沿用上文的轻松语气，否则就太冷酷了。失去岗位的小职员们大多会做什么呢？他们会等待！他们会等待新一轮的聘用，而在他们等待期间，后悔的情绪会拷打他们，会用冷漠至极的语气批判他们。一般来说，他们身边不会有任何人陪伴，毕竟，谁会愿意和这样不干不净的社会垃圾扯上关系呢？这是很悲惨的，我就认识一名失业了六个月之久的小职员。他在高烧般的恐惧中等待着。对他来说，信差既是天使也是恶魔；当信差的脚步靠近他的家门时，他便是天使，当他漫不经心地走过时，他便成了恶魔。在痛苦的无聊中，这名小职员开始写诗，他写了几首美丽的诗。他是一个纤细而敏感的灵魂。你问他是否已经找到了工作？

不，他最近又在新的岗位上被解雇了，他是如此愚笨不灵。他肯定患有某种疾病，这种病使他难以适应任何环境，而某些对这种情况有所了解的人，则预言了他的不幸结局。毫无疑问，他会走上毁灭的道路。由此可见，在那许多可供一笑、无足轻重的小职员之中，也存在着非常悲惨的命运。大自然就是如此绝妙！为了实现大自然的某些目的，牺牲一名小职员也不足为惜。如果你不讨厌哭泣，读者朋友，或者温柔的女性读者朋友，如果你曾为某种痛苦而哭泣，那么请不要忘了为这名小职员存一滴从你仁慈的眼睛里淌出的眼泪，这名小职员身患无药可医的顽疾，我已在上文中向你描述过那种疾病的症状了。

一封最美好的问候信

亲爱的母亲！

你问我是否适应新的工作岗位？啊，目前为止挺好的。我的工作很轻松，同事们很友好，上司很严厉，但他也不会不公正，我还能要求什么呢！我非常迅速地熟悉了我负责的领域；这是最近会计对我的评价，听见他这么说，我忍不住笑起来。虽然也有心酸难熬的时候，不过我们不必太在意这些。否则人类的健忘又是为了什么呢！我更愿意记住那些较为愉快而美好的时刻，记住那些较为可爱与亲切的面容，这样我就能一直感受到双倍甚至十倍的开心了。对我来说，开心是最重要、最宝贵的东西，也是最值得我们留在记忆里的东西。还有什么能阻止我尽快忘掉伤心事呢？我很愿意被许多工作包围。每当我不得不开始犯懒时，我就会感到沮丧与难过。那时我就会陷入思考，漫无目的的思考会让我难。无事可做太难受了，我多愿意彻底被工作占据呀。我必须一直忙碌，否则我的内心就会开始抗议。你理解我的，对吗？昨天，我第一次穿了我那套新的黑西装。它非常适合我，所有人都这么说。我也很为此骄傲，甚至差点没法继续表现得像个小职员。但这种情绪很快就消失了。毕竟我现在是名小职员，而且我还会将这个身份保持很久。我在胡说什么呢！我难道还想成为别的什么人吗？我并没有想在这个世界向上爬的野心，也不具备为了向上爬所必需的性格特质。我这么害羞，亲爱的母亲，我很容易陷入丧气，只有工作可以让我忘掉一切。有时候，我会感受到一种强烈的渴望，可我该怎么称呼它呢？然后我就会觉得什么都不对劲，而我也什么都做不对。可是，亲爱的、最好的母亲，只有当我不得不闲着的时候才会这样。是他们派给我的工作太少了。啊，我能非常清楚地感觉到，罪恶就潜伏在闲散之中。你身体健康吗，亲爱的母亲？是的，你一定要健康，你一定要保持健康。你应该看看，我还能为你带来多少快乐。真希望我能使你感到千倍的快乐，而且能让你感受一千次！上帝把这个世界造得多么美好呀。看，当我让自己开心的时候，我也在让你开心。工作是我唯一真正的朋友，我可以在工作中持续进步，我的进步又会让你感到开心。祝你生活愉快。如果除了这些话之外，我还能想出其他词句来使你相信我的诚实努力的话，那我不会不使用它们。但我知道，你把我当作你最好的儿子。我的好妈妈。再见了，再见！[1]

你恭敬的儿子上

鲜活的画面

一个舞台！一间空旷荒芜、一尘不染的办公室。有办公桌、桌子、椅子、单人沙发。背景是一扇巨大的窗户，透过窗户，一小片景色与其说是拜访，不如说是落了进来。背景的右侧有一扇门。舞台左右是简单的墙壁，靠墙摆放着办公桌。几名小职员在忙碌着，与我们在现实生活中见到的小职员

1　原文为法语"Adieu, Adieu!"。

的忙碌模样一致：翻开或合上书页、试用钢笔、咳嗽、窃窃私语、微笑、轻声咒骂、冲自己发脾气。舞台前景中，一名脸色苍白的年轻小职员正在默默地工作，他非常漂亮，他那无声的肢体语言异常迷人。他身材苗条，黑色的鬈发像在他的前额上嬉戏，他还长着一双漂亮纤细的手：一名为了长篇小说而生的小职员。然而，他似乎对自己的美一无所知。他的举止恭顺而畏缩，他的眼神小心且胆怯。他有一双黑色的眼睛，那是一双深黑色的眼睛。有时，在他那柔软的唇边会露出一个友好而痛苦的微笑。观众便是在这样的时刻，鲜明地感受到了他那动人心魄的美。人们问自己，这位年轻漂亮的艺术家为什么会出现在这间办公室里呢？好奇怪，人们必然要将他认作艺术家，或者没落贵族的孩子。两者差不多是一码事。此时，肩膀宽阔、身材富态的上司突然走了进来，小职员们瞬间定格在了当下可笑的、甚至让他们有些出丑的姿势中，上级的出现有着如此压倒一切的威慑力。只有那个漂亮的年轻人还一如既往：无忧无虑、天真无邪、纯洁无辜！

然而，上司偏偏朝着他的方向走去，而且我们可以明显看出他来者不善。漂亮的年轻人在那个粗鲁而残暴的人面前羞红了脸。暴君很快又离开了，小职员们松了口气，那个年轻人却几乎要哭了。他无法忍受批评，他的灵魂便是如此孱弱。不要哭了，漂亮的孩子，一种奇怪的感受穿透了观众的心：不要哭了，漂亮的孩子。准确来说，有此种感受的是女观众。然而，硕大的泪珠自他那美丽的眼眸滚落，顺着好看的双颊流了下来。他撑着脑袋，陷入了沉思。这时已来到下班时间；窗框中的景色越来越暗。这预示着夜晚的来临。小职员们带着愉快的响动离开了自己的位子，他们将工具收拾整齐，然后蹦蹦跳跳地离开了。一切来得如此迅速，与现实生活中的情况别无二致。只有那个漂亮的年轻人留了下来，他仍陷在自己的沉思之中。可怜的、孤独的、漂亮的年轻人！你为什么要当小职员呢？除了这间拥挤沉闷的办公室，这个世界难道没有为你准备更好的位置？现在你不得不沉思，沉思，啊，同时，那红色的、残酷的、杀死一切的幕布落了下来。——

梦境

有一次，一名小职员对我讲述了如下梦境：我身处一个房间之中。突然之间，房间四周的墙壁坍塌了。我惊呆了。一片橡树林飞了进来，而那密林之中是如此幽暗，如此阴森。随后，森林隐匿了，就像是一本巨大古书中的一页纸翻了过来，而我发现自己身处一座山上。我和我的同伴（也是一名小职员）一起冲下山去。我们来到了一片黑漆漆、雾蒙蒙的湖边，我们跳进芦苇之间，那肮脏冰冷的湖水之中。这时，一个清亮的女声在上方呼喊，她说我们应该上来。那声音几乎要穿透我的耳膜！我走出湖水，奔向布满岩石的陡峭山峰，使劲爬上细弱的树干；我感到身下有一道不断扩散着的恐怖深渊。就在我刚想爬过那最后的陡峭山崖时，我跌了下去：那岩石是绵软的，就像一块布匹，它陷落了，连同我一起下沉，落向那位同伴，落向那道深渊。一种无尽的痛感钻透了我的身体。我下沉着，下沉着，最后我又回到了开头那个房间。外面在下雨。房门打开，一名女子走了进来，那是我曾经十分熟悉的一名女子。我俩已经分手了。我曾让她，或者她曾让我感到厌恶，然而这又有什么关系？此刻的她却这样可爱、这样友好；她微笑着，径直向我走来，在我的身边坐下，拥住我，接着她说，在这地球上的所有人之中，她只喜欢我一个。我短暂地想起了我的那位同伴。可我太幸福了，我甚至无法让他在我的记忆里停留太久。我搂住女人那美丽纤细的身子，抚摸着她身上的布料、裙子的布料，并望进她的眼睛。她的眼睛这样大、这样美。我曾感受过与之类似的幸福吗？尽管下着雨，我们还是去散步。我紧紧地挨着她，我觉得她甚至还想更紧地挨着我。那是一具多么柔软、多么动人的身躯！她唇边的笑容是多么美丽！她的身体、动作、言语与笑容又是多么和谐！我们几乎没有说话。她那怪异的裙子似乎在对我说话。奇怪的是：我们完全没有想到要亲吻。也许是我们爱情之中的惊喜过于猛烈了。我知道什么呢！我曾以为我会永远与她为敌，可现在她却在我怀中，我嗅着她那可爱的双手散发的香气，这超出了我的理智，甚至超出了我的感知。我们又回到房间。那位同伴就坐在里面；他震惊地看向我们，然后走开了。我们是否伤害了他？我问自己。她却像一朵被折断的花朵一样倒在我的脚下，亲吻着我的手，她只要我，在地球上的所有人之中，她只喜欢我一个——这便是我从小职员那儿听来的梦。

声明

此前的几页文字更像是情绪、表象与感受的集合，并非一种准确的人物刻画。然而，较真的读者也能发现本文所含的某种严肃性。最后，我想再试图干巴巴地说明一下我对这个世界的看法，这是一个我未经深思熟虑便贸然闯入的世界。一般来说，小职员都是既单纯又能干的人。你鲜少能在他们之中发现道德败坏者。必须将一些趣味加诸他们身上，否则，即便是我这个自认为相当了解他们的人，也绝对找不出理由在文章一开头就调侃他们。

不过，要是有人在我的调侃中读出了恶意，那也会令我吃惊的。小职员们很值得尊敬；人们在公共事务中对他们的关注要少于大学生或艺术家，可这并不妨碍我们对他们怀有某种单纯的敬意，或者说妨碍不大。他们默默地干着自己的工作，他们的回避与谦逊是一种长处，于己于人都有益处。他们能够感受友情、家庭与祖国。他们热爱大自然。大自然为他们带来了非凡的乐趣和享受，与他们工作环境中的狭窄、闭塞截然相反。在高雅艺术领域，他们也在非常努力地建构自己天然且朴素的观点。他们并非不关心自己国家的诗人和视觉艺术家。一些阶层享受了远胜于小职员的尊重与社会优待，可这些人在对自然事物的欣赏方面，却比他们这些没得到过什么优待的人要落后得多。小职员们大多出生于本国的优秀家庭。涉及政治议题时，他们明白要参与、发表意见；他们真诚而又理智地参与其中。他们认为，研读国家法律是自己不可推卸的责任，于是，他们动用自己的记忆力和理解能力，以求掌握法律，他们的努力远超那些优越阶层的成员。他们心地善良、有礼貌，而且他们思想独立。面对底层群众时，他们非常友善，面对高层人士时，他们也懂得捍卫自己的价值与立场。他们本身有一些类似虚荣的东西，这点显而易见；可我也正好看重他们身上的这一点。每个稍有智力的人都会虚荣，而那种想要对外打造自己不虚荣形象的人，才是最虚荣的。在面对不道德的行为时，他们会表现得像一个准确至极的、正派严肃的人，他们往往也会冷酷地拒绝那种行为。他们也会犯错，他们自己肯定不想否认这一点。谁不犯错呢！可我的重点在于突出大部分值得欣赏的小职员的品质。毕竟在谈到这类人时，人们总是过于频繁地表现出厌恶，而非友善。这是我不能理解的。至少对我来说，能为我带来更多乐趣的，是对世界及他人的欣赏与尊重，而不是对他们的轻视和嘲讽。以上，我希望自己已经为上文中那种颇显傲慢的图解（即关于小职员的图解）给出了妥当的补充说明。我全心全意希望如此。

一个男人给另一个男人的信

您在写给我的信中提到您很焦虑，因为您没有工作，也因为您不得不忧心自己将很久都没有收入。我比您年长一些，我可以从我的经验出发给您提些建议。您不要忧虑。什么都不要再想。假如您将不得不承受贫乏，请您为此而骄傲，因为您也得到了忍耐贫乏的机会。请您这样生活：您能就着一碗汤羹、一块面包、一杯红酒生活。这是可以做到的。不要吸烟，因为它会夺走您为数不多的健康，而那是您能掌控的一切。在您面前有巨大的自由。您周围的土地散发着香气，它属于您，它也愿意归属于您。享受它吧。忧惧之人什么都享受不了。所以，抛开忧虑。不要粗俗，不要咒骂他人，即便那是最邪恶的人。在其他不够谨慎、不够坚强的人陷入憎恨的时刻，您可以试着去爱。相信我的这句话：仇恨会以毁灭性的方式摧毁人类身体里的灵魂。要干脆地爱一切。即使浪费一些爱也不会有什么害处。要早早起床，不要久坐，要正确而快速地入睡。这是可以做到的。如果您正苦于暑热，不要过分关注它，要装作没有注意到它。如果您经过森林中的一眼泉水，请您不要错失饮下泉水的良机。如果有人以体面的方式给予您馈赠，要收下，但要以体面的方式收下。每个小时都要检查自己，丈量自己，宁可和您自己的灵魂交谈，也不要和那些饱学之士的理智交谈。避开那些学者，因为他们是无心之人，在这方面少有例外。要经常为自己创造机会去笑，去玩耍。这样做的结果是：您会成为一个更美好、更严谨的人。在所有方面都要保持高尚，即使这经常会使您感到为难。要将自己收拾得当，这会为您带来尊重与爱。这不需要钱，只需要您费一些心思。要练习拒绝。要始终心怀一种热爱，并使之成为您的习惯，这是君子的特质。热爱最深之人也是最杰出之人：要学会这一点。人什么都能学会。我下回再给您写信。

西蒙是一个二十岁的男人。他很穷，可他没有做任何事来改善自己的处境。

图恩的克莱斯特 [1]

　　克莱斯特在图恩市附近觅得一座乡村别墅以作食宿之所，它位于阿勒河上的一座小岛。一百多年后的今天，我们已无从得知当时的具体情况，可我想他会走过一座十米长的小桥，然后拉响门铃。接着会有人如蜥蜴般爬下别墅的楼梯，去看来者何人。"这里有房出租吗？"简言之，克莱斯特以出人意料的低廉价格租下三间房，并在此地安顿下来。"一位迷人的伯尔尼本地姑娘为我料理家务。"一首优美的诗歌、一个孩子和一段英勇的事迹浮现在他脑海中。另外，他还有些抱恙。"天知道我哪

1　指海因里希·冯·克莱斯特（Heinrich von Kleist，1777—1811），德国诗人、戏剧家、小说家。

里出了问题。我怎么了？这儿多美啊。"

他当然会写作。有时，他会乘马车前往伯尔尼拜访他的文人朋友，并在那里诵读他写下的文字。人们当然会对他大加赞赏，可他们又会觉得这个人有点可怕。《破瓮记》[1]在创作之中。可这又算什么呢？春天来了。图恩市周边草深叶茂，遍地繁花，花香、蜂鸣、发蓬、鸟啼、人倦，日光暖得令人心烦意乱。每当克莱斯特想坐在书桌前写作时，红彤彤的、令人眩晕的热浪便会在他的脑海中升腾。他咒骂着他的工作。抵达瑞士时，他曾想当一名农民。是个好主意。在波茨坦很容易就会生出这样的念头。诗人总是想一出是一出。他经常坐在窗前。

我想那大约是上午十点。他如此孤独。他希望身边能有个声音，什么声音呢？要一只手吗，然后呢？要一具躯体吗？可为了什么？在白茫茫的雾霭与气味之中，湖泊消失了，那不自然的、魔法般的山峰框住了湖水。这多么令人头晕目眩、焦躁不

1　《破瓮记》（*Der zebrochene Krug*）是克莱斯特于1803至1806年间创作的喜剧剧本。

安。直至水畔的整片土地都是洁净的花园，开满鲜花的桥梁与芳香四溢的露台在泛蓝的天空中若隐若现，似有花束垂落。鸟儿在大片日光的照耀下鸣得如此喑哑。它们迷醉而困顿。克莱斯特将脑袋搭在手肘上，望着，望着，他很想忘了自己。他缓缓回忆起那远在北方的故乡，清楚地见到了母亲的面容，那是熟悉的声音，该死——他一跃而起，奔入乡村别墅的花园。他登上一艘小船，划向晨光里的湖泊。太阳的亲吻是唯一的亲吻，且接连不断地亲吻他。一口气都没有了。几乎动不了了。群山好似出自一位老练的舞台美术师之手，又或者，这整个地方看起来就像一本相册，某位触觉敏锐的业余艺术家为相册的主人在空白的纸页上勾画出群山，他还题了一节诗以作纪念。相册的封皮是淡绿色的。是这样。湖岸边，山麓是减半再减半的绿，它们如此高远，如此昏沉，如此朦胧。啦，啦，啦。他脱掉外衣，跳入水中。不可名状的美。他游着泳，听着岸边传来女人的笑声。小船倦懒地浮在蓝绿色的水面上。大自然仿佛给予了他唯一的、伟大的爱抚。这多快乐，同时又多痛苦。

有时，尤其是在美丽的傍晚，他感到此地似乎是世界尽头。眼前的阿尔卑斯山脉恍如天堂高不可攀的入口。他在他小小的岛屿上一步又一步地走来走去。女仆将衣物晾晒于灌木丛中，林木内部闪烁着悠扬、金黄、美得病态的光芒。雪山的面孔如此苍白，一种末世的、无法触及的美覆盖了世间万物。在芦苇丛中来回游动的天鹅，似乎已被美与暮光俘获。空气病了。克莱斯特渴望投身残酷的战争，渴望走上战场，他感到自己如同一个可怜鬼、一件赘物。

他去散步。为什么偏偏是他，他笑着问自己：偏偏就他无事可做、无事可碰撞、无事可琢磨？他感到汁液与筋骨在他的身体里轻声诉说苦痛。他的整个灵魂由于身体的紧绷而抽搐。他爬过古老、高耸的墙垣，墙体灰色的裂石被暗绿色的常春藤肆意缠绕，他爬上城堡所在的高地。所有高高的窗户后都跳动着灯火。山崖坡顶立着一座玲珑的亭子，他在亭子里坐下，将他的灵魂投向下方闪光、神圣又宁静的风光。如果他能感到自在，他会惊讶的。要不来份报纸？这会怎么样呢？和一个深受敬重的政府机关的笨驴脑袋来一场有关政治的对谈？或是互利共赢的愚蠢对谈？要吗？他并非不快乐，他暗自认为，那些能够不需要任何希望的人是幸福的：天生不需要希望，因充满力量而不需要希望。在这方面，他仍有一些细微的不足。他很敏感，而他所有犹豫不决、谨小慎微、充满怀疑的感受都如此当下，所以他不会不快乐。他想大吼，想哭泣。天上的神明，我是怎么了，他沿着夜幕降临的山坡向下奔跑。夜晚让他安心。一回到家，他就在书桌前坐下，他决定要工作到发疯。台灯的光为他带走了此地的景象，使他头脑清晰，他现在就动笔。

雨天是可怖的寒冷与空虚。这片地区将他冻得不住地颤抖。绿色的灌木丛呻吟呜咽，雨落在日照之后。肮脏阴森的云层掠过群山的头颅，仿佛巨大的、恶劣的、杀意凛然的手覆上人的额头。在这样的天气，大地似乎也要爬入洞穴，蜷曲紧缩。湖面坚硬而晦暗，波浪口出恶语。狂风像可怕的警言席卷而来，又无处可去。它震荡在一堵又一堵的山墙之间。天是黑的，很低很低。一切都压到了鼻尖上。想要握住木块乱打一气。都滚开，滚。

然后太阳又出来了，那是一个星期天。钟声敲响。人们踏出巍然耸立的教堂。女孩和女人穿着镶嵌银饰的黑色紧身束腰马甲，男人们则穿得简单庄重。他们手举祈祷经文，面容如此平静而美丽，就像所有的忧愁已流散而去，就像所有因痛苦和争端而生的皱纹已被抚平，就像所有艰辛已被忘却。还有那些钟。它们的声响震颤至此，音浪与声波跃然而来。在这整座阳光普照的周日小城之上，天空闪着，亮着，蓝着，响着。人们嬉笑玩乐。克莱斯特的心里拂过许多奇妙的感受，他站在教堂的台阶上，目光追随着下山的人群。那儿似乎有个农民的孩子，她步下台阶的样子像一位生来便对崇高和自由司空见惯的公主。那些是年轻俊朗、活力四射的乡野少年，至于他们来自什么样的乡野——不是平原，他们不是平地上的少年，他们是从奇迹般冲刷而出的低平山谷中迸发出来的，有些山谷很窄，窄得就像一个高壮得有些不寻常的男人的手臂。另一些少年则来自山地，在他们的家乡，耕地和农田陡峭地往下倾斜，飘香的热草在方寸之间紧挨着骇人的深渊生长，房屋星星点点地粘在牧场上，倘若有人站在宽阔的乡道上往上张望，他会怀疑那里是否仍有人类的居所。

克莱斯特喜欢星期天，也喜欢赶集日，在那种日子里，街头巷尾密密麻麻地飘满了蓝色的罩裙与村妇的裙摆。在主街的人行道上，货物满满当当地堆叠在石制的拱形门下、轻便的售货摊上。商贩们以独特的乡野之音为他们的廉价珍品叫卖。在这样的赶集日，往往会有最明亮、最温暖、最晃眼的日光。克莱斯特由着自己被这可爱的、缤纷的人潮推来挤去。到处都飘着奶酪的香气。一脸严肃的村妇（偶尔也有漂亮的村妇）小心翼翼地踏入更高档的店铺采买。许多男人的嘴里都叼着烟斗。猪、小牛犊和奶牛被牵过市集。有人站住了，大笑着用棍棒将他那粉红色的小猪往前驱赶。小猪不愿走，他便用手臂夹住它，带着它继续上路。从人们的衣服上散发出香气，从酒馆里传出嘈杂声，那是狂欢、跳舞、吃饭的声音。这一切声音，这一切声响带来的自由！有时，马车也会被堵在路上。马儿们被忙于买卖、叽叽喳喳的人群团团围住。而阳光正好落在物品上、脸上、丝巾上、篮筐上、商品上。一切都在运动，太阳的照耀也必须美丽而自然地跟着向前运动。克莱斯特想祈祷。他觉得没有任何壮丽的音乐会比汹涌人潮发出的音乐更动听，没有任何灵魂会比汹涌人潮的灵魂更高洁。他本想在通往小巷的一级台阶上坐下。他继续往前走，经过高高撩起裙摆的妇女，经过平静而近乎优雅地头顶篮筐的少女——她们就像画报中头顶罐子的意大利女人，他经过怪吼怪叫的男人，经过醉汉，经过警察，经过顶着天真想法四处乱逛的小学生，经过凉爽宜人的阴影处，经过绳索、棍棒、食物、伪造的首饰、兽嘴、鼻子、帽子、马匹、纱布、棉被、羊毛袜、香肠、黄油球、奶酪块，走出喧嚣的人群，走上阿勒河上的一座桥，他停下脚步，倚靠着栏杆，看向滚滚向前的深蓝色河水。他头顶上方是城堡的塔楼，正像流动的棕色火焰一样闪闪发光。这是一半的意大利。

有时候，在平常的工作日，他感到这座城市就像被太阳和寂静施了魔法。他沉默地站在怪异的老市政厅前，市政大楼白茫茫的墙上用锋利的字体刻写着年份。一切都如此无望，就像被人们遗忘的某一首民歌的形状。没有活力，没有，完全没有。他爬上铺着木板的楼梯，去看昔日的伯爵城堡，木板散发着老旧的气息，闻起来像逝去的人类命运。他坐在山顶一张宽阔的、弧形的、绿色的长椅上看风景，可他闭上了眼睛。难以置信，一切看起来都如此浑浑噩噩，如此布满尘埃，如此了无生气。离他最近的地方也仿佛是在遥远的、白色的、模糊的、睡梦中的远方。一切都被包裹在一片灼热的云彩之中。那是夏季，可究竟是怎样的夏季？我不是在活着，他大叫，他不知道他的眼睛、手、腿和呼吸应该往哪里去。那是个梦。什么都没有。我不要做梦。最后他对自己说，他的生活恐怕太过寂寞。他不得不察觉到，自己在对待周围环境时的拧巴，这让他恐惧。

接着是夏天的傍晚。克莱斯特坐在教堂四周高高的院墙上。他浑身湿透，又闷热非常。他将衣服掀开，露出胸膛。脚下，湖泊仿佛被一双有力的上帝之手扔进了低地之中，泛着红黄的光亮，可那所有的光亮又像是自湖底翻涌而来的。好像那是一片熊熊燃烧的湖泊。阿尔卑斯山脉活了过来，以一种奇异的动作将额头浸入水中。他的天鹅围着他那寂静的小岛游泳，树梢在暗夜里唱着歌的、香气扑鼻的欢乐中漂浮过去。它去哪里？没有，没有。克莱斯特喝光了这一切。在他看来，在黑暗中闪闪发光的整片湖泊就是一条长长的项链，它佩戴在一个沉睡中的、伟大的陌生女人身上。菩提树的气味，杉树的气味，花朵的气味。其中回荡着一种静悄悄的、难以察觉的叮咚声，他听见了那种声音，然而他也看见了它。这是新的声音。他要的是不可思议与无法理解。一艘小船在脚下的湖泊上漂荡。克莱斯特没有看见小船，但是他看见了左右晃动的随船灯火。他坐在那里，头部前倾，仿佛已准备好要投入这美丽深邃的画面自尽。他想进入画面，在那里死去。他只想拥有眼睛，他只想做一只唯一的眼睛。不可以，完全，完全不是这样。空气必须成为桥梁，一切的自然风光则是一道围栏，围栏是供人倚靠的，感性地、沉醉地、疲倦地靠在上面。夜深了，可他还不想下去，他的目光望向一座掩藏在灌木丛下的墓碑，墓碑周围是窸窸窣窣的田鼠，微风将细瘦的树枝吹得沙沙作响。鲜草散播着芬芳，草地之下躺着入土之人的骸骨。他感到痛苦的快乐，他太过快乐，所以才如此窒息，如此干枯，如此痛苦。如此孤独。亡灵们怎么不来陪这个孤独的男人聊上半个小时呢？在夏天的夜晚，人必须与情人做伴。对白莹莹的胸脯和嘴唇的幻想将克莱斯特赶下山，赶至岸边，赶进水里，他还穿着衣服，他放声大笑，号啕大哭。

几个礼拜过去了。克莱斯特撕毁了一部作品，两部、三部作品。他要的是顶尖的杰作，好吧，好吧。那是什么东西。变戏法吗？那就进废纸篓吧！要新的、更疯狂的、更漂亮的。他开始写森帕赫战役[1]，故事的核心来自奥地利的利奥波德，其命运震撼了他。他也想到了罗贝尔·吉斯卡尔[2]。他要将其塑造成一个光辉的角色。他看着那个心思缜密、天真烂漫之人的幸福被炸成了碎片，像隆隆巨石般滚下他的生命之坡。他甚至帮忙推了巨石，已经注定无法挽回。他要让这颗诗人的灾星彻底陨落：这是最好的办法，我将以最快的速度走向灭亡！

创作对他露出狰狞的面孔，他失败了。大约秋天时他生了病。他惊讶于此刻将他淹没的平静。他的姐姐来到图恩，想将他带回家。他的双颊深陷。他面庞的模样和色泽，如同一个被吞噬了全部灵魂的人。他的眼睛比上方的眉毛更加没有生气。缕缕发丝结成了又厚又尖的团块，搭在他的额头上，那是一个被各种各样的想法折磨至变形的额头，这些想法已将他吸入肮脏的洞穴与地狱，

1　森帕赫战役（Sempacherschlacht）指 1386 年发生在旧瑞士联邦军与奥地利哈布斯堡家族军之间的战役。率领奥地利军队的利奥波德三世在这场战役中战死，最终瑞士取得了胜利。

2　罗贝尔·吉斯卡尔（Robert Guiskard，约 1015—1085）是一位诺曼人冒险家，曾于 11 世纪征服南意大利。

正如他幻想的一样。诗句在他的脑中回荡，他感到它们如乌鸦啼鸣，他想将记忆从脑海中撕扯出来。他想将生命倒出来，然而，他首先要捣毁盛放生命的容器。他的愤怒如同他的痛苦，他的讽刺就像他的控诉。海因里希，你缺什么吗？姐姐轻抚着他。什么都不缺，什么都不缺。可是还缺这个，他没有说出他缺了什么。房间地板上的那些手稿就像被父母无情抛弃的孩子。他将手递给姐姐，最终也只是默默地看了她许久。那目光将近呆滞，姑娘感到恐惧。

于是他们出发了。为克莱斯特料理家务的姑娘同他们作别。那是一个闪光的秋日早晨，马车的轮子滚过一座座桥，经过人群，穿过以石子草草铺就的街巷，人们从窗户望出来，上面是天空，树下是金黄的落叶，一切都很干净，很有秋日氛围，然后还有什么？马车夫嘴里衔着一只口哨。一切都和往常一样。克莱斯特缩在马车的角落里。图恩城堡的塔楼消失在一座山丘后头。晚些时候，在辽阔的远处，克莱斯特的姐姐又一次见到了那片美丽的湖泊。现在甚至有了些凉意。接着是一座座乡村别墅。哎呀，在这样的山区竟有如此豪华的乡居？继续往前。一切都在飞逝，在余光捕捉到它们之前就已落在了身后，一切都在跳舞、打转、溜走。许多事物都已被裹入秋日的轻纱，浅浅的阳光穿透云层，将万物镀上了一层淡淡的金色。这样闪闪发光的金色，可人们却只能在泥土中捡拾它们。高山、峭壁、山谷、教堂、村庄、好事者、孩子、树木、风、云彩，还有什么？那是什么特别的吗？难道不就是那种"被遗弃的最平常之物"吗？克莱斯特什么都看不见。他梦见了云彩和画面，还梦到了几只人类的手掌，它们充满爱意，珍重地抚摸着他。你感觉怎么样，姐姐问。克莱斯特抽动嘴角，想对她笑一笑。可以做到，但是很艰难。他仿佛要先从嘴里清除一块石头，然后才能微笑。

姐姐壮起胆子，小心翼翼地谈及他应该即刻投身一项务实的工作。他点点头，他自己也是这么认为的。明亮的光晕在他的感官周围晃动，晃响了乐声。其实——如果他坦白承认的话——他现在挺自在的；痛，但同时也自在。他有点痛，是的，事实上是这样的，可疼痛不在胸口，不在肺部，不在头部，什么？真的吗？哪里都不痛吗？还是痛的，某个地方有一点痛，就是那种你无法准确说明的地方。算了，这件事不值得谈论。他说了些话，接下来的时间，他又像真正的孩童一样快乐了，当然了，姑娘的神色却立刻变得有些严厉，还带有惩罚的意味，她仍想要稍微提醒他一下，他在生活中的胡作非为有多么出格。姑娘也是克莱斯特家族[1]的女儿，也曾受过教育，可这些都是她的弟弟想要极力抛在脑后的东西。既然他现在好些了，她自然感到发自内心的快乐。喂，喂，继续往下说呀，这难道不是一场马车之行？可我们终究得放这驾邮政马车离开，最后请允许我说明一下：在克莱斯特曾经居住的那间乡村别墅的外立面上，悬挂着一块大理石牌匾，上面标示着曾在这里居住、写作的人。以阿尔卑斯山脉为旅行目的地的游客可以见到它，图恩的孩童见到它，将它一个字一个字地拼写下来，然后疑惑地

1　克莱斯特家族是普鲁士传统的军事世家。

望向对方的眼睛。犹太人可以见到它，基督徒也可以见到它，只要他有时间，只要他的火车不会即刻出发；土耳其人、施瓦本人也都可以见到它，这取决于他们的兴致有多高；我也可以见到它，有机会的话，我还能再见到它一次。图恩市是通往伯尔尼高原的门户，每年都有数以千计的外地人来到此地。我之所以对这个地区有所了解，是因为我曾是图恩市一家啤酒股份有限公司的员工。这个地区比我文中所能描述的还要美丽许多，湖泊还要蓝一倍，天空还要美三倍。图恩市曾举办过一次行业展览，我不记得那是什么时候了，我想是四年前了吧。

荷尔德林 [1]

荷尔德林开始写诗，可恨的贫穷却迫使他成为一名家庭教师，他前往位于美因河畔法兰克福的一座别墅赚取他的生活费。一个伟大、美丽的灵魂便从此陷入了与手艺人别无二致的处境。他不得不出卖自己对自由的热烈向往，并压下他那帝王般庞大的自尊心。这件不得已而为之的艰难之事造成的后果是一次痉挛，一次内心深处的危险震颤。

他动身前往一座华丽精致的监狱。

生来就是为了在梦境与幻想中游走，在自然

1　荷尔德林（Hölderlin, 1770—1843）是德国著名诗人。1796 至 1798年，荷尔德林在法兰克福的银行家贡塔德家中当家庭教师，此后他与女主人苏塞特萌生了爱情。本文指涉的便是荷尔德林的这段人生经历。

的脖颈之上悬吊，在天真无邪、密密匝匝的树林底下以喜人的诗作度过白昼和夜晚，与高山草场、草场上的鲜花交谈，遥望着天空并观察云彩神圣的迁移——如今他却踏入了富有的私人别墅，进入了那洁净而庸俗的狭隘之处，并担负起对他那蓬勃发展的力量而言糟糕透顶的义务：表演正直、机灵与风度。

他感到一种恐惧。他认为自己迷失了、荒废了，而他也的确如此。没错，他迷失了，因为：他所有辉煌的汁液与筋骨，如今都应该被否认并隐藏，可他甚至不具备用来可耻地否认它们的贫瘠力量。

于是他崩溃了、瓦解了，自那之后，他成了一名可怜、可悲的病患。

曾经只能在自由中生活的荷尔德林眼见自己的幸福被摧毁，因为他丢失了自由。他徒劳地撕拽着缠裹他的镣铐，可他撕开的仅仅是自己的伤口；那是一副无坚不摧的镣铐。

一位英雄躺在镣铐之中，一头雄狮不得不表

现得风度翩翩，一位帝王般的希腊人 [1] 在庸俗的房间中走动，那拥挤、狭小、贴满精美墙纸的墙壁磨灭了他无与伦比的大脑。

悲惨的精神错乱也在此地发端，那是对一切清醒意志发起的缓慢、温柔、恐怖的撞击。从毫无希望到毫无希望，从一种割裂灵魂的焦虑与恐惧到另一种错乱交加的悲观思想。仿佛各个神圣光明的世界正在无声、寂静和疲倦中崩裂。

他眼中的世界变得混沌、僵硬且晦暗；为了至少能以笑闹和幻觉麻痹自己，为了忘却对失去的自由无止境的哀悼，为了战胜那沦落为仆从的、遭受束缚的雄狮心中的怨愤，那是一头在笼中徘徊，绝望地徘徊又徘徊的雄狮，他突然想到可以爱上一位仁慈的女士。这排解了他的苦闷，也来得正是时候，它让那被摧毁的、被扼杀的、窒息的心灵自在了几分钟。

他一个人孤独地热爱着他那已然沦丧的自由

1　象征荷尔德林对希腊神话的信仰与喜爱，也可见于荷尔德林的书信体小说《许佩里翁，或希腊隐士》(*Hyperion, oder Der Eremit in Griechenland*) 中的主人公。

之梦，与此同时，他也在臆想自己正爱着那位女主人。他的意识周围是一片荒芜，如同沙漠。

当他微笑时，他仿佛不得不费力地将笑容从深邃的洞穴之中拖拽出来，然后才能将其安置于唇边。

他发疯般地渴望回到童年；为了再次来到这个世界，为了再当一次小男孩，他希望自己可以死去。"当我还是个男孩时……"[1] 他写道。人们都知道这首光荣的歌谣。

正当他体内的那人陷入绝望之时，正当他那由许多悲惨的伤口造就的本体流淌着鲜血之时，他的艺术创作却如同盛装打扮的舞者一样登上了高峰；当荷尔德林感到自己正在步入深渊之时，他也在入迷地奏乐与写诗。他歌唱自己生命的分崩离析，就以他所说的语言为乐器，唱出了黄金般美妙的音调。他哀叹他的公理与他溃散的幸福，那是只有帝王才能发出的哀叹，那是诗艺领域的同辈人从未见过的骄傲与崇高。

1　参见荷尔德林的诗作《当我还是个男孩时》（"Da ich ein Knabe war"）。

命运残酷的双手将他从这个世界拉扯出来，他离开了对他而言过于逼仄的环境，越过了合理的边界，迈进了疯狂，他随着庞大的力量沉入了流光溢彩、目眩神迷、神圣、美丽、疯狂的深渊，他会在甜蜜的精神涣散和意识不清中沉入永恒的浅眠。

"这不可能，荷尔德林，"这户人家的女主人对他说，"你要的东西是无法想象的。你想的一切总在打破所有的常规与可能性，你说的一切则撕裂了所有可以实现的目标。你不要也不能过得安好。安好对你来说太狭小，而划定了边界的安宁又让你感到恶心。对你来说，一切都是也将会是一道深渊，一道无限的深渊。世界加上你，就是一片海洋。

"我能对这样的你说些什么，我又可以说些什么，才能将你安抚？你把所有的舒适看作卑鄙，并将它们从你身上驱逐。所有拥挤与狭小的事物都使你惶惑，让你患病；所有宽广和未经阉割的事物都在引你飞升或沉沦，去往那个没有停留，也没有享受的地方。对你来说，耐心不值一提；不耐心又会将你切割。人们敬你、爱你又控诉你；你没有享乐的能力。

"既然什么都不能让你快乐，我应该做什么？

"你爱我吗？

"我不相信，我必须禁止自己相信，并不得不希望你也愿意禁止自己让我相信。你没有动力来爱我，你能做的不过是佯装平和、友好而快乐的样子，并装作对你我之事有耐心罢了。我没有资格相信我对你来说很重要。

"所以，温柔、善良并聪明些吧。我几乎要害怕你了，而这种感觉会让我哭泣。就让热情离去，并战胜你自己吧。当你坚定地战胜自己时，你可以变得多么美好、多么温暖、多么伟大。你那狂妄的幻想却会杀死你，你那关于生命的幻梦会夺去你的生命。难道'放弃伟大'不是一种伟大吗？

"一切都太痛苦了。"

她如此对他说。之后，荷尔德林离开了这户人家，他还在这世界上游荡了一段时间，然后他陷入了无法治愈的精神分裂。

房中残片

我认识一位作家，为了寻找一个合适的写作题材，他经历了几周徒劳无功的苦思冥想。在那之后，他终于有了一个滑稽的想法，那就是，他要在自己的床架底下进行一场发掘之旅。

这是一次鲁莽而冒险的行动，任何人都可以在事情发生之前提醒那个设法这么做的人：他什么都不会找到。

这位乐于行动的先生跪在地板上，之后，他又不得不灰心丧气地从自己跪下的地方再次爬起来，他感到深深的懊恼，毕竟他连一点值得一提的、稍有趣味的题材都没找到。

"看在上帝的分上，我现在该写些什么？我将来该去哪里赚我那少得可怜的薪水？"他愁眉苦脸地问自己。

精神世界的黑夜从四面八方围住了他，正当他搜肠刮肚地寻觅出路之时，他突然在自己的鼻子跟前看见了一个非常少见却妙趣横生的场景，他从来不敢奢望能在自己的一生中遭遇这样一个画面。

在那堵灰黑色的斑驳墙壁上插着一颗老旧生锈的钉子，钉子上挂了一把雨伞。

"我看见了什么？"这位激动的作家兴奋地大声喊道，"这真是难以置信。它就在我灵魂的不朽之中：我找到了极具意义、极为美丽的主题。"

他一刻都没有思考，也没有留给自己搔头抓耳的时间。在投入工作前，他常喜欢彻底地搔头抓耳一番，这回他没有这么做，反倒迈向书桌，坐了下来，雄心勃勃地握住笔并快速写道：

我见到的是某种罕见的、天生就自带荣耀的东西。

我不必走得太远。题材就在附近。

我站在房间里胡思乱想。突然，我看见了某个厌世者，它身上还挂着某个倦世者。

　　那是一颗衰老而疲倦的钉子，孔眼不再能将它好好地托住，于是钉子几近脱落，上面挂了一把几乎同样衰老残败的雨伞。

　　眼看一个年老体衰者依靠在另一年老体衰者身上，看见并观察到一个摇摇欲坠者悬在另一摇摇欲坠者身上，就像是两名在寒冷且毫无希望的荒野中相互拥抱的乞丐，他们会在密不可分中走向灭亡，他们每分每秒都可能步入死亡。

　　眼看处在弱势之中的弱者仍在支撑着另一弱者，他会坚持到自己也在彻底的无力中崩溃，而悲惨者在落魄潦倒的悲惨处境中，还在为另一悲惨者提供力所能及的支撑，他会坚持到自己最终走向全然的破灭：这一景象深深打动了我，震撼了我，我几乎不能犹豫，我必须将它写下来。

作家停下笔。冒着严寒写作，他的手已冻得发僵；他的钱不够，不能为房间供暖。

外面，首都的街道上呼啸着十二月的凛冽寒风。我们的作家长久地、机械地看着他写下的文字，将脑袋埋进手中，叹息着。

致一颗纽扣

一天，正当我忙于缝合一个被我的猛烈喷嚏崩坏的衬衫扣眼时，正当我像一名熟练的缝纫工一样勤恳地缝缝补补时，我突然想到，要对那颗诚实的衬衫纽扣、那个忠诚而谦逊的小兄弟致以如下的颂词，下面都是我无声的喃喃自语，它却因此而显得更加真诚：

"亲爱的小纽扣，"我说，"这个你为之工作了不少年头的人，欠了你多少感谢与夸奖呀，我想，你已忠心耿耿、勤勤恳恳并持之以恒地服侍了他七年有余，这些年里，他从未记起你，总在忽略你，那是他放任自己对你欠下债务，可你却从来不曾提醒他要对你稍作表示。

"今天他会这样做的，今天我清清楚楚地认识到了你的意义与价值，在你那十分漫长的、忍苦耐劳的服务期间，你从来不曾为了能够站在华丽的镁光灯下，或者为了获得耀眼、夺目的聚光灯效应而跻身前排的位置，相反，你始终保持着你那无论怎么夸赞都不为过的、令人感动的、沁人心脾的谦逊态度，留在了最不起眼的不起眼之处，你在那里心满意足地培养着你那可爱美好的品德。

"你带给了我很大的震撼，你证明了那种构筑于诚实与热忱之上的力量，它无须夸奖，也不求认可，然而，每个小有成就的人都在贪求那样的夸奖与认可。

"你笑了，我最好的纽扣，可惜当我见到你时，你已十分残破、老旧。

"亲爱的纽扣！卓越的纽扣！人们应当将你视作榜样，他们中有人会因为太过渴望一再响起的掌声而患病，还有人则需要所有人不断给予他善意与褒奖，一旦失去了那些话语的触摸、安慰与爱抚，他就会感到怨恨、丧气和委屈，恨不得立刻堕落并死去。

"你呢，你甚至不需要任何人在最低限度上记起你的存在，也能够活得好好的。

"你是幸福的；因为谦虚的人能让自己快乐，忠诚的人则能感受到内心的自在。

"你无意将自己培养成任何大人物，你完全专注于你命定的任务，或者，至少你给人的感觉，就像是你感到自己应该一言不发、全心全意地履行职责，我们可以将你的职责称为一朵香气袭人的玫瑰，那朵玫瑰自己也不懂自己的美丽，它只是漫无目的地散播香气，因为这就是它的命运——

"正如刚才所说，你坚持做自己，并坚持自己的方式，这样的你让我惊奇，也触动、感动并撼动了我的心，你使我想到：这个世界上令人不愉快的事物已经够多了，可在某些不起眼的角落，还存在某些事物，它们会向注意到它们的所有人传播幸福、快乐与豁达。"

散步

我要说的是：在一个美丽的早晨，我不记得究竟是几点，想散步的念头前来寻我，于是我戴上帽子，离开我的写作间或幽灵小屋，跑下楼梯，只为了快快来到街上。补充一句，我在楼梯间撞见了一个女人，她可能是一个西班牙人、秘鲁人或克里奥尔人[1]。她的外表透着一些苍白凋零的庄重感。但我必须严令禁止自己为那个巴西女人或来历不明的女人逗留，两秒钟也不行；因为我不能浪费时间和空间。今天，当我写下这一切时，我只能记得自己踩在了开阔明亮的街道上，一种浪漫的冒险情绪勾

1　克里奥尔人（Kreolin），一般指欧洲殖民者在中南美洲的后裔，也指在曾是殖民地的地区出生的非本土人士，比如混血儿，尤指出生在美洲的非洲黑奴后代。

起了我内心深处的喜悦。早晨的世界在我眼前展开，一如初见般美丽。我见到的一切都给我留下了友好、良善且青春的可爱印象。很快，我便忘记了先前窝在楼上的小房间里对着一页白纸的苦思冥想。一切悲伤、一切痛苦、一切沉重的思虑仿佛都消失了，尽管我还是能清楚地感受到某种严肃的沉重，那是一种声音，回荡在我的身前与身后。我满心欢喜地期待着在散步途中可能遇见和遭遇的一切。我的步伐不紧不慢、平静稳重，据我所知，当我像这样走在自己的路上时，我便能将自身的庄严品质展现出许多。我乐于隐藏我的感受，使其远离旁人的目光，但我并不会为此恐慌费力，我认为费力是一种巨大的错误和一种深刻的愚蠢。我经过一个宽阔的、熙熙攘攘的广场，不出二三十步，便偶遇了上等人中的上等人——梅里教授[1]。梅里教授如同一位不容置疑的权威，迈着肃穆、庄重且崇高的步伐走来；他手握一根学界人士常用的散步

1　梅里（Meili）是瑞士伯尔尼州极为常见的一个姓氏。教授在瓦尔泽的作品中常有出现，瓦尔泽一般都会以讽刺的方式来塑造此类人物形象，这里也是如此。

手杖，那根无坚不摧的手杖在我的心中植入了惧怕、敬畏与崇敬。梅里教授长着一只严苛的帝王将相之鼻，锋利似山雕或苍鹰，他的嘴则如律法一般紧紧闭合。他那著名的学者式步伐堪比一部庄严的法典；而在梅里教授浓密的眉毛下、坚毅的目光中，则闪烁着世界历史及消逝已久的英雄事迹的余晖。他的帽子如同一位无法被颠覆的统治者。将自己的统治者身份隐藏起来的统治者，是最为狂妄和强硬的统治者。然而，总的来看，梅里教授的行为举止很谦和，他似乎觉得，在任何情况下都没必要使人察觉他所代表的地位和分量，即便他看起来十分冷酷强势，他的形象仍使我感到亲切，因为我可以告诉自己，那些笑起来既不甜蜜也不好看的人，往往才是诚实而可靠的。众所周知，世上毕竟也存在那类惯于扮演好人和善人的无赖，他们拥有那种可怕的天赋，能对自己犯下的恶行露出亲切乖巧的笑容。

我嗅到了书商和书店的气息；同时，我也预感并意识到，我将很快到达并谈及一间用浮夸的金色字母装饰的面包房。可在那之前，我还遇上了一名牧师或神父。一名神色友好而庄重的城市药剂师骑着或者说踩着自行车，紧挨着我这个散步者经过，另外还走过了一名指挥部或团部的军医。一个朴实无华的行人也不能被忽略或遗忘；毕竟他也在请求我好心地提一提他。他是一个发了财的旧货商或破烂小贩。男孩和女孩们在日光下自由且无拘无束地追逐奔跑。"就不该拘束他们，"我想，"总有那么一天，增长的年岁会吓唬并缚住他们，只是太早了，上帝也会为此遗憾。"一条狗在泉水边休养生息。燕子出现在我眼前，在蓝蓝的天际鸣啭。我还见到一两位时髦女郎，她们身着夸张的短裙，脚蹬精美绝伦的彩色高跟小靴，但愿她们能像其他事物一般引人注目。两顶太阳帽或草帽吸引了我的注意。那是两顶男士草帽：在明亮柔和的天空下，这两顶帽子突然出现在我眼前，帽子下面是两位出众的绅士，他们优雅得体地摘下并挥动帽子，似乎在互道早安。显然，在这项仪式中，帽子本身比它们的佩戴者及主人更有分量。说句题外话，人们不得不十分恭敬地恳请本文作者，避免事实上无关紧要的嘲弄和讽刺。人们不得不请求他保持严肃，但愿他现在总算明白该怎么做了。

一家宏伟庄严、藏书丰富的书店自然而然地落入了我的视野之中，出于兴趣和本能，我打算对它进行一次简短快速的探访，如此，我便毫不犹豫地踏进书店，并让自己展现出了显而易见的文雅风度，然而我又有些担心，自己是否会表现得太像审查员，抑或赶来打探消息的书籍收藏家或鉴赏家，而不像书店喜闻乐见的阔绰买家和优质顾客。我以一种礼貌且极端谨慎的语气，字斟句酌地打听高雅文学领域最新最好的作品。"可否允许我，"我胆怯地提问，"打听打听，时下最扎实、最严肃的文学作品是哪一部？当然了，那肯定也是流传甚广、迅速成名、于第一时间被采购入库的书，可否将此书借我瞻仰片刻？如能得您惠赐，令我一阅此书，我将不胜感激。没有人会比您更清楚我所指何书，此书不仅深受读者喜爱，就连因恐惧而四处谄媚的批评界也对它大肆褒奖，而且它的影响力还将进一步扩大。您完全无法相信我多么想要立刻得知，在那些层层堆积并展示着的书籍或作品之中，哪一本才是那部备受宠爱的大作。若是不出意外，只要让我看上那本书一眼，我就会立刻化身为一名兴奋激动的买家。我渴望了解文艺界最受欢迎的作家，渴望瞻仰他那收获了无数掌声的大作，我或许还渴望立刻将那本书买下，这些渴望正在冲撞我的四肢百骸，令其簌簌作响。我可否恭敬地恳请您让我看看那部大获成功的作品？这样我就能平息那占据了我全身心的渴望，好让它别再搅得我坐立难安。""乐意效劳。"书商回答。他像箭一般消失在我眼前，下一秒，他便带着那本销量最高、流传最广，且具有永恒价值的书回到了饥渴的买家兼书虫身边。他将那宝贵的精神产品小心翼翼地捧在手心，就像捧着一件圣物。他的面庞入了迷；他的神情焕发出最崇高的敬畏，他的唇边带着笑，那是信徒和内心最为虔诚之人才会有的笑容，他将他带来的那部作品耀武扬威地摆在我面前。我察看着这本书，问道：

"您能发誓，这就是今年最流行的书吗？"

"毫无疑问。"

"您能声称，这就是那本非读不可的书吗？"

"非读不可。"

"这本书确实好吗？"

"这是什么多余又无礼的问题。"

"衷心感谢您。"我冷酷地说。我还是将那本书留在了原位，那本正因它非读不可而大肆流传的书，然后悄无声息地离开了，没有再多说一句话。"没文化、无知的家伙！"当然了，卖家有权恼羞成怒，也有权冲我大吼。然而，我由他喊叫，从容不迫地往前走，径直走向距离此地最近的大型金融机构，我马上就会详细解释并说明我此行的目的。

我认为我有必要提前说明，我去那里是为了获取关于某些金融证券的可靠信息。"顺道突袭一家金融机构，"我边想边对自己说，"去协商经济事宜，并弄清楚那些让我犯嘀咕的问题，这很不错，显然有很大的益处。"

"您能亲自光临真是太好了，您来得正是时候。"柜台处，一位认真负责的银行职员十分友好地对我说道，他笑得甚至有点像是在恶作剧，可不管怎么说，那都是个亲切又活泼的笑容。他继续说：

"正如我刚才所说，您亲自来找我们是件好事。我们正准备给您去一封信呢，现在我们可以当面通知您，这对您来说无疑是个好消息，我们受到一个仁慈的妇女协会或圈子的委托，显然她们对您很亲切，事关

一千法郎，

这不是借款，相反，这笔钱将以最好的方式记在您的名下，您肯定也更愿意这样，我们在此跟您确认该事项，如果您愿意，您现在就可以将这个好消息记录下来，记在脑子里或者其他您认为合适的地方。根据我们的推测，这笔钱会令您欢喜；坦白说，您给我们的印象是，我们想请您原谅我们这种过于直白的说法，即我们认为，您目前似乎正迫切地需要这样善良周到的救济。这笔钱即日起便供您

支配。我们能看出，在这一瞬间，一阵强烈的喜悦降临在您的脸上。您的眼睛在发光；您的嘴角也在此刻扬起笑容，也许您已经很久没有这样笑过，令人窒息的柴米油盐夺走了您的笑容，也许在很长一段时间里，您总是无法自拔地沉浸在阴郁的情绪中，任由形形色色愤怒的、悲伤的念头给您的前额染上一层阴霾。感到愉悦便搓搓手吧，您应该感到高兴，因为高尚亲切的女慈善家们被崇高的想法触动，她们认为帮人排忧解难是件好事，她们想起一位穷困而失意的诗人（说得对吗，您是诗人吧？），并想到他一定会需要经济援助。我们要恭喜您，因为这个世界上仍然有一些人愿意纡尊降贵地想起您，因为在面对一位屡遭轻视的诗人和他的生存困境时，并非所有人都会冷漠地放任他自生自灭。"

"从心地善良的女神们或者说女人们手中，通过捐赠的方式意外流到我手里的这笔钱财，"我说，"我想将它暂时存放在贵处，贵处配备了对防火防盗而言必不可少的保险柜，因此能最妥善地保管财物，使它们免于任何形式的损害或破坏。您甚至能够付利息。我可否请您给我一张回执？我想着，我有权根据具体情况从这笔大额钱款中随时支取小额钱款。我想说明的是，我很节约。我会像一个节制且目标明确的男人那样对待这笔馈赠，我的意思是，我明白该如何谨慎地使用它，而对于赠予人，我将给她们去一封信，真诚而礼貌地表达我的感谢，我想明天早上就写这封信，以免它因拖延而被忘记。至于您刚刚坦率表达出的您对我的看法，即您认为我很穷的这个看法，即便那是您基于聪明而准确的观察做出的判断。可是关于我的情况，有我自己知道就足够了，况且我才是那个最了解我的人。外表常有欺骗性，先生，最好的做法是，将评判一个人的权利留给那个人自己。没有人能比一个饱经沧桑的男人更了解他自己。尽管我曾千万次走失在迷雾、起伏和困境中，也时常感到自己被悲惨地遗弃了。但我认为斗争是美丽的。一个男人不会为他参与的消遣和娱乐活动而感到自豪。只有在勇敢地跨越困境，耐心地经受磨难之后，他才能感受到来自灵魂深处的喜悦和自豪。但我还是不要再多说了吧。哪个正直的人在生活中能从不无助呢？哪一些人类的希望、蓝图和梦想能历经年岁仍毫发无伤呢？哪里有灵魂能不付出任何代价，便实现渴望、达成大胆的心愿，使甜美而崇高的幸福幻想成真呢？"

一张一千法郎的回执单被交付并递给了我，存款人和账户相关人不是别人，正是我，我被允许在上面增删修改。我打心底为这魔术般从天而降的意外之财感到高兴，走出高高的、漂亮的现金交易室，我来到自由的天空下，继续我的散步。

希望我还愿意、还能够、被允许再补充一句（因为现在我想不起别的新鲜事），我的包里还装着艾比夫人礼貌而令人愉快的邀请函。她在邀请函上恳切地邀请并敦促我，务必于十二点半准时出席一场简单的午宴。我决心赴宴，并将坚决按照规定时间，准时出现在那位令人尊敬的女士家中。

亲爱的读者，当你付出努力跟随着这些文字的书写者和创造者，认真地走进那个明亮、友好的晨间世界之时，当我们一点也不着急，相当自在、踏实、顺利、悠闲、平静地往前行进之时，我们便不知不觉地抵达了先前预告过的金字招牌面包房，在那里，我们百感交集，震惊地停下脚步，因为我们目睹了一种卑劣的炫耀之风正在蚕食可爱的乡村图景，我们为此感到悲哀。

我不觉叫出了声："上帝啊，面对这样野蛮的金字招牌，您应该允许正派人士感到相当的愤怒，因为这种野蛮的审美给我们所在的大自然强行拓上了自私自利、贪得无厌的印记，还使灵魂变得悲惨、裸露、粗野。一名朴素正直的面包师真的有必要如此大张旗鼓地宣扬自己吗？他何必穿金戴银地走到大太阳底下发光，何必像个侯爵或热衷打扮的贵妇一样发亮？面包师在烤面包、揉面团时是何等诚实，又展现出了何等合乎理智的谦逊啊。我们生存的世界正开始沦为一个怎样炫目的骗局？难道我们已经置身于骗局之中？社区、邻居和公共意见不仅可以容忍那些损害了各种良知、理性、互助精神、审美与道德感的东西，甚至还开始公开赞美它们，这是一种不幸，那些东西在病态地自我膨胀，它们为自己颁发了可笑的无赖名声，即便在百米外甚至更远的距离，都能听见它们正对着诚实的空气吹嘘夸耀：'我就是那个谁谁谁。我钱多得要命，我有权吹嘘自己，也有权在别人面前装模作样。就算我是个绝对的粗人、蠢蛋，就算我品位低下，外表庸俗；就算如此，也没人能阻止我表现我的粗野和愚蠢。'那些金灿灿的、恶心地发着光的字母，它们和面包有什么诚实合理的关系吗？有什么健康的亲缘关系吗？完全没有！然而，从某个时刻开始，从世界上的某个小角落开始，令人厌恶的自我膨胀和自我吹嘘一步又一步地发展壮大，就像一场可怕的洪水，扬起垃圾、灰尘、愚昧，将它们散播到世界各处，甚至淹没了我那诚实的面包师，玷污了他原本良好的品位，吞噬了他与生俱来的端庄品德。倘若我能再度复兴传统而美好的正直品性与知足精神，将诚实、谦逊重新还给土地和人民，作为交换，我愿意牺牲自己，甚至付出我的左手或左脚——这些品质已经丧失很久了，所有正派人士都为此感到痛心。人们总想表现得比真实的自己更伟大，这样蹩脚的欲望应当见鬼去。它是一场真正的灾难，会在大地上传播战争的危险、死亡、贫穷、仇恨与伤害，会给世上所有的事物都戴上邪恶、丑陋、本该受到诅咒的面具。在我看来，工人师傅并非先生，一个单纯的女人也不是什么女士。但如今，一切人和事都想要发光发亮，想变得新、变得精致、变得好看，所有人都想被尊称为先生和女士，这让人觉得恐怖。不过，也许随着时间的流逝，这样的情况能有所改善。我愿意这样希望。"

另外，我马上就会贴着你们的耳朵告诉你们，我本人是如何做出主人派头，又是如何模仿上流人士的行为举止的，你们马上就会了解到。至于我是用哪种方式表现的，这点也会展示给你们。要是我在批评别人时不留情面，轮到自己头上却变得很温和，还想着要尽可能给自己留颜面，那就不太好了。做出这种事的批评家不能被称为真正的批评家，作家也不应该如此滥用他手头的笔。但愿我的这句话能得到大家的普遍认同，使你们感到满意，并收获鼓励的掌声。

乡道左侧，一家填满工人、忙于生产的金属铸造厂正发出隆隆的声响。此情此景使我感到羞愧难当，因为当其他人都在勤勤恳恳地干活之时，我却只是在散步。当然了，在所有工人都下班休息之后，我也会勤勤恳恳地干上一个钟头。

一名骑着自行车的装配工从一侧叫住了我，他是我在陆军第 134 营第 3 师[1]的同僚："看来你又在这大好的工作日散步了。"我大笑着问候了他，大方地确认了他的猜测，没错，我在散步。

"他们能看出来我在散步。"我静静地思索，心平气和地继续往前走，我不会因为被逮住错处而感到生气，那可太愚蠢了。

我必须坦白承认，当我穿上那套别人送的亮黄色英式西装时，我觉得自己就像个英国地主、法国贵族，或那种常在公园里散步的法国侯爵，尽管我散步的地方只是一个半乡村半城郊、可爱又小巧的穷乡僻壤，是一条乡间小道，才不是我刚刚暗示

1　瓦尔泽曾于 1914 年 8 月以轻步兵的身份加入陆军第 134 营第 3 师。与其他瑞士男子一样，瓦尔泽在"一战"期间也曾以长期或短期义务兵的身份被派往不同的战区。

的那种别致的公园，我必须悄悄撤回这种想象，因为关于公园的一切都是我在无中生有，与这个地方根本就没什么关系。大大小小的工厂和车间随意地分散在绿色的原野中。肥沃而温暖的农业友好地向周边正在敲敲打打的工业张开臂弯，环抱住工业与生俱来的破碎与贫瘠。坚果树、樱桃树和李子树为柔软圆润的小径增添了一些吸引力、一些可看性和一些纤美。一条狗横着躺在路中央，我觉得这场景本身就很可爱，也很叫我喜欢。我常常会在一瞬间热烈地喜欢上大多数东西，只要它们接连不断出现在我的面前。包括下面这出以一狗一孩为主角的美妙小戏：当一个调皮的男孩坐在屋外的阶梯上狼吞虎咽时，一条狗正静静地盯着他，那狗身形庞大，却生得滑稽幽默、人畜无害，然而，那外表有些凶猛其实并无恶意的动物的关注，却让小男孩感到害怕，他冲着那狗一通吠叫，又号啕大哭起来。我觉得这出戏很精彩；但在这个乡间小道的剧院里，还上演了另外一幕更加可爱、更加精彩的儿童剧。两个很小的小小孩躺在尘土飞扬的路中央，就像躺在某座花园里一样。一个孩子对另一个说:"给我一个温柔的吻。"另一个孩子立即照做。下命令的孩子接着说:"好了。现在你可以起身了。"如果没有那可爱的一吻,那个孩子恐怕还不能站起来呢,现在他得到了许可。"这天真无邪的一幕与那美丽的蓝天是多么相衬,天神也会对着这欢乐、轻快而明亮的大地露出神圣的笑颜呢!"我对自己说,"孩子们像天空一样神圣,他们一直都有天神的一面。随着他们长大成人,天神便会离他们远去,他们从童真中跌出,掉进成年人那干巴巴的、斤斤计较的个性中,坠入成年人那些乏味的观念中。对穷苦人家的孩子来说,夏日的乡间小道就像是他们的玩具屋。不然他们能去哪里呢,花园都被私人占有,对他们关上了大门。那些呼啸而过的汽车粗鲁而冷漠地闯进孩子们的乐园,闯进那童真的天堂,将小小的、纯洁的孩子们置于被碾碎的危险之中。想到这种厚颜无耻的、标榜着胜利的汽车真的有可能会撞倒某个孩子,这太可怕了,我根本不愿意这么想,愤怒会误导我做出粗野的表达,但显然,那种表达不会有任何建树。"

看到那些在呼啸而过的、激起尘土的汽车中端坐的人，我总是会露出愤怒而冷酷的表情，他们也不配我对他们展现更好的脸色。这使他们误以为我是一名督查或值班警察，受到上级和当局的命令来督查交通，要记录车牌号并上报。我总是一脸阴郁地盯着轮胎，或者盯着汽车的整个外壳，可我从来不看坐在车里的人，我鄙视他们，但这种鄙视绝不针对个人，这是一种根本性的鄙视；因为我不理解，我也永远无法理解：那些人怎会将飞驰着掠过美丽大地所奉上的风光、景物看作一种乐趣？他们仿佛感到自己太过优越，所以不得不飞奔，否则他们就会陷入可悲的绝望。事实上，我热爱平静和一切使人感到平静的事物。我热爱节制和克制，并以上帝之名，憎恨一切人类内心最深处的喧哗与骚动。我的这种看法再真实不过，我不必再说明更多了吧。然而人们绝不可能因为我的这几句话就放弃开车，他们也不可能放弃让汽车排出污染空气、令人厌恶的尾气，绝对不会有人喜欢或赞赏那种废气吧。真有人的鼻子会喜欢吸入汽车尾气，还乐在其中吗？那也太反常了，毕竟对每一个正常人类的鼻子来说，那气味都是不堪忍受的，要是那人那天正好心情糟糕，那气味可能会使他当场暴跳如雷、呕吐不止。好了，别再谈这些不好的事了。现在继续散步吧。步行才是最美妙、最优秀，也最传统的出行方式。只要你的鞋子和靴子没问题。

尊贵的先生们、恩主们和读者们，既然您已经仁慈地接受并宽恕了这或许有些过于正式、过于昂首阔步的文风，可否允许我恰当地向各位引荐以下两位特别重要的人物？或者也可以将她们称为形象或角色，第一位女士曾被认作一名女演员，第二位也许会被看作史上最年轻的女歌唱家。我认为这两位人物的重要性不言而喻，因此我相信，在她们正式出场并现身之前，应当隆重地预告并宣布她们的莅临，以便提前彰显这两位美丽生灵的重要地位与显赫名声，这样，等到她们出场时，便能立刻沐浴在特别的关注和细致的爱中，并受到大家的欢迎与瞩目，据我那微不足道的看法，为了彰显这样的人物，这种程度的预告几乎是必须的。如您所知，作为对作家先生长途跋涉的回报，他将在十二点半左右到达艾比夫人的宫殿或别墅吃饭、用餐、进食。可在那之前，他还有相当长的一段路要走，还有几行字要写。但我们已经知道得够清楚了：他喜欢散步，就跟他喜欢写作一样；不过，也许他对后者的喜爱甚至比前者还要少一些。

我在一栋漂亮干净的别墅前见到了一个女人，她坐在一张长椅上，长椅后面是美丽的街道，我一见到她，就大胆上前搭话，我尽量彬彬有礼地向她倾诉了以下内容：

"请您宽恕我，这个对您来说彻头彻尾的陌生人，我一见到您，问题就到了嘴边，这是一个急切且肯定相当鲁莽的问题：或许您曾是一名演员？因为您和从前某位备受荣宠、芳华绝代的演员或舞台艺术家长得一模一样。我的大胆称呼及鲁莽搭话肯定会使您感到冒犯，您产生这种感觉是非常合情合理的；可是，当我从您身边经过，当我见到您那张极美的面庞、您那让人倾慕的可爱模样时，我必须补充一句，您的模样有着某种特殊的意蕴，还有您那窈窕、纤细、曼妙的身量，而且您正如此坦率、伟大而平静地望着前方，望着我，或者甚至是望着这个世界，当我从这样的您身边经过时，我别无选择，只能逼着自己鼓起勇气上前，对您说一些好话和奉承话，希望您不要介意，即便我的轻率举动恐怕会遭到您的惩罚和拒绝，那这也是我罪有应得。我第一眼看见您，便忍不住猜想，您肯定曾是一名演员，可今时今日——这也是出于我的想象——您却似乎做了一家店铺的老板娘，独自坐在好看但稍嫌简陋的街边，坐在一家别致的小店门前。或许今日之前，并没有人像我这样无缘无故地找您搭话。您那既友好又妩媚的神态、您亲切美丽的形貌、您的娴静气质、您窈窕的身姿，还有您那高贵而充满生命力的成熟女人的模样（请允许我提您的年纪），这一切鼓舞了我，令我有勇气在这条敞阔的大街上与您开始一场交心的谈话。而且今天这美丽的天气、它散播的自由气息、它的晴朗使我快活，也令我的内心燃起欢喜，或许正是出于这个原因，我才对一位素未谋面的女士做出了一些过分之举。您笑了！这说明您绝对没有气恼我的胡言乱语。请允许我这么表达，我认为，如果两个互不相识的人能时不时碰在一起，并轻松愉快地聊聊天，这也不失为一件赏心乐事，正是为了这个原因，我们这些居住在这个对我们而言如同谜语一般怪异而令人困惑的星球上的居民，才长出口舌，发展了语言能力，而后者本身就是如此美丽而奇怪。不管怎么说，我对您一见倾心；现在我不得不毕恭毕敬地请求您的原谅，但愿您能相信，您在我的内心注入了最炽热的倾慕之情。如果我向您坦白，当我见到您的时候，我从您身上领悟到了幸福，您会怪罪我吗？"

"这更能使我高兴，"美丽的女人很开朗地说道，"至于您的猜测，我恐怕要让您失望了。我从来没当过演员。"

我被这个回答触动，说道："不久前，我从一个寒冷、凄凉、逼仄的环境中离开，来到这个地方，那时，我内心病入膏肓，毫无信仰，失去信心、信任，找不见任何希望，对世界、对自己感到陌生，满怀敌意。恐惧和猜忌如影随形，将我困住。靠着一步一步地散步，我才得以摆脱那种低级而丑陋的偏见。在这里，我得以重获更平静、更自由的呼吸——我又成了一个更美好、更温暖，且更快乐的人。我感到那曾经充斥灵魂的恐惧慢慢消失了；心中的悲哀、凄凉，以及毫无希望的感觉逐渐转化为更光明的满足感，转化为那种令人愉快、充满活力的参与感，我又重新学着去参与这个世界。我本来已经死了，但现在，就像是有什么东西托住了我、撑住了我。在这个我本以为不得不经历许多不美好、许多残酷和不安的地方，我却遇见了爱意和善心，找到了所有平静、熟悉且美好的事物。"

"那更好了。"那个女人说道，表情和语气都很和善。

由于我感到似乎是时候结束本次交谈了，它始于我的胆大妄为，现在则是时候离开了，我向那位被我认作女演员的女士道别，遗憾的是，由于她自认为有必要否认，她如今已不再是一名伟大的著名演员了，可以说，她的否认方式带着某种斟酌过后的礼节，我向她鞠躬，然后平静地继续往前走，仿佛什么都没有发生。

一个小心的提问：一家绿树掩映下的饰品店会不会引起人们特别的兴趣，也许还能收获若干稀疏的掌声？

我对此很肯定，所以我将大胆地继续我恭顺的讲述，当我行走和前进在所有道路中最美的那一条上时，从我的喉咙里冒出了一阵相当愚蠢的、孩子气的、响亮的欢呼，连喉咙自己都不敢相信它发出了这样的声音。我又看见或发现了什么崭新的、闻所未闻的、美丽的事物呢？哎呀，其实就是刚才提过的饰品店，也叫时尚沙龙，它可爱极了。巴黎与彼得堡、布加勒斯特与米兰、伦敦与柏林逐渐靠近我，一切优雅、放荡、大都会的气息在我眼前浮现，要使我神魂颠倒。然而，那些大城市及国际大都会中却没有缠绕绿树的装点，也没有鲜美的芳草及茂盛可人的温情叶儿那种安抚人心的力量，甚至没有甜蜜的花香，可在这里，我却拥有它们。"这一切，"在沉静的伫立中，我盘算着，"我以后肯定会将这一切写进我的一部作品或我的某种幻想中去，我会将它命名为《散步》。文中尤其不能缺的是这家女帽饰品店。否则这部作品必然会丢失它那种高雅的画面感，我明白要如何避免、处理及杜绝这种缺陷。"在我看来，那些装点在诙谐可爱的帽子上的羽毛、丝带、人造果实和花朵，就如同大自然本身一样迷人而亲切，它们那天然的绿意和色彩框住了人造的色彩，将奇幻的时髦样式温柔地包裹起来，经过它们的改造，饰品店仿佛成了一幅纯粹的、意蕴悠长的绘画作品。怎么说呢，我预计读者们会在此处调动自己最细腻的理解力来想象这幅绘画，那是一种我相当畏惧的能力。我这个胆小鬼的可怜自白是情有可原的。因为那些比我更大胆的作家也有着和我相同的感受。

上帝啊！我又看到了什么，绿荫底下还立着一家肉铺，那是一家多么漂亮、玲珑而可爱的肉铺，店内摆满了粉色的猪肉、牛肉和小牛肉。肉铺师傅在铺中忙着切肉，买家则站立一旁。这家肉铺和那家女帽店一样值得一声欢呼。这里应该稍微提一下位列第三的杂货铺。至于各种各样的小酒馆，我晚点会再谈到它们，在我看来目前还为时尚早。毋庸置疑，酒馆这种地方去得再晚都不为过，因为那里会发生一些不好的事，酒后失态，这是大家都知道的，可惜的是，每个人都只将酒后的秘密留给自己。即便是最有德行之人，也无法宣称自己从未犯下任何恶行。然而幸运的是，我们毕竟是人，而人类很容易就能得到原谅。你只需援引人类这种生物天生的弱点为自己辩护即可。

走到这里，我又要重新寻找方向了。我想我将成功重组军力、排兵布阵，像一位运筹帷幄的战地元帅那样，将所有巧合与失败都纳入巧妙的算计之网，可以这么形容吧。如今，勤奋的人每天都能在日报上读到并记下类似"侧翼攻击"这样的词语。[1] 最近我开始相信，战争、战术与诗歌艺术一

---

1 瓦尔泽于 1916 年 8 月写下《散步》时，日报上终日报道着"一战"的战况，也包括瓦尔泽当时所在的比尔市出版的《比尔日报》。

样艰难，一样需要耐心，反过来也是一样的。作家就像将军一样，在大胆进攻和打仗之前，往往要做长时间的准备，或者换句话说，将艺术作品或书籍丢到图书市场上是一种挑战，有时也会引起强烈的反攻。书籍会引发讨论，这类讨论有时会终结得如此惨烈，以至于书籍本身反倒消失了，书的作者也不得不为此而感到绝望。

当我说我是用德意志帝国法庭牌钢笔[1]写下所有这些但愿还算漂亮的文字时，你应当不会感到陌生。因此，在某些地方，你可以察觉到语言的简短、准确和尖锐，现在应该不会再有人因为这些而感到惊讶了。

可是，我到底什么时候才能在我的艾比夫人家吃上当之无愧的大餐呢？恐怕在那之前还需要相当长的时间，因为我仍有相当多的障碍要清除。我的胃口早已大开。

我行走着，像流民，但比他们高尚，像游民

---

[1] 德意志帝国法庭牌钢笔（Deutscher Reichsgerichtsfeder）是由比利时公司 Mumm & Zaum 生产的一款笔头锋利的钢笔。1879 年至 1945 年，德意志帝国法庭是德意志帝国的最高法院，位于莱比锡市。

和白日窃贼，但比他们文雅，或者也像荒度时间者和居无定所者，我就这样走过了栽满蔬菜、悠然恬静的各类园子，经过了鲜花和花香，经过了果树和豆茎，以及长满豆子的灌木，经过了黑麦、燕麦和小麦等高耸的谷物，经过了一片堆叠木材和木屑的空地，经过了郁郁葱葱的草地，经过了潺潺流动的水流、河流或小溪，经过了形形色色的人，我从容地经过了可爱的赶集妇女，经过了用欢乐和旗帜装饰的会所，经过了许多美好而有益的事物，比如一棵特别美丽可爱的仙女苹果树，亲爱的上帝知道我还经过了什么丰富多彩的事物，像是草莓丛和花朵，我甚至还正儿八经地经过了一片熟透的红草莓丛，而各种或多或少美丽且愉快的想法充斥着我的脑海，因为当我在行走时，许多念头、灵机和闪光都纷至沓来，可正当我要仔细消化它们时，一个人、一只怪物、一个怪胎向我迎面走来，那高大阴郁的家伙几乎完全遮住了明亮的街道，不幸的是，我对他太熟悉了，那个顶怪异的家伙，他便是巨人汤姆扎克。

我或许能忍受在其他任何地方、任何路上碰见他，但我不想在这么漂亮可爱的乡间小路上看见他。他那凄惨阴森的形象、悲惨而扭曲的存在令我心生恐惧，夺走了我所有美好、瑰丽和光明的憧憬，还有我所有的快活和喜悦。汤姆扎克！亲爱的读者，你们难道不觉得，光是这个名字的读音就很诡异且沉重吗？"你为什么跟着我，你何苦要在这大路中间碰上我，你这倒霉鬼？"我冲他喊道；可是汤姆扎克没有回答我。他高高地俯视着我，从上往下瞅着我——他人高马大，远胜于我。我觉得自己在他面前就像个侏儒，像个矮小可怜的瘦弱的孩子。而这个巨人可以轻而易举地将我踩扁或碾碎。啊，我知道该怎么描述他了。对他来说，平静是不存在的。他躁动不安地在世上徘徊。他无法在任何一张柔软的床上睡觉，也没法在任何一个温馨的屋子里安居。他四处为家，又无处为家。他没有故乡，也不拥有任何故乡的权利。他没有祖国，也没有幸福；他不得不冷酷无情、不食人间烟火地活着。他不参与任何事，也没有人会参与他的事、参与他的存在和生命。于他而言，过去、现在和未来是寸草不生的荒漠，生命则太少、太小、太窄。万事万物对他都没有意义，他的存在对别人也毫无意义。他那巨大的眼睛闪现着天上地下的悲哀。他那无力、衰弱的举动诉说着一种无穷无尽的伤痛。他没有死，也没有活着，既不衰老，也不年轻。我觉得他看起来就像是已经活了十万年那么久，他仿佛会永远活下去，但永远没有生气。他每时每刻都在死去，然而他却无法真的死去。没有任何装点鲜花的坟墓会接纳他的尸身。我避开他，并喃喃自语："再见，无论如何，希望你自己好好过，我的朋友汤姆扎克。"

我没有再回头去看那幽魂，那可怜的巨兽和非人，我对此的确毫无兴趣，我继续散步，在柔软温暖的空气中，一边踱步，一边试图消解那个怪人，或者更确切地说，是消解那个巨型生物在我身上投下的阴影。不多久，我来到一片杉树林，一条似笑非笑、诡秘妩媚的小径蜿蜒着通向密林深处，我欣然跟从它的指引。路径和土地像地毯一样铺开，森林内部如此安静，我仿佛正置身于一个幸福人类的灵魂之中，又像身处一座寺庙的内部，一座宫殿之中，那是一座被施了魔法的童话城堡、睡美人的城堡，在那里，一切都已沉睡并静默了上百年之久。我挤进森林深处，觉得自己就像一位王子，金发耀眼且身披战袍，虽然这种形容可能有美化自己的嫌疑。面对如此庄严的森林，美丽肃穆的想象自作主张地从那敏感的散步者心中冒了出来。这森林之中甜蜜的宁静祥和使我感到多么幸福呀！偶尔，一阵微弱的噪声、一种诱惑的黑暗，会从外界传进这可爱的隔绝之地，也许是一阵打击、一声哨响或其他某种声音，但它们那遥远的声波也不过是在加深这盛大的无声无息，我随心所欲地将那寂静吸入肺中，郑重地饮下并汲取它的效用。在绝对的静谧之中，一个迷人而神圣的隐秘角落里响起一阵清亮的鸟鸣。我就在那儿站着，侧耳倾听，忽然产生了一种无法形容的对世界的感知，一阵与之相连的感激之情从灵魂深处猛烈地袭来。在广袤温柔的密林中，杉树像柱子一般笔直地挺立着，没有丝毫的动摇，各种听不见的声音似乎都在其间回荡作响。前世的声响不知从何地而来，传进我的耳朵。"啊，如果死亡不可避免，我愿意在这里走向我的终局和死亡。从今往后，回忆将使我在坟墓中感到幸福，感激之心将使我从死亡中复苏；我将感激乐趣、欢乐和惊奇；我将感激生命及因欢乐而生的欢乐。"高高的杉树尖在地面上轻轻晃动，沙沙的声响传到地下。"在这里，爱和吻必定会如神灵一般美妙。"我对自己说。那踩在柔软土地上的简单步伐也成了一种享受，寂静点亮了善感灵魂的祷告之心。"如果能死在这里，葬于这凉爽的树林及土地之下，定是件很甜蜜的事。啊，真希望人死之后仍能感受到死亡并享受它！说不定真会这样。在森林中拥有一方小巧安静的墓碑也不错。我也许还能听到地面上鸟儿的歌声，听到森林的声音呢。我想要这样。"一道道神圣的光柱穿过橡树间的缝隙，落在林间，我觉得树林如同一方可爱的绿色墓碑。很快，我便又要返回明亮的天空之下，返回生活了。

现在我来到一家酒馆，一家十分精致、漂亮、讨人喜欢的酒馆，它就坐落在我刚刚离开的森林边缘，凉爽的绿荫落在酒馆那别致的花园中。花园建在一座秀美的山坡之上，视野极佳，一座独特的观景台紧挨花园或环形广场，人们可以站在上面长久地欣赏锦绣的风光。来杯啤酒或红酒肯定也不错；可那正在散步的人及时想到，自己并非身处那种艰辛的长途旅行之中。而那让人疲惫的高山还在后头，在那闪耀着蓝光的、雾气弥漫的远方呢。他必须诚实地承认，他的饥渴并不致命，也不强烈。现在他才走了全部路程的一小段。况且这是一次短暂而温和的散步，并非一次旅行或徒步，这是一次细致的周游，而非猛烈的行军，因此，他非常合理也几乎是理智地放弃了进入花园和休憩场所的打算，离开了。所有读到这里的严肃读者都将为他漂亮的决定和他坚定的意志送上热烈的掌声。我难道不是在一个钟头前便宣告了一位年轻歌者的登场？现在她上场了。

在位于一楼的一扇窗前。

我才从森林的岔路出来，又回到了主路上，在那里我听见——

先等等！稍事歇息。对自己的职业有足够认识的作家，会尽可能平和地对待自己的职业。他们时不时放下手中的笔。持续写作就像掘地一样辛苦。

在位于一楼的那扇窗前，我听见了一曲清新的民歌、一段歌剧，它像一次晨光中的听觉盛宴，又像一场上午的音乐会，分文不收的歌声飘入我的双耳，使其大受震撼。一个青涩的女孩，一个也许还在上中学，但已出落得亭亭玉立的女孩，身穿一条明亮的裙子，立在贫瘠的城郊的一扇窗边，正是这个女孩在对着蓝色的天空歌唱，歌声传到天上，诱发惊奇。我被最畅快的音色打动，为不期而遇的歌声着迷，为了不打扰歌者，同时为了我作为听者的身份和乐趣不被剥夺，我呆呆地站在一旁。那女孩似乎在唱一首幸福可爱的歌；她的声音年轻而纯洁，恍如生的幸福、爱的甜蜜；歌声升入空中，好像天使展开洁白的欢乐羽翼，又从空中落下，带着死亡的微笑。这歌声就像有人因为忧愁而死，或许也像有人因为太盛大的快乐、太美满的生命、太狂热的爱情而死，他无法继续生活，因为他对生命抱有太过丰富美妙的想象，就好比，假如溢满了爱和幸福的思想深深地触及了存在，它也会导向崩溃与自我灭亡。当女孩停下她那简单却丰富的迷人歌唱，并将动听的莫扎特牧羊曲收尾时，我走到她面前问候她，请她允许我向她动人的歌喉表示祝贺，并向那非同寻常的深情演唱献上我的赞美。年轻的歌唱艺术家睁着她那双美丽的褐色眼睛，惊讶且疑惑地看着我，小女孩的外表下仿佛藏着一头小鹿或一只羚羊。她有一张十分精致柔软的面庞，笑起来甜蜜又乖巧。"如果您，"我对她说道，"如果您懂得保养您那美妙、青春且丰富的歌喉，并谨慎地培养它，您必将走向辉煌的未来，成就伟大的事业，为了达成这一点，除了您自己之外，其他人也需要理解您的天赋；坦白说，在我看来，您将成为歌剧界伟大的明日之星！您有着显而易见的、与生俱来的聪慧，并且您本人如此细腻灵动，如果我猜得没错，您拥有某种灵魂的魄力；您的心灵燃烧着可见的高贵；我从您的歌声中听出了这些，您唱得多么美妙动听。您有天赋，且不止于此：您是毋庸置疑的天才！我没有胡说八道。所以，我唯一能做的，便是恳请您一定要珍而重之地运用您高贵的天赋，保护它不受侵蚀或损坏，避免不经深思熟虑便滥用它。在此之前，我只能确定地告诉您，您唱得非常好听，而且这相当严肃；唱得好意味着很多；首先它将意味着，人们应当要求您每天都勤奋地唱上一会儿。请您聪明而节制地练习唱歌。您拥有珍宝，可您自己肯定还没意识到珍宝的数额和范畴。您的歌声浑然天成，它是您单纯鲜活的生命及天性的丰富集合，饱含诗意和人性。我相信我可以告诉您并向您保证，您将来一定会成为一位各种意义上的真正的歌唱家，因为我相信，您是出于真正的本能而歌唱，似乎只有当您开始唱歌之时，您才开始生活，才开始期待生活，您将所有现存的生活的乐趣注入了歌唱艺术，将那些对人类或个体来说至关重要、触及灵魂又不言而喻的事物升华为一种更高的存在，乃至变为一种理想。美妙的歌声所歌唱的往往是某种被压制、被压抑的体验、感受和知觉，同时，它也在歌唱一个不堪束缚、濒临爆破的生命和一个深受感动的灵魂。凭借这样动人的歌声，如果一位女士还能利用周遭的环境，攀上意外出现的梯子，抵达声音艺术的上空，她便能成为一位明星，感动万千观众，赢得巨大财富，收获听众热烈的掌声，得到国王、王后真诚的爱和赞叹。"

女孩严肃而震惊地听着我说的这些话，可我说这些其实更像在自娱自乐，像是为了取得这个孩子的尊重和理解似的，虽然她远未成熟到那种程度。

我远远地望见一个铁路交叉道口，我将穿过它；可我暂时还没走到那里；因为在那之前我还需要——你们一定得知道——去拜访两三个重要组织，并赶赴几场必要且无法避免的约会。关于那几个组织，应当尽可能仔细并准确地描述它们。要是我提前告诉你们，我将为了一套新西装经过并走进一家高级男装剪裁店或裁缝铺，那么你们便会仁慈地宽恕我，我不得不试穿那套西装，还得请人修改它。接着，我还将前往乡公所或乡政府纳税，最后，我还会带着我那封不容小觑的信去一趟邮局，然后将它投入信箱。你们看到了，我有很多事要做，这看似相当悠闲而散漫的散步，其实被各种实际事务占据，所以你们会好心原谅我的拖延，同意我的推迟，并赞成我长时间地和那些办事处的人周旋，也许你们甚至还会欢迎我描写这些事情，将它们看作某种消遣。针对所有因上述事务造成的长篇大论，我事先毕恭毕敬地向你们请求好心的谅解。其他作家（不管是乡下作家还是大城市作家）面对他的读者时，会比我更谦恭有礼吗？我想几乎没有了，所以，我将问心无愧地继续我的讲述和闲谈，并报告以下事件：

　　我的老天，已经是时候跳到艾比夫人了，我要去她家用餐或吃午饭。十二点半的钟声刚刚敲响。幸好这位女士的住所已离我很近。我只需顺势溜进她的屋里，像一条鳗鱼溜进它的藏身洞，又像一个可怜的饿昏头的流浪汉终于进入他的栖身之所。

艾比夫人

以一种最和蔼可亲的方式接待了我。我的准时几乎是件杰作。你们知道，杰作是多么少见啊。艾比夫人一见到我，便向我露出十分可人的微笑。她热情地向我伸出她那漂亮的小手，胜者般的优雅姿容令我神魂颠倒，她立刻将我引至餐厅，请我在餐桌前落座，对于她的吩咐，我当然十分乐意并完全遵从。我一点也没有进行可笑的推脱，温顺并自觉地开始进食和取菜，对即将发生的事一无所知。所以，我开始勇敢地取菜，大胆地进食了。这种大胆显然不需要做什么心理建设。然而，我却颇为惊讶地注意到，艾比夫人正近乎虔诚地盯着我看。这怎么说都有点明显了。显然，我取菜和进食的动作对她很有吸引力。她的怪异表现使我感到奇怪，但我没有多想。可当我想要和她闲谈、聊天时，艾比夫人打断了我，并说她很乐意放弃任何形式的谈天。她那奇怪的话很让我惊讶，我开始感到有点害怕。我觉得艾比夫人在悄悄散发着恐怖。在我已明显感觉自己吃饱并想要停下切割，不再往嘴里塞东西时，她用一种近乎温柔的表情和声音，像母亲一样轻声责备我："您还完全没开吃呢。等等，我再给您切一块肉，瞧瞧，又大又多汁的肉。"某种恐惧侵袭了我的身体，我壮起胆子，礼貌且恭敬地抗议道，我来这里做客主要是为了进行一些精神交流，对此，艾比夫人和蔼可亲地笑了笑，她说，她认为这毫无必要。"我几乎完全吃不下了。"我木然地从牙缝间挤出这句话。我快噎死了，我已怕得汗流浃背。艾比夫人说："我几乎无法接受您已经不想再切肉，不想再往嘴里塞东西了，我永远无法相信您真的已经吃饱了。您说您快噎死了，这肯定不是实话。我有义务相信那只是一种客套的说法。就像我刚刚告诉您的一样，我放弃了所有的精神交流，并且很乐意这样。您来做客的主要目的，一定是为了证明您有一个很好的胃口，为了表明您是个强壮的食客。在任何情况下，我都不允许自己透露我的这种看法。我想由衷地请您心甘情愿地屈服于这种无法避免的情况；因为我可以向您保证，您没有别的出路，如果您不把桌上我已给您切好的肉和之后还会给您切的肉完全吃进嘴里，好好吃干净，您就别想离开这张桌子。恐怕您已经无可救药地迷失了；因为您必须明白，有的家庭主妇需要看到她的客人不停地进食和吞咽，直到他们呕吐。您面临着悲惨的命运；但您可以勇敢地接受它。总有一天，我们所有人都必须做出巨大的牺牲。听话，吃吧。听话的人才可爱。就算您因此坠入深渊，又有什么坏处呢。这儿还有块可口又柔软的大肉块，您肯定还会替我消灭掉的吧，我知道您会的。鼓起勇气，我最好的朋友！我们都需要勇敢地行动起来。要是我们老想着要坚持自己的意愿，我们的价值何在？振作起来吧，逼自己一把，付出最大的努力，为了达成最高的业绩、承受最沉重的压力、完成最艰巨的任务。您肯定无法相信，看到您丧心病狂地吞咽，我有多么高兴。您肯定无法想象，要是您不这么做，我又会多么伤心欲绝；您肯定不会这样的，对吗？即便食物已经满到喉咙，您也会继续狼吞虎咽的，对吗？"

"可怕的女人，您要我受什么罪？"我尖叫道，一下子从桌子旁跳起来，摆好了逃跑的架势。但艾比夫人拦住了我，她大声笑起来，并向我坦白，她刚刚是在跟我开玩笑，她希望我好心地不要怪罪她："我只是想给您举个例子，给您展示一下某些家庭主妇是怎样善意地恐吓自己的客人的。"

即便是我也不得不笑，我必须承认，我非常欣赏艾比夫人的顽劣。她希望我整个下午都陪着她，当我告诉她我无法久留，因为我不得不去完成几件要事，并且这几件事无法推迟时，她几乎有些生气；听着艾比夫人如此鲜活地表达她的遗憾，我很是动摇，她不愿意我这么快就离开，而且是必须离开。她问我，迫使我从这里脱身离开的事是否真的如此紧急，对此，我向她做出神圣的许诺，只有非常紧急的事才有如此的威力和能力，能将我迅速从一个如此温馨的地方，从一个如此可亲可敬的人物身边拉走，我就此向她道别。

现在有必要打败、制服、震慑并动摇一个冥顽不灵的裁缝或者说裁缝商[1]了，这个裁缝似乎无条件地相信，自己那不容置疑的高超手艺不可能失手，他满脑子都是自己的价值和成就，并不可动摇地坚持着上述所有看法。要减弱裁缝大师对自己手艺的信心，肯定已被看作世上最困难和最艰巨的任务之一，完成这项任务需要魄力、大胆的决心和坚定的推进。我对裁缝及他们的意见往往抱有巨大的畏惧心理；无论如何，我不羞于承认我这种悲哀的畏惧；因为在这类情景下，畏惧是情有可原的。我终究还是得面对这糟心事，说不定还是最糟糕最可怕的情况，为了应对这危险系数极高的攻击，我用勇气、叛逆、怒火、愤慨、鄙视甚至视死如归的精神来武装自己，举起这些无疑特别珍贵的武器，我希望我能够顺利地对付那些佯装忠诚的嘲弄和咬牙切齿的讽刺。但也可以先做别的事；关于裁缝铺，我现在还想再等一会儿，至少等我把那封信寄出之

1　原文为法语"Marchand Tailleur"。

后再说。就在刚才，我决定要先去邮局，再去裁缝铺，最后去缴税。邮局是一幢年轻可爱的建筑，它已近在咫尺；我高兴地走进去，向当班的邮局职员要了一枚邮票，将它贴在信封上。我谨慎地让那封贴好邮票的信件滑入邮筒，同时，在我仍旧思索着的精神世界中掂量和检查我写下的内容。我还记得十分清楚，信件的内容是这样的：

必须备受尊重的先生！

这独特的称谓可能会向您透露出以下信息，即寄信人正在相当冷静地对您表示抗议。我知道我无法指望您或您的同类尊重我；因为您和您的同类对自己有一种夸大的认知，它阻塞了您的洞察力和同理心。我非常明确地知道，您属于以下这类人：他们感到自己很重要，因为他们不考虑别人的感受、不懂礼貌；他们自认权力滔天，因为他们受到了权力的庇护；他们还说自己很有"智慧"，就因为他们突然想到了这个小词。他们胆大妄为，对待穷人和弱者时恶劣、粗鲁且残暴。他们聪明绝顶，认为人必事事争先、高高在上、时时得胜。他们不会认识到上述行为都很愚蠢，这些行为并不创造可能性，也不值得期待。他们狂妄自大，随时准备动粗。他们到处炫耀自己的勇气，却小心避开真正的勇士，因为他们知道，每一个真正的勇士都会带来伤害，他们甚至胆敢扮演好人和有德之人，乐此不疲地这样做。他们既不尊重年龄和贡献，也完全不尊重劳作。他们只尊重金钱，对金钱的尊重侵占了他们对其他事物的尊重。在他们眼中，那些认真工作并勤勉努力的人就是道地的蠢驴。我没搞错；我的小指头告诉我，我说得没错。我敢指着您的脑袋告诉您，您之所以滥用职权，是因为您很清楚，人们要当面指责您是相当费力和麻烦的；可就算您藏身于恩典和恩惠之后，就算您身处的环境对您处处有利，您仍会受到猛烈抨击；因为毫无疑问，您也感觉到自己动摇得多么厉害。您背信弃义、不守诺言，肆无忌惮地破坏那些与您交往之人的价值和声誉，您表面行善，却在背地里实施残酷的剥削，您污蔑友善的公仆、出卖他们的工作，您反复无常、毫无信用，您表现得像个讨骂的小女孩，而不是个成年男人。请原谅我冒昧地告诉您，我认为您是个弱者，请您诚心诚意地批准我的想法，我认为将来在业务上最好和您保持距离，这些看法来自一个对您抱有必要程度的尊重并绝对奉上了这种尊重的人，对这个人来说，认识您是种奖赏，也曾带给他微不足道的愉悦。

　　这封山贼口吻的信件如今差不多完全浮现在我的脑海里，现在我几乎后悔将它交给邮局运输投递了；因为我在信中挑衅的是一名位高权重的人士，并非无足轻重之人，而我竟如此大言不惭地宣布要和他断绝来往，更确切地说是要和他切断经济联系。不管怎么样，我都已经让这封仇恨之信上路了，为了安慰自己，我告诉自己，那个人，那位必须备受尊重的先生或许完全读不出我要传递的信息，也许在读到第二、第三个词时他就会厌倦，他不会浪费时间和精力往下读，也许他会将这灌满灼灼情绪的信件丢进垃圾桶，那个吞噬、藏匿一切不受欢迎之物的地方。"另外，一年半载后，这种事自然会被遗忘。"左思右想后，我得出结论，走向裁缝铺。

裁缝惬意地坐在他那狭小的时尚沙龙或时尚车间里，像是世上最心安理得之人，店铺的四周挂满或塞满了散发香气的布匹和布段。一个鸟屋或鸟笼里，一只鸟儿鸣叫着，营造出一种很田园的氛围，一名调皮捣蛋的学徒工此刻正乖乖地忙着剪裁。裁缝大师丁恩先生一见到我，便礼貌地从椅子上站起来，以便热情地欢迎来客，上一秒他还在那里专注地做针线活。"您这次来是为了那套最新定做的西装吧，经本公司之手，它肯定完美无瑕，无比合身。"他一边说，一边甚至有些弟兄般地向我伸出了手，我一点都不怕和他握手，也不怕他那大力的摇晃。"我这次来，"我回答他，"是想试试衣服，我对您的手艺很有信心，满怀期待，可同时我也有点担心。"

丁恩先生说，他认为我完全没必要担心，他保证衣服剪裁精良并合身，他一边说，一边陪我走进试衣间，又很快从里面退了出来。碰上那些我不太满意的地方，他便反复向我担保并劝说我接受它们。试衣很快结束了，整个过程让我失望透顶。我一边激动地大声喊着丁恩先生，一边试图压下我那满腔沸腾的怒火，在冲他发出毁灭性的怒吼时，我仍在努力保持镇定并克制不满的情绪："可我觉得！"

"我最最亲爱的尊贵的先生，您不要发脾气呀，这没必要！"

我十分吃力地表达："我有充分的理由发脾气，也可以名正言顺地不接受您的安慰。那些完全不合时宜的场面话，您不如留给自己吧，别再试图让我冷静下来；您说您要制作一套完美无瑕的西装，到头来却搞出了这玩意儿，实在让人没法冷静。我那些大大小小的担心全都成真了，甚至连最糟糕的预感也应验了。您怎么敢夸口衣服剪裁精良并合身呢？您怎么敢要我相信您是业内大师呢？在这种情况下，您但凡有一点微薄的良心、最低限度的正直品格和最少的注意力，其他也不需要了，您就没法不承认我完全倒了大霉，您那家高贵的、了不得的公司，把我定做的那套所谓完美无瑕的西装彻底做砸了。"

"我恳请您收回'做砸了'这个词。"

"我要整理一下我的心情，丁恩先生。"

"很感谢您，也很高兴您愿意说这样的好话。"

"基于刚才细致的试穿过程中出现的大量错误、缺陷和纰漏，请允许我要求您重新修改这套西装。"

"可以的。"

"我感到不满、愤怒、难受，我必须告诉您，您惹我生气了。"

"我发誓，我对此感到抱歉。"

"您惹我生气，败坏我的心情，然后您发誓您对此感到抱歉，您为发誓所花的力气并不能对那套漏洞百出的西装有丝毫改善，我拒绝收下它，绝不会对它展现一丁点认可，也强烈抗议这种可能性，因为这衣服不配得到哪怕一点点的认同和肯定。先说西装上衣，我很明显感觉它使我看起来像一个驼背的丑八怪，我无论如何都无法原谅这种丑化。相反，它将使我有理由抗议这类如此恶意的服装部件及它对我身体的扭曲。西装袖子的长度恐怕超标了，那件马甲则尤其了不起，它使人们产生了错误的印象，以为穿着马甲的人有一个大肚腩。这条裤子或这件下装则单纯令人作呕。裤子的轮廓和设计真是让我不寒而栗。这件可怜、愚蠢、可笑的裤子艺术作品，在最应该宽的地方窄得那么紧绷，在应该窄的地方又宽过了头。丁恩先生，总结一下，您的手艺毫无想象力，您的作品是智力匮乏的明证。这套西装缝进了某些贫乏、小气、愚蠢、平庸、可笑和畏缩的东西。可以肯定的是，这套西装的制作者不属于那类有创造力的人。令人遗憾的是，他身上居然不具备任何能力。"

丁恩先生恬不知耻地对我说:"我不理解您的愤怒,也永远没人能说动我去理解。您认为,您必须对我做出的众多严厉的批评,我完全听不懂,将来也不太可能听得懂。这套西装合身得不得了。没人能改变我的看法。我认为您穿着这套西装格外精神,对此我深信不疑。至于它的某些特殊性和独特性,您很快便会适应。最高级别的国家官员也在我这里订购服装,以便满足他们无上尊贵的需求;法院的主席先生们也赏脸命我为他们做衣服。这些都是绝对强有力的证据,应该足够向您证明我的能力。恕我无法满足过分的期待和想象,裁缝大师丁恩先生绝不听从无理的要求。阔气的老爷们和像您这样杰出的先生们一向很满意我的变通能力和技艺,在各个方面都是如此。但愿我的暗示能给您降降火气。"

我不得不意识到,我已经不可能从他那里再得到什么,我不得不承认,我那或许太过猛烈和冒进的攻击已转为悲惨而可耻的败局,于是我将我的部队从那个不幸的战场撤回，缴械投降，仓皇而逃。我就这样结束了与裁缝的大胆冒险。因为税务问题，我没再左顾右盼，而是赶紧前往乡财政处或者说税务办；然而，我必须在此澄清一个严重的误会。

我并非要缴税，我现在才后知后觉，想起自己曾和主席先生或者说值得称道的税务委员有一个口头约定，根据那个约定，我需要递交或提交一份正式声明。人们不会因为这个误会而迁怒于我，他们会友好地听取我对此的解释。我承诺并保证，我会提交一份不但准确详尽，而且简洁明了的声明，就像意志坚定、不可动摇的裁缝大师丁恩先生承诺并保证，他会制作一套完美无瑕的西装那样。

我立刻跃入相关的友好情境："请允许我向您汇报。"我开诚布公地对税务员或高级税务官说道，他垂下官方的耳朵听我报告，并恰当地关注、跟进我的话题："身为一名贫穷的作家、笔者或文人[1]，我仅享有微薄的收入。当然了，在我身上既看不见

1　原文为法语"Homme de Lettres"。

也找不着任何财富积累的痕迹。我非常遗憾地确认了上述情况，没有为这个悲惨的事实感到绝望或因此哭泣。我勉强度日，像人们说的那样。我没有奢侈玩意儿；这一点您看一眼就能知道。我吃的东西刚够果腹。您也许会突发奇想地认为，我是一位有着众多收入来源的地主或老爷；可我有必要礼貌但坚决地否定您这样的看法或其他类似的猜测，并将朴素而赤裸的真相告诉您——不论怎么看，我都与财富不沾边，与之相反，我受困于各种形式的贫穷，希望您愿意好心地将这点登记下来。到了周日，我完全不敢让人在街上看见我，因为我没有合适的衣服可穿。我的生活方式稳固而节俭，就像一只田鼠。一只麻雀都比眼前这个报告人和纳税人更有发财前景。我写了一些书，读者不爱看，其后果令人忧郁。我一刻都不曾怀疑您能看穿这一点，所以您应该能理解我的经济状况。我没有市民地位、市民声誉；这已相当清楚了。像我这样的人似乎也不再需要履行义务。对于高雅文学，人们很少表现出真心实意的关注，每个人都认为，他们有权对我们的作品展开不留情面的批评，他们也习惯这么做，他们的批评带来了进一步的巨大伤害，它像一只拦路虎，断绝了我所有希望解决温饱问题的念头。当然了，偶尔也有好心的先生或友好的女士，这些赞助人会以最崇高的方式资助我；但救济金不是收入，资助也不是财产。基于上述尚且有说服力的理由，我最尊贵的先生，我想恳请您，不要像您之前通知的那样对我提高纳税额度，我不得不请您，即便我还不到乞求的程度，将我的纳税等级尽量评得低一些。”

负责人先生或估税员说："可人们总是看见您在散步！"

"散步这件事，"我回答说，"我非做不可，为了让自己活着，也为了维持我和这个生动世界的联系，倘若失去对世界的感知，我将无法写出半个字，也将无力创作哪怕最轻的诗句或散文。如果不散步，我会死去，而我热爱的职业也会被摧毁。如果不散步，不捕捉见闻，我将无力写出任何报告文学，无论篇幅多短，更别提要完成一整篇长长的中篇小说了。如果不散步，我将彻底失去观察和研究的能力。一个像您这样能干、清醒的人，肯定可以立刻理解这一点。在一次美丽而漫长的散步途中，我会涌现出数以千计可用的有益想法。如果关在家里，我只能腐烂、枯萎。于我而言，散步不仅健康美妙，而且有所助益。它既能在职业层面提升我，也能给我带来个人的乐趣和快乐；它使我清醒，给我安慰，令我开心，是我的一种享受，而且散步有一种特质——它能为我提供大大小小的形象，它们成了我的写作素材，并借此激励我继续创作，当我回到家时，便能勤勤恳恳地处理那些素材。散步的过程往往遍布值得观看、值得感受且充满意义的现象。从图画到生动的诗作，从各类魔法到自然风光，在美妙的散步途中，这些现象相继掠过，虽然它们还相当微小。自然、地理、历史风姿绰约地在专心致志的散步者的感官前、眼前铺展开来，而他定然不会用丧气的眼睛观看它们，他的眼睛将是开明的，不带一丝阴霾，这时，散步者那美妙的感官、明亮高贵的思想便敞开了。请您想想，倘若那如父如母、天真美丽的大自然没有一次次地为诗人送来甘美的源泉，他该面临多么贫瘠而悲惨的失败啊。请您想想，对诗人而言，他在户外、在那不断上演好戏的野外汲取的教诲、听取的良言，是怎样一次又一次带给了他重要的启发啊。如果不散步，如果失去了与之相关的对大自然的观察，如果没有既美妙又充满警示意义的探寻，我就会觉得自己好像迷失了，我也真的迷失了。行走在路途上的人，必须以最大的柔情和专注力来研究、观察最微小的生动事物：无论那是一个孩子、一条狗、一只蚊子、一只蝴蝶、一只麻雀、一只虫、一朵花、一个男人、一栋房子、一棵树、一道篱笆、一只蜗牛、一只老鼠、一朵云、一座山、一片树叶，或甚至是一张可怜的被丢弃的废纸，上面也许还残留着一个天真烂漫的小学生第一次写下的笨拙字母。对散步者而言，最高级的事物和最低等的事物，最严肃的事物和最有趣的事物，都同样可爱、同样美丽、具有同样的价值。他不允许自己携带任何敏感的自恋和脆弱上路。他必须将不谋私利、不以自我为中心的目光放生，使其漫游四海，流连各处；即便仅仅是在观看和察觉事物时，他也必须始终有能力敞开自己，并将他自己、他的抱怨、他的需求、他的弱点和缺失都放置一旁，只给它们很少的关注，忘记它们，像一名英勇无畏、整装待发并视死如归的试用期陆军士兵。否则他散步时便只能集中一半注意力、一半灵魂，而这毫无价值。他必须每时每刻都有设身处地、感同身受及保持热情的能力，希望他是这样。他必须能一点点上升至高度的狂热，同时又能下沉至最深处、最微小的日常琐碎，向它们俯首，也许他能做到。对物质忠诚的、毫无保留的敞开和忘我，对所有现象和事物怀抱的热切之爱，这些使他快乐，正如履行职责也会使有责任意识的人感到内心深处的快乐和富足。精神的力量、奉献的力量、忠诚的力量护佑着他，将他高高托起，使他超越自身，超越了那个平平无奇的散步者，那个声名狼藉，背负着流浪汉、游手好闲者名声的人。他那多种多样的研究使他变得渊博、风趣、温柔且高贵，有时他能触及——即使这听起来不太可能——有时他能有力地触及严谨的科学，没人会相信这个看似轻浮的闲逛者能触及科学。您知道吗，我坚持不懈地在头脑中顽强工作，经常是最认真地忙碌着，然而从外表上看，我好像是一个既没想法也没工作的超级游手好闲者，一个毫无责任感的轻浮之人，在蓝绿色的旷野中迷失了自己，拖拖拉拉、异想天开、懒懒散散，给人们留下了最糟糕的印象。各种美丽而微妙的想法悄悄地、秘密地跟随着散步者，导致他不得不中断勤奋专注的行走，站在原地，侧耳倾听，一次又一次，他被奇异的印象和迷人的精神力量弄得神思恍惚、惊慌失措，他有一种感觉，好像他不得不突然沉入大地，又好像，在那目眩神迷的思想者、诗人的眼前出现了一道深渊。脑袋要从他身上掉下来，而那平日里灵活的手臂和腿脚则动弹不得。土地和人群，声音和色彩，脸庞和身躯，云朵和日光，它们像幻影一般绕着他旋转，他不得不问自己：'我在哪里？'大地和天空流动起来，又坍缩成一团闪烁的、影影绰绰的、模糊不清的雾气；混乱开始了，秩序消失了。

摇摇欲坠的人艰难地试图保持健全的理智；他做到了，满怀信任地继续散步。难道您觉得以下事件完全不可能发生？在悠闲而包容的散步途中，我遇见巨人，有幸见到教授，顺便与书商和银行职员交谈，与刚起步的年轻歌唱家和前女演员聊天，与幽默的女士们共进午餐，在树林中漫游，寄送危险的信件，与狡猾而阴阳怪气的裁缝疯狂争吵。这一切都可能发生，而我相信，它们实际上也发生了。伴随着散步者的，始终是一些特异的、充满思想的、奇幻的事物，如果他不重视这些精神性的事件或将它们推开，他就会变得愚蠢；然而他欢迎一切奇特、独特的现象，他与它们结缘，并和它们团结一致，因为它们使他感到惊奇，他将它们变为具有性格的有形物体，赋予它们教养与灵魂，正如它们也从自己的层面赋予他灵魂并教养了他。总的来说，我通过思考、冥想、钻研、挖掘、感受、创作、分析、研究和散步赚取生活所需，和其他人一样辛苦。当我露出或许称得上是最快乐的表情时，我其实正在表现最大程度的严肃认真，当我看似不过在忘我陶醉时，我却在展现一名扎实的专业人员的素质！但愿上述所有深入的解释能够使您相信我诚实的辛勤劳作，并使您感到全然满意。"

职员说道："好吧！"他补充说："我们将更加仔细地审查您要求批准最低纳税额度的申请，并尽快通知您拒绝或批准的结果。感谢您亲切的事实报告及热切坦诚的自述。现在您可以离开这里，继续您的散步了。"

得到赦免之后，我欣然而去，即刻重返郊外。揪住我、引我向前的是对自由的向往。此刻，在我如此勇敢地闯过大冒险，并可以说是战胜了艰难险阻后，正如我早已宣布并预告过的那样，我终于来到了铁路道口，在那里，我不得不安静地站着，乖乖等着火车慢吞吞地开过，直到它大发慈悲，彻底开走。男男女女，不论年龄和性格，都像我一样站在护栏外等待。一位胖胖的、亲切的铁路检查员女士像雕塑一样沉默地立着，仔细察看我们这些分散四处的行人。呼啸而过的火车满载军人，那些为宝贵、亲爱的祖国奉献尽忠的士兵望向窗外，他们一面向着正在远去的士兵学校，一面向着无用的平民大众，以友好而爱国的方式相互问候、挥手致意，这个举动散播了友善的氛围。铁路道口开放后，我同其他人一起心平气和地继续往前走，这一刻我感到，和之前相比，周遭的事物似乎突然美了千倍。这次散步仿佛在持续地变得更美、更丰富且更伟大。在这里，在铁路道口，我仿佛看见了故事的高潮或类似中心的东西，而从此往后，一切会再度悄然下沉。我已感知到了某种正在缓缓发端的垂暮。似有金灿灿的悲喜之情、甜丝丝的忧郁法术在四面飘浮，仿佛某位寂静而高远的神正在低声细语。"现在这时候美得像天神一样。"我对自己说。柔软的大地横卧在那里，远近都是可爱而朴素的草地、花园和房屋，像一首动听的送别曲，召唤着泪水。善良贫苦的百姓轻声诉说着他们古老的怨恨和苦痛，声音从四面八方渐次逼近。有着诱人身形、身着长袍的魂灵浮现，身影庞大而柔和，恬静的乡间小道则闪烁着天蓝色、白色和金色。感动和喜悦的心情如同天使图一般从天而降，掠过涂金染红、被日光温柔环抱并框住的破落房舍。爱、贫穷、银金色的气息携起手，飘浮前行。我感到情动，仿佛有个亲爱的人在呼唤我的名字，又像有人在亲吻、安抚我。全能的上帝，仁慈的主现身在街头巷尾，以便赞颂街巷，并赋予它们美与荣耀。各种各样的想象和幻想使我相信，耶稣基督已经升天，现在他正在人群中，正在这美丽的地域穿行和漫游。房屋、花园和人群变为声音，所有物质性的存在似乎已幻化为一个灵魂和一种温柔的爱。甜美的银色雾气及灵魂之雾漫进所有事物中，将一切缠裹。世界的灵魂已然敞开了自己，而一切苦痛，仿佛一切使人类失望、愤怒、痛苦的事物都已远去，从今往后它们也将不再出现。从前的散步经历浮现在我眼前；然而，我却更加深刻地感受到朴素的当下与它的美妙图景。未来褪色，往事消融。在这个发着光盛开着的时刻，我自己也在发光盛开。伟大而美好的事物从近处和远处前来，闪着银光，姿态神圣，带来使人幸福和充实的力量，而身处这个美丽的地方，我的幻想被它填满，无法再幻想别处。所有其他多余的幻想都崩塌了，随后消失在虚空中。我面前就是一整片富饶的土地，可我却只望向那些最微小、最贫弱的事物。天空以有爱的姿态升起又落下。我变成了一种内部的存在，我就像在一个内部世界散步；外部世界的一切化为梦境，曾经理解的东西变得无法理解。我从表层滑落，落入绝美的深处，而我立刻认出了内部世界的好处。我们理解和热爱的东西，同样理解我们、热爱我们。我不再是我自己，而是成为别人，也正因如此，我才成为我自己。在爱的柔光照耀之下，我认识到了真实的存在，或者说，我觉得自己应该已经认识到了，也许生活在内部的人，才是唯一真实存在的人。一些念头向我袭来："如果没有忠实的大地，我们这些可怜人要去往何处？如果没有这些美丽和善良，我们还拥有什么？如果我不被允许待在这里，我应该在哪里？我在这里拥有一切，而在其他地方我一无所有。"

我见到的事物既卑微又重大，既朴素又优美，既亲密又美好，既可爱又温馨。明亮的日光下，两间小屋像一对怡然自得的邻居般亲密地挨在一起，看到这些，我感到非常愉快。使我愉快的事物接踵而至，在柔和的空气中，愉快的心情起起伏伏，无法抑制的喜悦令人不住颤抖。两间房屋虽小但巧，其中一间为"熊"饭馆；饭馆的招牌上生动地绘着一只憨态可掬的大熊。栗子树将阴影投在这间娇小温馨的房屋之上，其居民也必然可爱、亲切、友好；然而，这间房屋看起来并不像其他某些傲慢的建筑物，相反，它是信赖和忠诚本身。目光所及之处，皆是浓郁祥和的园林风光，郁郁葱葱的叶儿纷繁交错。第二间房屋或小屋，那娇憨可人的模样像一张可爱的插画，且是一本儿童画册中精美、充满童趣的一页，画得如此少见又迷人。小屋周围的世界看起来完美无缺。我立刻爱上了那间美轮美奂的小房子，深陷其中，我衷心希望能够进入那里，将它租下，在那儿安定下来，永远居住在这间魔力之屋和珍宝之中，感受家的温馨；然而，遗憾的是，这种最漂亮的住宅往往早已被人占领，那些高要求、高品位的人在寻找合适居所时却求而不得，因为那些可找到的空置房屋总是很可怕且令人恐惧。这间可爱的小屋中肯定住了一位独身女性或祖母；它闻起来、看起来都像那么回事。如果情况允许，我将进一步报告小屋墙上遍布的墙绘或典雅的壁画，这些壁画细致入微、妙趣横生，展现了瑞士阿尔卑斯山脉的风貌，墙上也画着一间房屋，而且是伯尔尼高原房。画技本身绝对说不上好。非要这么说便鲁莽了。但它们在我眼中仍旧很出色。打动我的是它们自身的简单和质朴；原本，每一幅如此笨拙且不高明的画作都能打动我，因为它们首先让人联想到作者的孜孜不倦和勤奋，其次让人联想到荷兰。任何一部音乐作品，即便是最匮乏的音乐，对那些热爱音乐本质和存在的人来说，难道会不美吗？任何一个人，即使他本身是最邪恶、最不讨喜的那种人，对他的朋友来说，难道他不友好吗？处在真正的自然中心，人工绘制的自然显得任性而具有讽刺意味。这一点没人能够否认。事实是，有一位年迈的母亲住在小屋中，顺便一提，我当然无法板上钉钉地确认这个事实，也完全不能就这样接受它。我只是感到惊讶，为什么在这个一切都如此柔软、充满人类自然天性的地方，或者至少是充满了一个母亲心灵的感觉和知觉的地方，我的嘴竟胆敢说出"事实"之类的词语。另外，这间小屋被刷成了蓝灰色，它那似乎在微笑的百叶窗则是明亮的金绿色，房屋周围建了一座小小的魔法花园，最美丽的鲜花正散发着芬芳。一丛或一簇娇艳欲滴的玫瑰婀娜地越过园中的楼台或亭子，伸展开花枝。

但愿我还没有生病，仍旧健康有力，我不想怀疑这点，我继续悠闲地踱步，来到了一家乡村理发店门前，然而，我似乎还没有什么理由要和它的经营业务及经营者扯上关系，我认为现在还不到必须理发的时候，尽管理个发或许也挺不错、挺有趣呢。接着，我经过一间鞋匠作坊，它使我想起了不幸的天才诗人伦茨[1]，他在情绪失控、精神崩溃的时候也在学习做鞋。在路过一所学堂时，我怎么能不往那间整洁的教室里看呢？在那里，严厉的女教

1　指雅各布·米夏埃尔·赖因霍尔德·伦茨（Jakob Michael Reinhold Lenz，1751—1792），德国作家，于1778年出现了心理疾病的症状，被安顿在一间鞋匠铺。

师正在主持考试并下达指令。借机提一句，散步者是多么希望能够立马变回一个孩子，再当一次调皮捣蛋的小学生啊，他想回到学校，为他的胡作非为接受应有的惩罚，好好地挨一顿揍。说到挨揍，让我们插一句，我们认为，倘若一个乡下人为了赚取肮脏、卑劣、愚蠢的金钱，便毫不犹豫地出卖装点自己家乡的景致，砍掉他拥有的那棵高大的老核桃树，那么他就应该结结实实地挨一顿打。我之所以这么想，是因为我经过了一间美丽的农舍，院子里种着一棵高大且生机勃发的核桃树；在那儿，关于挨打和出卖的想法在我心中生发出来。"这棵高大庄严的树，"我高声呼喊，"它如此出色地守卫着这间房屋，使房屋变得美丽，赋予了它肃穆而欢乐的家庭氛围，为它编织安逸的故乡情结，要我说，这棵树是神的杰作，是圣物，可这个冷酷无情、丧尽天良的树木所有者却因为贪图钱财，为了满足地球上最邪恶、最卑劣的欲望，便胆大妄为地将叶片幻化而成的绿色魔法消除殆尽，那可是金子一般、天神一般的魔法呀，树木的主人应当为此承受一千次鞭打。人们应当将这种白痴赶出乡里。让他前往西伯利亚或烈焰之地，与其他亵渎和颠覆美的人待在一起。谢天谢地，好在世上仍存在有心的农民，他们还能感受温柔和美好的事物。"

谈到树木、贪财、农民、流放西伯利亚及挨打，谈到农民砍树和他的罪有应得，我或许说得太过分了，我必须承认，我在放任自己发脾气。然而，与美丽树木做朋友的人会理解我的愤怒，他们会赞成我通过这样形象的方式表达我的痛惜之情。从我的角度出发，我愿意收回那关于一千次鞭打的说法。至于"白痴"这个表达，甚至我自己也拒绝为它鼓掌。我反对这类粗俗用语，为此我要请求读者原谅。由于我已不得不多次道歉，在礼貌地恳请原谅这方面，我可以说已是训练有素了。"冷酷无情、丧尽天良的树木所有者"这种话也大可不必说。必须避免这种头脑发热。这很清楚。但我会保留我那惋惜的心情，面对一棵美丽、伟大、古老树木的倒下，我一定会露出愤怒的表情，没有人能阻止我这么做。"赶出乡里"这种话说得鲁莽了，至于我将"贪图钱财"称为卑劣，我估计，我自己在这方面也有过一两次严重的过错、失误和罪行，而对我来说，某些卑鄙无耻的行为未必是陌生或未知的。如上所述，我实施了一番扫兴策略，人们在别处看不到如此绝妙的扫兴行动；但我认为，这种策略是必要的。正直的做派要求我们注意，在对待自己时要像对待别人一样严格，在评判别人时要像评判自己一样宽厚温和，众所周知，我们每时每刻都在不由自主地评判别人。我在此利索地改正错误、抚平伤害，这种行为难道不会尤其令人感动吗？通过自我坦白，我证明了自己爱好和平，通过磨平棱角、化刚为柔，我成了一名心思细腻的调和者，我的行为表明，我知道该如何好好说话，我也懂得圆滑处事。不管怎么说，我还是让自己丢脸了；但我希望人们能辨别出我的好意。

如果现在还有人认为，我是一个肆无忌惮、总是盲目攻击他人的掌权者或当权者，那么我想说——我大胆地希望我有权利这么说，持有这种观点的人犯了严重的错误。也许从来没有一个作者能像我一样温情脉脉，并持之以恒地照顾读者的想法。

好了，现在我可以将准备就绪的宫殿或宫阙奉上，如下：我正式开始我的夸耀；眼前出现了一座有些衰败的贵族宅邸或宫殿，那是一座年代久远、园林环绕、蔚为壮观的骑士居所及庄园，谁要是拥有了这样的宫阙，便能建立国邦、声名远扬、遭人艳羡、为人称赞、赢得荣光。某些贫穷但矫情的文人将迫不及待、满心欢喜地住进这样的城<u>堡</u>或<u>堡</u>垒中，城堡配备了庭院，入口可供饰有纹章的庄严马车通行。某些落魄但耽于享乐的画家，梦想着能在这样昂贵而古朴的乡间庄园中暂时寄居。某些受过教育但也许身无分文的城市少女，惆怅而热烈地幻想着这样的水池、假山、楼阁和轿子，幻想着能被殷勤的仆从及豪爽的骑士服侍。在我见到的庄园之上，我是说在它的墙上，可以看见并读出"1709"这个年份，这当然极大地激起了我对它的兴趣。我像一名自然学者、古董专家一般，有些入迷地望着这座古老而非同寻常的梦幻庭院，喷泉在园中的人工水池中哗哗流动，我轻易地在池中发现了一条顶奇怪的鱼，那是一条长约一米的孤独的鲇鱼。同时，在一阵浪漫的惊奇之中，我发现、见到并确认了一座摩尔风情或阿拉伯风情的亭子，它很美，涂满了天蓝色、神秘得像星星一样的银色、金色、棕色及高贵而深沉的黑色。凭我最细腻的理解能力，我立刻觉察并推测出，这座亭子大概诞生或建造于1858年，我这种觉察、调查和推理的能力，也许能支持我在市政厅大堂里举办一次相关的讲座或演讲，我将以相当自豪的面貌和自信的神情面对众多前来捧场的观众，坚定地完成这次演讲。紧接着，演讲很可能会出现在新闻报道上，这对我来说当然是好事；因为有时新闻根本不理会类似事件。在观察这座阿拉伯或波斯风格的亭子的过程中，我福至心灵地想道："这里的夜晚该有多么美妙，当所有事物被几乎无法穿透的黑暗蒙住，当周遭的一切陷入静止、漆黑与沉寂，杉树在黑暗中轻轻晃动，当午夜的思绪紧紧地抓住孤独的漫步者，此时，一盏灯亮起可爱、昏黄的光，将光线散播，它由一位美丽的、穿着华丽的高贵女子带入亭中，女子受到一种独特品位的驱使，被一种灵魂深处罕见的冲动触动，她坐到了钢琴前——当然，在这种情况下，我们的花园亭子里肯定也配备了钢琴——开始弹琴，伴着乐声，如果梦境允许，她会唱起歌，声音美妙而清澈。此时此地，园中人将如何侧耳倾听，如何陷入幻梦，又将如何被夜晚的乐声感动啊。"

但此刻并非午夜，距离骑士的中世纪、十五或十七世纪也很遥远，这是一个敞亮的白天、一个工作日，一队人马冲向了我，连同一辆最无礼、最不像骑士、最突兀和最无耻的汽车，它们如此粗暴地打断了我文雅浪漫的观察，使我对城堡的诗意想象和关于过往的白日梦瞬间破灭，我不禁大声呼喊："我正在进行最细致的研究，也正沉浸在我高尚的思想中，他们却十分粗暴地打断了我。尽管我可以为此愤愤不平，但我没有，相反，我宁愿温顺且有教养地承受并忍耐这种打搅。对逝去的美和对美人的想象是甜蜜的，对沉没之美、淹没之美进行高尚而苍白的描画是甜蜜的；可我也没有理由因此放弃对周围世界和人群的关注，况且，我们不能仅仅因为其他人或组织没有照顾我们迷失在历史与幻想世界中的心情，便认为我们有权对别人大发雷霆。"

"这儿要是能有一场雷暴天气，"我边走边想，"也挺好的。希望我能有幸遭遇一次这种天气。"一条忠厚老实的大狗挡住了我的道，它跟木炭和乌鸦一般黑，出于好玩，我这么对它说："你这个没教养、没开化的小子，你真的完全没有想到要站起来，用你那漆黑的爪子问候我吗？不过，基于我的步伐和行为举止，你肯定已经推断出，我是一个在国际大都市和大城市里整整生活了七年的人。在那段时间里，我只和有教养的人交往，几乎一分钟也没有脱离过那种令人愉快的社交生活，更不要说是一个小时、一个月或一个礼拜那么长了。你到底上的哪所学校，野小子？怎么上的？你怎么不稍微回答我一下呢？你难道宁愿就这么躺着，安静地看着我，什么表情也不给，跟个雕塑一样一动也不动吗？你应该为自己感到羞愧！"

其实我挺喜欢这条狗的，它展现了一种坦率的警惕、幽默十足的安静从容，这使它看起来很了不起、与众不同，由于它心情不错地冲我眨了眨眼，我便同它对话，又因为它反正一个字也听不懂，我便允许自己说了真心话，允许自己骂它，然而，我的咒骂绝不可能带有恶意，人们会注意到我话语中的调侃意味。

一位精致、拘谨的先生迈着极其考究的碎步走来，看到他那晃晃悠悠、昂首阔步的模样，我悲哀地想：他难道不是在无视那些衣不蔽体的贫苦孩子吗？像这样一位穿着考究、精心打扮、收拾得光彩照人、穿金戴银、一丝不苟又锃光发亮的先生，怎么就从来没有想过那些可怜的小生灵呢？那些总是穿得破破烂烂、明显缺乏关照与呵护、被可耻地忽视的孩子们。这只孔雀难道不会感到一丝难堪吗？当这位成年的先生漂漂亮亮地走过街边，看见那些脏兮兮的小孩子，难道会完全无动于衷吗？我认为，只要世上还有衣衫褴褛的孩子，任何一个成年人都不该对打扮得花枝招展表现出兴致。"

然而人们也可以理直气壮地说，只要世上还有关押不幸囚徒的监狱和惩戒机构，人们就不该去听音乐会、去看戏剧演出或享受其他娱乐消遣活动。当然，这么说就有些太过分了。假使真有人愿意等到世上终于不再有不幸的穷人，然后才去享受一切生活的乐趣，那么，他必得等到灰暗而无法想象的所有日子的尽头，等到冰冷而荒芜的世界末日，到那时，他对生活本身怀有的一切兴致，恐怕早已消失殆尽了。

一名蓬头垢面、筋疲力尽、神思恍惚、踉踉跄跄的女工，即便拖着格外疲倦与虚弱的身体，仍旧行色匆匆，显然她还有各种各样的事务要完成，在见到她的瞬间，我想起了养尊处优、恩宠加身的女孩或上流社会的小姐们，她们总是不知道，或者她们似乎不知道，要借哪种优雅而高贵的事务和娱乐活动来打发时间，她们也许从来没有真正劳累过，为了提升自己美丽的外表，她们整日整周地烦恼要穿什么，她们拥有大把时间来长久地察看自己，思考还应该做什么，以便越发夸张病态的精美衣饰能够包裹住她们，以及她们那可爱的、蜜糖般甜腻的小身段。

然而，大多数时候，我自己也是这类亭亭少女的爱好者和推崇者，她们既惹人怜爱，又因为精心养护而像月光一样美丽、娇嫩。一个迷人的豆蔻少女可以随便吩咐我，而我将对她言听计从。啊，美人怎么如此美丽，魅惑的事物为何如此魅惑！

我又要来谈论建筑和建筑艺术了，这次，我还将关注一小件或一小部艺术作品及文学作品。

首先声明：用碎花纹样来覆盖崇高而庄严的古宅、历史遗迹和古代建筑，这种做法显露了一种极为低劣的品位。那些这么做或者请人这么做的人，是在侵犯美的尊严，他们也破坏了我们对勇敢而高贵的祖先的美好回忆。其次，人们绝不会给喷泉设施戴花冠、插花朵。花朵本身自然很美丽，可它的存在不是为了模糊或削弱石像那高贵的肃穆、庄严的美丽。对花朵的偏爱甚至会引发愚蠢的花朵上瘾症。负责相关事务的人物和官员，大可以在一个权威的场所问问大家，我的话是否有道理，之后，他们将不得不听从我的意见并好好表现。

接下来要提到两座美丽、有趣的建筑，它们强烈地吸引着我，以一种不同寻常的程度俘获了我的注意力，是这样的，我仍旧继续走着我的路，来到了一座迷人而独特的小教堂跟前，由于我立即看出，它必然诞生于幻梦交织、金光漫天、半明半暗的浪漫主义时期，我便将它称作布伦塔诺小教堂。我想到了布伦塔诺[1]那本伟大而狂野的、狂风骤雨般的阴暗小说《戈德温》。高而细长的拱形窗户赋予这座高度原始的奇特建筑精致可爱的外观，给予它神奇的灵魂，使它具备了亲昵的魔力，并焕发出充满思想的生命力。我忆起那位诗人对自然热烈而深邃的描述，尤其值得一提的是他对德国橡树林的描写。之后，我很快站在了一栋别墅前的"露台"上，它使我想起曾在这里居住过一段时间的画家卡

1　指克莱门斯·布伦塔诺（Clemens Brentano，1778—1842），德国诗人、小说家。他的小说《戈德温》（Godwin）属早期浪漫派作品。

尔·施陶费尔-贝恩[1]，以及矗立在柏林蒂尔加滕大街上的某些非常杰出的高贵建筑，这些建筑因其表达的严谨、庄重及质朴的古典风格而受人喜爱，并值得一看。我觉得，作为标志性建筑的施陶费尔屋和布伦塔诺教堂再现了两种毫不相关的世界，两者各自因其独特的形制而具有魅力、趣味及重大意义：这边是克制冷静的优雅，那边则是狂放深邃的梦境，这边精致美丽，那边同样如此，尽管两者的建造年代很接近，它们的本质和造型又截然不同。现在，我的散步慢慢临近夜晚，我感到距离安静的终局似乎已不再遥远。

到了这里，一些日常景象及交通现象或许已然就位，其顺序大致如下：一座壮观的钢琴工厂连同一些其他的工厂及商店，一条杨树大道紧挨一条泛黑的河流，男人，女人，小孩，供电的有轨电车，它开过时轧轧的声响及向外张望的当班统帅或领袖，一队漂亮的、带有杂色斑点的浅色奶牛，坐

1　卡尔·施陶费尔-贝恩（Karl Stauffer-Bern，1857—1891），瑞士画家、雕刻家。

在板车上的农妇，板车轮子咣当作响，噼啪挥动的鞭子，许多满满当当、堆得像小山似的载货车，装啤酒的车和啤酒桶，下班回家的工人们浩浩荡荡地从工厂里涌出，被众多人群和货物占据的视线，以及由此产生的奇怪想法；满载货物的货车从货运火车站来到这里，处于漫游中的整个马戏团，包括大象、马、狗、斑马、长颈鹿，几只关在笼中的凶猛的狮子，还有僧伽罗人、印度人、老虎、猴子和爬行的鳄鱼，走钢丝的人和北极熊，以及所有必要的随从、仆人、艺术家和员工，此外：男孩们用木制武器武装自己，发泄战火，模拟欧洲战争[1]，一个浪荡子唱着《十万只青蛙》[2]，并扬扬自得；还有：伐木工人和林业员推着满满一车木材、两三头肥猪，此情此景使一旁的观众产生了生动的联想，渴望着香气扑鼻、精心烹制的煎猪排及其鲜美滋味，这种幻想情有可原；一座农舍，农舍入口上方有一句格言，两个穿着红靴子、眼睛漆黑、头发也漆黑的波

1　即第一次世界大战。

2　瑞士民歌。

希米亚人，以及加利西亚人、斯拉夫人甚至吉卜赛人，看到这些异域的景象，人们可能会想到《凉亭》小说[1]《吉卜赛公主》，尽管它的故事发生在匈牙利，可这没什么要紧，或者人们会想到小说《普雷齐奥萨》，虽然它的故事源自西班牙，但人们不必太计较地点。另外经过的店铺：纸店、肉铺、钟表店、鞋店、帽子店、铁铺、布料店、杂货店、香料店、饰品店、缝纫铺、面包店和甜品店。不论何处，一切事物都蒙上了可爱的晚霞。此外，在一片嘈杂熙攘中，出现了中学及中学老师，后者的面孔既有分量又极具尊严，还有自然风光、空气和许多绘画。另外，也不能忽视或遗忘的：标语或广告，比如"宝莹[2]洗衣液"，比如"麦基家无与伦比的汤卷棒[3]"，比如"马牌[4]橡胶鞋底，经久耐用"，比如

1　《凉亭》（Gartenlaube）创刊于 1853 年，为当时十分畅销的刊物，标志着德语地区流行文化的开端。《凉亭》小说（Gartenlauberoman），大概可以理解为趣味低俗的长篇小说。

2　自 1907 年起，宝莹（Persil）洗衣产品的广告随处可见。

3　麦基家（Maggi），食品生产商，以汤用调味香料粉出名。汤卷棒（Suppenrollen）是可溶于水的汤料包，被制成香肠的形状，属于早期的方便食品。

4　大陆集团（Continental）创立于 1871 年，是德国领先的橡胶制造商，以轮胎制品闻名，因其商标，在中文语境下被称作"马牌"。

"卖地"，比如"顶美味的牛奶巧克力"，我真的不知道还有什么其他的。若想将所有可列举的广告全部如实列举一遍，那真是没有头的。明智的人能认识并注意到这一点。然而，一张海报或一块广告牌脱颖而出，其内容如下：

膳宿酒楼

也是高档绅士客栈，本店为上流绅士或至少是杰出的绅士奉上顶级佳肴，并问心无愧地保证，我们将满足最刁钻的口味、取悦最活跃的胃口。为此，我们宁愿不再招待那些饥肠辘辘的胃。本店的烹饪艺术与一流的教养相辅相成，这也意味着，我们更希望见到真正有教养的绅士在我们的餐桌上大快朵颐。那些将每周或每月的工钱拿来买酒喝，并因此无法一次性结清酒钱的小子，我们一点也不想碰上他们；十分尊贵的食客们，我们更看重您的高贵礼仪和得体举止。在我们这儿，在铺着精美桌布、装饰着各类鲜花，并使人胃口大开的餐桌前，漂亮机灵的女侍会为您提供服务。我们明确说明这一点，以便觅食的绅士们能明白，无论哪位食客先生，从您将脚踏入我们这高贵的、值得敬畏的客栈的那一刻开始，您便十分有必要注意自己的言行举止，并切实地展现得体和教养。我们坚决不愿与登徒子、好斗者、夸夸其谈者及装腔作势者扯上任何关系。那些有理由认为自己属于上述人群的人，我们希望您能大发慈悲，远离我们的酒楼，以便我们能够避免您那令人不适的品性。与之相反，善良、温柔、礼貌、规矩、优雅、乐于助人、友好、适度愉快但不过分的绅士，以及最重要的是，有支付能力并能够坚定而准时地付款的绅士，您将受到我们实实在在、毫无保留的欢迎，您将享受一流的服务，受到最得体、最亲切的招待；对此我们庄重承诺，我们保证无论何时都会坚持这样做，这是我们对自己的要求。像这样一位讨人喜欢的亲切绅士，将在我们的餐桌上找到他在别处费尽心思才能寻得的美味佳肴；因为从我们那一流的厨房中，诞生了实实在在的烹饪艺术的大师之作；每位想探访我们这家高档绅士客栈的食客，都将有机会验证这一点，我们随时欢迎并鼓励他们的考验。我们端上桌的食物不止健康，它已超越了所有代表健康的理念，这种超越不仅体现在数量上，也体现在质量上，我们一贯交付并呈放在食客们惊喜的面庞前的菜肴，是如此美味、如此令人垂涎欲滴，再生动的想象力和人类幻想也不能描绘分毫。然而，正如多次提到的，我们只考虑招待杰出的绅士，为了避免误解、消除疑问，人们应当好心地允许我们简短地表达我们对于杰出绅士的定义。在我们看来，只有举止高贵和教养优越的先生才是杰出的绅士，即他们在各方面都比其他普通人优秀许多。那些单纯的普通人根本不适合我们。我们认为，只有那些能够想象许多无价值、无意义之事物的人，才是杰出的绅士，最重要的是他得有能力去想象，同时，与任意一只及格的、理智的人类鼻子相比，杰出绅士的鼻子有着更敏锐的嗅觉。为了成为一名杰出的绅士，他需要切实地满足这个特殊条件，而我们相信这一点。那些除了人品好、坦率和诚实之外，不具备其他重要长处的人，请离我们远一些；因为我们觉得他并非品行杰出的绅士。在辨认最高尚、最纯粹的杰出绅士方面，我们有最细微的理解力。基于其走路方式、说话方式、开玩笑的方式、脸上的表情、动作，尤其是基于着装、帽子、手杖和无论是否存在的纽扣眼里的花朵，我们能够立刻判断出一位先生是否属于杰出绅士的范畴。我们在这方面所具备的独到眼光近乎魔法，我们大胆宣称，我们相信自己在这方面有天赋。综上所述，现在人们应该明白我们盼望的是什么样的来宾了，倘若我们远远地望见并不适合我们或我们客栈理念的来者，我们将告诉他：
"我们十分遗憾，我们深感抱歉。"

或许会有两三名读者对这张海报的真实性提出一些质疑，他们或许会说，他们无法相信它真实存在。

也许在本文的不同地方出现了多次重复。然而，坦白讲，在我的观察中，大自然和人类的生命便是一系列美丽而迷人的重复，另外我还想承认，我正好将这种现象看作一种美、一种幸运。在某些地方，当然也存在那种新鲜事物的猎手或狂人，那是一群被过度的刺激腐蚀的、贪求奇观的人，他们每时每刻都在追逐未曾有过的享受。诗人不会为这种人写诗，正如音乐家不会为其谱曲，画家不会为其作画。总的来说，需要持续享受和消费不断迭代的、全新的事物，在我看来，这种需求象征着一种狭隘的特质，也体现出内心世界的空洞、对自然的漠视，以及平庸乃至匮乏的理解力。只有在面对孩子时，人们才需要不断用新鲜的、陌生的事物来引诱他们，以便消除他们的不满。严肃的作家不会认为自己的使命是搜刮堆积如山的素材，也不会认为他需要为神经紧张的贪婪者提供巧妙的服侍，因此，他不会畏惧某些自然而然的重复，尽管，理所当然的是，他自己也在坚持不懈地努力，以免写出太多相似的东西。

入夜了，我来到一条美丽幽静的小路或岔道上，小路在绿树之下向前延伸，直至大海，本次散步将在这里终结。一群少男少女聚集在水畔一片小小的灌木林中，神父先生或教师在夜色笼罩的大自然中心，为孩子们讲解大自然、传授观察事物的方法。我慢慢地走着，脑海中浮现出两个身影。许是那种席卷一切的疲惫令我想起了一名美丽的少女，并由此联想到，自己在这广阔的世界上是如此孤单，但这不可能完全符合实情。自我批评从身后追上了我，它挡住了我的去路，我不得不与它奋力抗争。某些痛苦的回忆占据了我的身体。自怨自艾使我的心骤然变得沉重。与此同时，我在四周的环境中找寻并采集花朵，它们部分来自小树林，部分来自田野。天下起雨来，又轻又柔，雨水使柔美的大地愈发柔美、宁静。我感觉天空仿佛在哭泣，我一边采花，一边听着落在叶片上的沙沙啜泣。温暖而轻柔的夏日雨水，你多么可爱！"我为何要在这里采花呢？"我问自己，并沉思着望向土地，细雨放大了我的思虑，使其升华为哀愁。我想起我曾犯下的过错、我的背叛、仇恨、叛逆、虚伪、欺骗、恶行及许多愤怒而不美好的场景。还有不受控制的热情、狂热的愿望，我甚至想起自己如何给某些人造成伤害，又如何做出不正义之事。过往的人生在我面前拉开帷幕，像一个充斥着戏剧化场景的舞台，我不由自主地为自己的许多弱点以及我对他人表现出的冷酷无情感到震惊。这时，第二个人影出现在我眼前，我忽然又见到了那个衰老、疲惫、困顿且无人问津的男人，几天前，我看见他倒在一片树林的土地上，那样可怜而苍白，他死得凄惨，周身布满痛苦与死亡的暗沉，那足以使灵魂窒息的不幸画面令我受到了深深的惊吓。此刻，我在灵魂深处看见的便是那个疲惫的男人，他使我感到虚弱。

我觉得我需要找个地方躺一会儿，由于附近正好有一小片软和舒适的岸边空地，筋疲力尽的我便放松身体躺在了柔软的土地上，一棵大树在我头顶温柔地晃动着枝叶。我望着土地、空气和天空，一种荒凉的想法无法阻止地占据了我的脑海，我感到自己恍如一名被困在天地之间的悲惨囚徒，其他所有人也像我一样被无助地困住了，我们面前只有一条最晦暗的道路，它通向下方的洞穴，延伸至泥土，想要通往另一个世界，我们只能走上那条通往墓穴的道路。"于是，一切的一切，包括丰富多彩的生命，友好而意味深长的色彩，惊喜的情绪，生活之乐、之趣，所有这些生而为人的意义，家庭、朋友和爱人，这明亮柔软、满载崇高画面的天空，父亲母亲的房屋，可爱甜美的街巷，一切都将在某天经受必然的逝去或消亡，还有这高高的太阳、月亮，以及人类的心脏和眼睛。"我长久地思考这些问题，在寂静中回想那些也许曾被我伤害的人，并向他们请求宽恕。我久久躺在原地，神思恍惚，直到我又想起了那个少女，她那般美丽而年轻，拥有那般甜蜜、明亮又纯洁的眼睛。我在心中生动地想象着，她那孩童般娇艳的嘴唇多么诱人，她的脸颊多么娇嫩，她的身姿和温柔的歌声征服了我，从前，当我向她提问时，她会犹豫而疑惑地垂下这世上最美丽的眼睛，以及，当我问她是否相信我对她真诚的喜爱、恋慕、衷情与痴心时，她说她"不信"。现实命她踏上旅程，她离去了。也许我原本还来得及让她相信我的好意，我本可以告诉她，她是那样惹人怜爱的一个人，她对我有多么重要，以及出于种种美好的原因，我此生最看重的便是要使她幸福，她幸福我便幸福；可我没有更进一步地努力，而她也离开了。这些花是为了什么呢？"我采集花朵，是为了拿它们祭奠我的不幸吗？"我问自己，花束从我手中掉落。我站起身，朝着家的方向走去；因为天色已晚，万物已沉入黑暗。

猴子

　　我们必须温柔地，也可以说是铁石心肠地揪住这样一个故事，故事里讲，有一天，一只猴子突发奇想，跑进了一间咖啡厅蹲坐时光。他那一点都不聪明的脑袋上戴着一顶呆板的帽子，那也许是一顶宽边软呢帽，手上则戴了一双曾被陈列于男士时装店的、极为讲究的手套。他穿的西装是一流的。在说出几句异常老练、轻如羽毛、本身很值得一读，却也让他出了点洋相的句子之后，他来到一间茶室，整间茶室都飘着舒缓的音乐，听起来就像翻动书页时发出的唰唰声。猴子陷在尴尬之中，他不知道自己该坐在哪个位置，是该挑一个不起眼的角落，还是大方地落座于大厅中央。他偏向后者，因为他突然福至心灵地想起，当猴子们想要展现自己的风度时，他们会允许自己被看见。他看向周围，感到既忧郁又高兴，在敞开自己的同时又很害羞，他发现了几张娇艳的小姑娘的脸蛋，她们的嘴唇仿佛是樱桃汁酿造的，她们的脸颊则像是由纯奶油或乳脂搅打出来的。美丽的眼睛与动听的旋律相互竞赛，而当我向你们讲述以下故事时，我强烈地感受到了身为叙述者的尊严与喜悦：猴子用夹杂着家乡方言的语言询问服务他的女侍者，自己是否可以挠挠毛发。"请您自便。"她友好地回答，而我们的绅士（如果他配得上这个称呼）则无尽地延长了该项批准的时效，以至于在场的部分女士哈哈大笑，另一部分女士则移开目光不去看他的无礼之举。当一位非常可爱的女士在他桌边坐下时，他也立即开始以最巧妙的手段逗她开心；他聊天气，随后聊文学。"他是个不寻常的人。"她在心中默默地想，此时他正将手套抛到空中，并灵巧地接住。他抽烟时会咧开嘴，并做出一副迷人的奇怪表情。香烟与他那严肃的神情形成了鲜明的对比。

此时，一名少女在一位粗笨姑母的陪伴下踏进了大厅，她的身影就如同一首民谣或一首叙事诗，她叫普雷齐奥萨，自那一刻起，猴子便失去了他的平静，在此之前他从未有过这样的感受，那就叫爱情。现在他感受到了爱情。顷刻之间，一切愚蠢之物都被扫除出他的脑海。他迈着坚定的步伐走向那位被选中的姑娘，他渴望得到她，如果得不到，他就会去做蠢事，而那些蠢事会让人们认为他是长不大的孩子。年轻的小姐说："跟我们回家吧。虽然你不太适合当我丈夫，但如果你表现得好，我每天都会拍拍你的鼻子。你乐了！我允许你这么做。你将来要担心的便是：永远不要让我感到无聊。"

她一边这样说着，一边站了起来，姿态如此高贵，引得猴子忍不住放声大笑，她赏了他耳光。

到家后，犹太少女挥手示意姑母退下，之后她在一组饰有金色底座的昂贵沙发上坐下，并请面前站得笔直的猴子告诉她，他姓甚名谁，对此，那个猴性的集合体说道：

"以前我在苏黎世山上写诗，这就是诗歌的印刷本，我将它献给眼前这位赏识我的伯乐。尽管您的目光正在试图击垮我，但我不可能被击垮，因为您的注视会一次又一次地使我振作，我从前常常到森林里去找我的朋友们，就是那些杉树，我抬头望着它们的树梢，在苔藓地上舒展我的身体，直到我因欢乐而疲倦，因快活而忧郁——"

"懒骨头！"普雷齐奥萨打断他的话。

这户人家的朋友（他大胆地如此定位自己）继续他的讲述，说道：

"有一次，我没有结清牙医的账单，因为我相信：即便如此，我还是可以过得很好，我拜倒在那些阶层更优越的女性脚下，她们亲切地赏了我一些东西。另外或许还应该告诉您，秋天时我会采集苹果，春天则摘取花朵，有时候，我会在那位名叫凯勒[1]的诗人的故居中小住，那是一个您恐怕没有听说过的人，尽管您应该曾经——"

"不知羞耻！"仁慈的小姐大喊，"我本有意给

1　指戈特弗里德·凯勒（Gottfried Keller，1819—1890），瑞士诗人，在苏黎世出生长大。

您一份解聘书，好使您不快活，可我暂且饶了您。如果你还要对我无礼，这将是你在我身边呼吸的最后一口空气，到时你就只能白白地惦记我了。现在继续说。"

他重新开始讲述，让自己被审讯：

"我还从来不曾为女人付出太多，因此她们对我的评价很高。即便是您，小姐，我也能察觉出，您很尊敬您面前这个简单至极的榆木脑袋，这个榆木脑袋习惯先对女人说些不得体的话，好惹她们生气，之后再安抚她们的情绪。我当时以使节的身份被派往君士坦丁堡——"

"不要耍花招，吹牛皮先生——"

"——有一天，我在安哈尔特火车站见到了一位宫廷贵妇，其实最先注意到她的是另一个人，我和那个人在车厢里是邻座，他将他的发现告诉了我，而我又在这里将这件事摆上台面——尽管这说法只是一种形象的比喻，因为这里没有桌子的台面，可我多么盼望能有一张摆满食物的桌面哪，因为在试验了我的说话技艺之后，我突然想吃东西了。"

"到厨房去，把餐盘端上桌。我现在来读读你的诗。"

他听从命令去了厨房，却找不到厨房。难道他走进去了，厨房却不曾来到他面前？此处潜入了一个笔误。

他又去找普雷齐奥萨，她睡着了，不知道是不是因为读了他的诗歌，她躺在那儿，就像是东方童话中的一幅画。她的一只手像葡萄一样垂落下来。他本想告诉她，他如何在没有找到厨房的情况下走进了厨房，而他又是如何的失落，且失落了好久，好久，然而，一种不容拒绝的渴望将他赶回了被他抛下的人身边。他站在这位瞌睡的小姐面前，跪在这神圣的美丽面前，触碰了那只手，在他看来，那只手就像是襁褓中的耶稣，它太美了，他不敢碰它，只是用呼吸去触碰它。

正当他还在敬拜之时（我们根本不相信他会敬拜什么），她睁开了眼睛。她想问他很多问题，说出口的话却只有："我觉得你一点也不像一只真正的猴子。说吧，你是从贵族宫廷里来的吗?"

"你为什么这么觉得?"

"因为你很有耐心，而且你还谈论宫廷贵妇。"

"我只是希望能表现得高贵一些。"

"看起来你是这样的。"

另一天，她想让他告诉自己，人如何才能获得幸福。他给了她一个极为惊人的回答。"来吧，我要你给我写下一封我口授的信。"她说。他写字时，她越过他的肩膀去瞧他是否如实写下了所有内容。哟呵，他写得真熟练，而且他还以最大的专注力聆听她说的每个音节。我们就让他们写信吧。

笼子里，一只鹦鹉在骄傲地踱步。

普雷齐奥萨思考着什么。

什么都没有

为了给自己和丈夫的晚餐买一些好菜，一个有那么一点古怪的女人进了城。有的女人买菜时会有那么一点心不在焉。这个故事肯定算不上新颖；尽管如此，我还是要继续讲：那个想为自己和丈夫的晚餐买一些好菜，并出于这个目的进城的女人，并没有真正专注于眼前的事。她颠来倒去地研究，考虑着要为自己和丈夫买哪些独特、精美的食材，可正如刚才所说，她并没有真正专注于眼前的事，她有一点心不在焉，所以她做不了决定，看起来她好像不太清楚自己究竟想要什么。"一定得要那种能快速烧好的菜，因为现在已经很晚了，没什么时间了。"她想。天哪！可她却有那么一点古怪，她没有真正专注于眼前的事。实事求是和具体分析可真是美好的品质。只是本文的这个女人却不太实事求是，而是有一点心不在焉和古怪。她颠来倒去地研究，可正如刚才所说，她做不了决定。做决定的能力可真是种美好的能力。只是本文的这个女人不具备这种能力。她想为她自己和丈夫的晚餐买一些真正美味可口的食材。她就是出于这个良好的目的才进了城；但她就是办不到，她就是成不了。她颠来倒去地研究。她并不缺乏好的意愿，肯定也不缺乏好的意图，只不过她偏偏有那么一点古怪，她没有专注于眼前的事，所以她办不到。不专注于眼前的事不是个好现象，总而言之，这个女人最终不再有买菜的兴趣，她什么都没买就回了家。

"你为我们的晚餐买了什么美味又可口、独特又精美、恰当又聪明的食材？"丈夫见他那美丽、善良、娇小的妻子回了家，便如此问道。

她答："我什么都没买。"

"这要怎么解释呢？"丈夫问。

她说："我颠来倒去地研究，却做不了决定，因为选择对我来说太困难了。而且已经很晚了，没什么时间了。我并不缺乏好的意愿，更不缺乏好的意图，可我并没有真正专注于眼前的事。相信我，亲爱的丈夫，不专注于眼前的事真是太糟糕了。看来我似乎就是有那么一点古怪，所以我办不成事。我进了城，本想为你我买一些真正美味可口的食材，我不缺乏好的意愿，我颠来倒去地研究，可选择很困难，我没有专注于眼前的事，所以我成不了，所以我什么都没买。我们今天就先忍忍，什么都不吃，不行吗？什么都没有是烧得最快的菜，而且它绝不会引发胃病。你会因此生我的气吗？我不相信你会这样。"

于是，他们例外地享用了一顿什么都没有的晚餐，或者说他们是换了换口味，善良体贴的丈夫也绝对没有生气，他太有骑士精神、太有风度、太温和了，没法生气。他也绝对不敢露出不满的表情，他的教养太好，没法这么做。体贴的丈夫是不会这么做的。于是他们什么都没吃，而且两人都感到非常满足，因为他们例外地品尝到了无与伦比的美味。妻子的那个主意，即暂时忍耐，什么都不吃的主意，令这位体贴的丈夫大为感动。他声称自己已被说服，说他认为她提出了一个绝妙的点子，他就此装出一副喜不自胜的样子，当然了，他没有说出口的是：他是多么渴望吃一顿营养丰富的正经晚餐啊，即便是一碗简单、朴实的苹果粥也好啊。

　　比起什么都没有，别的食物怕是更合他的口味。

两则关于死亡的古怪故事

女仆（Ⅰ）

一位富有的夫人雇了一名女仆，女仆负责照看她的孩子。那孩子就像月光一样娇嫩，像新雪一样纯洁，像太阳一样可爱。女仆爱那个孩子，把她当作月亮、太阳，几乎把她看作自己敬爱的上帝本尊。可那个孩子却在某天走丢了，人们不知道这是怎么发生的，于是女仆便去寻找孩子。她满世界寻她，去了所有的城镇与乡村，甚至去了波斯。在波斯时，某天夜里，女仆来到了一座阴森高耸的塔楼前，塔楼矗立在一片宽阔、漆黑的水流边上。然而，在塔楼的顶部燃烧着一簇通红的灯火，这名忠诚的女仆向这簇灯火发问：你可否告诉我，我的孩子在哪里？她走丢了，我已经找了她十年了！——那就再找十年吧！那灯火回答，随后熄灭了。于是，那名女仆又找了那孩子十年，她去了地球上的所有地区及周边地区，甚至去了法国。在法国，有一座繁华的大都市，名为巴黎，她去的就是那里。就在那儿，一个夜晚，她站在一座美丽的花园前哭泣，因为她再也找不到那个孩子了，她掏出她的红手帕擦拭自己的眼睛。就在这时，花园的门突然打开了，她的孩子走了出来。于是她看见了她，于是她死于狂喜。她为什么死了？这难道有什么用吗？可她已经老了，她无法再承担这许多了。那个孩子现在长成了一位亭亭玉立的淑女。如果你遇见了她，请代我问候她。

长南瓜头的男人

从前有一个男人，他肩膀以上没长脑袋，反而顶着一个空空的南瓜。顶着南瓜头的他走不了远路。他却妄想成为走在最前面的人！就是这样一个人！——他的舌头是一片从嘴里伸出的橡树叶，而他的牙齿不过是刀片雕刻出的形状。代替眼睛的只有两个圆圆的空洞。空洞后面燃烧着两根蜡烛墩儿。那就是他的眼睛。长着蜡烛眼睛的他看不了远处。可他却说自己有最明亮的眼睛，真是个吹牛大王！——他脑袋上戴了一顶高帽；当有人和他交谈时，他就把帽子摘下来，他就是这么有礼貌。有一回，这个男人去散步。可风刮得那样猛烈，吹熄了他的眼睛。于是他想再次点燃它们；可他没有火柴。他用他的蜡烛墩儿哭了起来，因为他再也找不到回家的路了。他就坐在那里，双手捧着他的南瓜脑袋，想要去死。可死对他来说并不容易。在那之前，还来了一只金龟子，它把他嘴里的橡树叶吃掉了。在那之前，还来了一只鸟，它在他的南瓜头骨上啄开了一个洞。在那之前，还来了一个小孩，他把他的两根蜡烛墩儿拿走了。现在他可以死了。那金龟子还在啃咬叶片，那鸟儿还在啄食，而那孩子还在玩蜡烛。

圆舞

突然之间，在其他所有人回过神来之前，一人被宣布为伟大和重要的。后来的队列中，不再有人准确地知道是谁最先宣布了此事。生命和生命的游戏似乎构筑于许许多多令人热血沸腾且心潮澎湃的不准确事件之上，所有人都已察觉：畏首畏尾无法抵达高处。不过也存在某些安于平淡的人，这令人惊讶，却也不至于惊掉人的下巴。愿望与渴望终究要匹配相应的能力，而不出一年，人类就能领悟自己大概能做到什么程度。在这圆圆的舞圈之中，有一个孤独的女人在哭泣。其他人假装没有注意到哭泣者，这至少是合乎规矩的。我同情谁，便应该走向他、拥抱他、将生命献给他——真要这么做，人们还是有些却步。他们所有人都如此珍视自己，如此疼爱自己。这就是自然法则。在生命的绿茵场上，爱扮演了一个特殊的角色。相爱的两人做不到互相尊重。互相鄙视的两人却能完美应付与对方的日常交流。爱深不可测，是一个驶向错误的目标。某个人希望成为统治者，我们却看出他永远不会有实施统治、下达命令的机会。另一个人想成为被管理者，却不得不管理他人。生命的奇怪游戏。人们看见雪白的蝴蝶四处飞舞：它们是思想，它们的命运是飞舞、倦怠然后坠落。空气中飘满了说不出口的渴望，落空的渴望灼烧着空气。天父站在一个遥远的地方，当某个人类孩子为了抱怨某种苦楚而跃至他身边时，他便微笑着请这孩子回到舞圈。当一个孩子死去，这孩子便出局。其他人则继续跳舞，一直一直跳舞。

柏林小女孩

今天，爸爸扇了我一耳光，当然了，那是一记充满父爱的、轻柔的耳光。因为我讲了那种话："爸爸，你蠢爆了。"这话是有点鲁莽了。我们的德语老师说："淑女应当讲究言辞。"她是个可怕的人。可爸爸不希望我觉得那人可笑，也许他说得对。毕竟我们之所以去上学，是为了展现某种好学的精神与敬畏的态度。另外，挖掘身边人的滑稽之处并因此嘲笑他们，这是低级且不端庄的行为。年轻的淑女应当保持优雅端庄的举止，这一点我已经很明白了。人们不要求我去工作，也永远都不会要求我做这样的事，可前提是我得有高尚的品格。在今后的人生中，我还会从事某项职业吗？不会了。我会成长为一个年轻高贵的女人，我会结婚。也许我会折磨自己的丈夫。可这样也太糟糕了。当一个人认为自己有权看轻他人的时候，其实就是在看轻自己。我十二岁了。我的心智肯定已经发展得很成熟了，否则我也不会思考这些事。我会生孩子吗？怎么生呢？倘若我未来的丈夫不是一个卑鄙小人，好吧，那就生吧，我相信肯定是这样的，我要生一个孩子。然后我会教育这个孩子。可我自己都还要接受教育呢。我怎么能想这种蠢事。

柏林是世界上最美丽的城市，也是最有文化的城市。假如我没有坚定不移地相信这一点，我就会被人讨厌。皇帝不是也住在这里吗？假如柏林不是最讨他欢心的城市，他又何必住在这儿呢？不久之前，我见到了坐在敞篷马车上的皇室成员。他们真是迷人。我觉得皇储看起来就像一位年轻开朗的男神，他身边的那位高贵女士也美得超凡脱俗。她整个人都包裹在好闻的皮草大衣里。湛蓝的天空仿佛下起了花雨，花朵落在这对才子佳人身上。蒂尔加滕公园¹美丽极了。我几乎每天都和我们的家庭教师小姐去那里散步。我们可以沿着那些或笔直或弯曲的小道在绿荫下走上几个小时。即便是见多识广的爸爸，也还是会惊叹于蒂尔加滕公园的美。爸爸是个有教养的人。我认为他疯狂地爱着我。他要是读到这句话就糟了，不过我会把我写下的东西撕掉。基本上，这是完全不合规矩的，而且只有像我这样愚蠢又不成熟的人才会想要写日记。可是人有时会感到有点无聊，那时候他就会很容易被一些不正经的事情吸引。那位教师小姐人很好。好吧，总的来说是个好人。她很忠诚，她也爱我。而且她真的很尊敬爸爸，这是最重要的。她很瘦。我们以前的教师小姐胖得像只青蛙。她似乎随时随地都要发脾气。她是英国人。她如今也还是英国人，可自从她胆敢犯事的那一刻起，就不再和我们有任何关系了。爸爸将她赶走了。

爸爸和我，我们两个人马上就要去旅行了。毕竟已经到了这个季节，体面的人都要去旅行。在

1　蒂尔加滕公园（Tiergarten）是柏林的一座市内公园。

这花开草绿的时节都不出门旅行的人，难道不奇怪吗？爸爸会去海滨浴场，他显然会成天躺在沙滩上，夏日的阳光会把他的皮肤晒成古铜色。九月的他总是显得最为健康。代表虚弱的白皙肤色与他的面容并不相衬。另外，我个人也很喜欢在男人的脸上看见太阳灼烧的痕迹。就好像他刚刚从战场上回来一样。这难道不是小孩子的胡言乱语吗？没错，我当然还是个小孩子。至于我呢，我要去南方。我会先在慕尼黑待几天，然后再去威尼斯，住在那里的人和我有着无法言说的密切关系，她是我的妈妈。出于某些我理解不了，也无法认可的复杂原因，我的父母分开居住。大部分时间我都和爸爸住在一起。可妈妈当然也有权拥有我，至少拥有一段时间。我热切地盼望着即将来临的旅程。我喜欢旅行，而且我认为几乎所有人都喜欢旅行。你登上火车，火车开动，然后向着远方而去。你坐着，被送往不确定的远方。我觉得这件事非常美好。我是否知道贫穷与困境是什么？一点也不懂。我觉得我也不必去积累这种毫无价值的经验。可是贫穷的孩子使我感到遗憾。要是我身处那样的环境，我肯定会从窗户跳下去的。

我和爸爸住在最高级的社区里。那些整洁得不像话的、有一定年头的安静社区就是高级社区。至于全新的社区？我不想住在一栋全新的房子里。新的东西总会有一些不太完善的地方。在我们这一片，你几乎见不到工人之类的穷人，别墅也都是自带花园的。我们的邻居都是工厂主、银行家和把积累财富当作职业的富豪。所以，爸爸的财产肯定也不会少。穷人和更穷的人住不起这里的房子，因为它们实在太贵了。爸爸说，那些穷困潦倒的阶级都住在城市的北部。好一个城市。什么是"北部"？比起我们城市的北部，我更熟悉莫斯科。我收到了好多来自莫斯科、圣彼得堡、符拉迪沃斯托克、横滨的风光明信片。我熟悉比利时与荷兰的沙滩，我熟悉恩加丁，那里有像天空一样高远的山川和绿色的草原，可我自己的城市呢？也许柏林对许许多多居住在这里的人而言都是一个谜语。爸爸资助艺术和艺术家。那是一门他经营的买卖。好吧，侯爵也常常做买卖，可爸爸做的是绝对的高雅买卖。他是买画卖画的。在我们的住处挂着非常美丽的画。我想爸爸的生意是这么回事：一般来说，艺术家们对生意都一窍不通，或者出于某种原因，他们不可以懂生意。或者是这样的：这个世界又大又冷酷。它从来不在乎艺术家的死活。所以我爸爸就登场了，他通晓这个世界的礼仪，还有各种各样意义重大的人际关系，他以得体而机智的手段，使这个在本质上或许并不怎么需要艺术的世界注意到了艺术和忍饥挨饿的艺术家。爸爸常常看不起他的买家。可他也常常看不起那些艺术家。这取决于具体情况。

不，我不想在除了柏林以外的任何地方定居。在那种又老旧又破败的小城镇生活的孩子，他们会过得更好吗？那里肯定也有一些我们这儿没有的东西。有浪漫主义？我想，如果我说浪漫主义就是某种半死不活的东西，我应该没有弄错。坏掉的、碎裂的、生病的东西，比如一座古老的城墙。那种看似毫无用处，却又散发着神秘光彩的东西，就是浪漫主义。我喜欢梦见那样的东西，可我觉得，梦见它们也就足够了。毕竟世上最浪漫的东西是人心，每个心有所感的人都在心里装着那些被古城墙包围的老城。而我们柏林的新东西快要满出来了。爸爸说，所有值得纪念的历史遗迹都会从这里消失，不会再有人记得老柏林的样子。爸爸什么都知道，至少可以说他几乎什么都知道。那么，他的女儿当然也可以从中获益。没错，那些建在自然风光中心的小城市可能也挺好看的。那里会有隐秘但迷人的洞穴，你可以去里面玩耍，有那种你可以爬进去的小洞，有草坪、田野，还有几步之遥的森林。那些地方几乎已被绿色完全覆盖，可是柏林有一座冰宫，人们能在最热的暑天去冰宫滑冰。柏林比其他所有德国城市都要先进，而这体现在所有方面。它是世界上最干净、最现代的城市。这话是谁说的？好吧，当然是爸爸说的。爸爸多聪明呀。是的，我可以从他身上学到很多。我们柏林的街道已经消灭了所有的脏污与不平整。它们像冰面一样光滑，像擦得一尘不染的地板一样闪闪发光。最近你还能看见一些穿着旱冰鞋在街上跑动的人。谁知道呢，也许有一天我也会这么做，在那之前，旱冰鞋可别又退出流行的行列了。这里的潮流总是来不及好好亮相就会消失。去年所有的孩子都在玩扯铃，还有很多大人也在玩。现在好了，这个游戏都过时好久了，你不可能再玩了。一切就是这样更新迭代的。没人有模仿的义务，可模仿女神却是人这一生中最强大、最高超的统治者。人人都在模仿。

爸爸可以很有魅力，他其实一直都很好，可有时候他也会生气，你没法知道他为什么生气，那时他就会变丑。是的，在他身上，我见识到了隐秘的怒火、糟糕的情绪是怎样把人变丑的。每当爸爸状态不好的时候，我就会觉得自己身不由己，像一只落水狗；因此，爸爸应该避免对他周围的环境展露他的不快和他内心的不满，即便那环境中只有他的女儿。父亲们容易在这种时候犯下罪行，就在这种时候。我能清楚地感受到这一点。可是谁没有弱点呢？谁不犯（完全不犯）错呢？谁完全无罪呢？那些认为没有必要在自己的孩子面前压下私人情绪风暴的父母，他们也会在瞬间将自己的孩子贬为奴仆。一位父亲应该默默地战胜他的坏情绪（可这有多困难！），或者他应该将它们转嫁给陌生人。女儿就是一名小淑女，而每一位有教养的教育者都应该在他的内心培养一名绅士。我明确地说：和爸爸待在一起时，我就像在天堂一样，就算我发现他身上有缺陷，那也是他遗传给我的聪慧（不是我的聪慧）在对自己进行密切的观察，这毫无疑问。爸爸只可以将他的怒火发泄在那些人身上，那些在某种关系中依附于他的人。他身边不缺这种围着他打转的人。

我拥有自己的房间、自己的家具、自己的奢侈品、自己的书，还有其他东西。天哪，其实我的吃穿日用一应俱全。我是否要为此感谢爸爸？这个问题真不体面。我服从他，我还是他的财产，可他总归还要为我自豪。我让他担心，我是他的家务事，他可以训斥我，当他训斥我的时候，我就要取笑他——我一直认为我有义务这么做，而且要做得不着痕迹。爸爸喜欢训人，他有幽默感，并且他热情似火。每年圣诞节，他都会用成堆的礼物将我淹没。顺便说一句，我的家具当然也是由某位并非没有来头的艺术家设计的。爸爸几乎只和那些有名头的人来往。他和名头来往。要是在这样的名头背后还有一个人，那就更好了。知道一个人很有名，却感到那个人完全配不上他的名声，那感觉肯定很糟糕。在我的设想中，有很多这样的名人。这样的名声难道不像一种无法治愈的顽疾吗？我还能怎么表达我的看法呢。我的家具刷成了白色，并由一双有艺术品位的手在上面绘制了花朵和水果。它们好看极了，而为我绘制家具的那个人很出色，他非常受爸爸的器重。不论爸爸器重的是谁，他都应该感到受宠若惊。我是说，如果爸爸对某人很亲切，那背后必有深意，而那些没有感受到这种深意也不顺杆向上爬的人，当然会害了自己。这些人看世界的目光太短浅。我认为，我爸爸是一个非常难得的人；他在世界上发挥着举足轻重的作用，这一点显而易见。——我的很多书都让我感到无聊。所以它们就不是对的书，比如那些所谓写给"孩子"的书。这种书真是不知羞耻。怎么不知羞耻？人们居然敢把那种没有超越孩子眼界的书拿给孩子读？人们不应该像小孩一样地和小孩讲话，这很幼稚。虽然我也还是小孩，可我讨厌幼稚的东西。

我什么时候才会厌倦玩具呢？不，玩具很可爱，我花费在娃娃身上的时间还是太多了，这点我知道，可我是在理智地玩耍。我知道那很傻，可那些又傻又没用的东西是多么有趣呀。我想艺术天才们也是这么想的。我们这儿，我是说爸爸这儿，常常会请不同的年轻艺术家来做客吃饭。是这样，他们受到邀请，然后他们到场。写邀请函的人通常是我这位小姐，然后我们的餐桌上就会响起热热闹闹的欢声笑语，当然也不必再去吹嘘或故意夸耀一户高雅人家会将餐桌铺成什么样。爸爸似乎很喜欢和年轻人聚在一起，就是那些比他年轻的人，可往往他才是那个最有活力、最年轻的人。大部分时间里，人们听见的都是他的说话声；其余的人则在洗耳恭听，或者是他们不敢发表看法，这场面往往会引人发笑。爸爸在文化知识以及对世界的看法方面超越了他们所有人，所有这些人都得向他学习，这一点我看得很清楚。我常常忍不住在桌子旁发笑，然后我就会得到几声或重或轻的呵斥。对了，吃完饭后大家会在我们家赖一会儿。爸爸会在皮沙发上躺下，并打起鼾来，那其实是很糟糕的声音。可我爱着爸爸的一举一动。他那震天的鼾声也叫我喜欢。人们想一直社交下去吗？或者说人们能吗？

爸爸花钱时肯定很阔绰。他有收入，有支出，他的生活就是获取利益，然后让生活继续。他看起来甚至有点像那种挥金如土的人。他总是在行动。很明显，他属于那样一类人：他们总要去寻一些风险，而这对他们来说是一种享受，他们无法不去冒险。在我们家总会谈到成功与不成功。来我们家吃饭、和我们来往的，都是在这个世界上获得了或大或小成功的人。什么是世界？是一句流言，还是一句空话？无论如何，我爸爸都站在正中间，就在那句空话的正中间。也许他甚至还在某种限度内指挥着它。在任何情况下，爸爸的目标都是要发挥影响力。他力求发展并突出自我，或是发展并突出那些他关注的人。他的宗旨就是：谁要是无法引起我的关注，那他就是在伤害自己。基于这种看法，爸爸总是全心全意地相信自己作为人的有益价值，并且他能坚定、自信地行动，而这是得体的。谁要是不认可自己的重要性，那么就算对他做坏事也是没关系的。我怎么会这么说话？这是我从爸爸那儿学到的吗？

我是否受到了良好的教育呢？我放弃怀疑这件事。他们给予我的是一个大城市女孩应受的教育，既有信任，也有适度的严厉，允准我，同时也命令我跟上节奏。我将来要嫁的那个男人必须很有钱，或者他必须有着通往稳定财富的坚实前景。穷？我不可能穷。我和像我一样的生灵不可能忍受窘迫的贫穷。那是蠢话。另外，我相当肯定我会更偏爱简单的生活方式。我不能忍受过分的奢华。朴素肯定也是一种奢侈。适度的生活在什么情况下都会闪闪发光，而这种必须保持到最后一刻的纯净生活是需要花钱的。舒适的生活是昂贵的。我说的这些话多么铿锵有力呀。这样说话会有一些不够严谨吗？我会爱吗？爱是什么？还有什么样奇怪、壮丽的事在等着我去经历呢？可我感到自己在某些方面还是那么无知，我太小了，还无法了解那些事。我会经历什么呢？

文策尔

新年前夕，我们身处特万[1]市立剧院，这座由罗马人建立的小城坐落于高耸的山脉脚下。可我们并非要谈论地理知识，我们来此地是为了观看席勒的《强盗》[2]，该剧目将在此地上演，而特万的市民习惯以这出剧目来开启这个季度的演出。戏演得火热，至少文策尔是这么认为的，他是一名年轻的丝线厂学徒工，年约十七。他在剧院顶层楼座或站或坐，一般来说那个地方总有下一秒就会倒塌的危险。市议会主席用他的手杖和目光快速而简略地考

1　特万（Twann）是瑞士伯尔尼州的一个市镇，位于瑞士西北部。

2　《强盗》（*Räubern*）是席勒于 1781 年出版的作品，也是他的第一部剧本。

察了楼座连接处，然后回到了他楼下的那间包厢：索吊的连接还算牢固，足以撑过今晚。

《强盗》真是精彩绝伦，剧院里全是密密麻麻的观众。人们看到舞台上有一些绿色，那就是阿玛丽娅的花园，一把闪光的剑被拔出，细腿的无赖弗朗茨落荒而逃，他要逃离的是一个身穿黑衣的女人。那真是一句无比精妙的台词："国王就是乞丐，乞丐就是国王！"文策尔颤抖起来。

接下来是一个充满了中世纪气息的夜晚场景，身穿睡衣的弗朗茨跟跟跄跄地奔逃，对鬼魂的恐惧如影随形地折磨着他。他的举动正如作者所写的那样：在地板上翻滚，口中尽是胡言乱语；这时，一名钟表外壳制造商冲着舞台大喊："他疯了[1]！"叫声引发了一阵骚动。那个在新年前夜喝得醉醺醺的哥们儿被人从楼座上搬下来，有三个人冲向了他，一阵拳打脚踢和骂骂咧咧在所难免，扮演弗朗茨的演员向这发生在高处的一幕投来灼热而高尚的目光。"这个世界对高雅艺术的理解是多么贫乏啊。"

1　　原文为法语"Il est fou"。

文策尔心想。

从那天起，他便默默下定了决心：他要当一名演员。于是，他前往新区大街的吕费纳赫书店购买经典剧作。他花钱买书，甚至花了很多，虽然一名学徒工没什么钱，但人可以为了初次翻涌的热爱付出一切！就这样，他将席勒、歌德和那个伟大的英国人的作品搬回了他的阁楼，那是他父母的房子，他开始研读角色。

他也读《凉亭》《从山崖到大海》，以及《给所有人的书》[1]。那些如今家喻户晓的人物从前似乎也没有天赋，这点和文策尔一样，文策尔暂时也还没有天赋，他（和所有伟大的人一样）害羞，（和他们一样）贫穷，还有（和他们一样）不理解自己的父母！可那些功成名就之人很早就振奋精神，以此保卫自己的计划。文策尔现在也要这么做。

在特万居住着一位富有的绅士，他是功勋银行家，是那种会穿着昂贵的西装骑着马招摇过市的

1　《从山崖到大海》(*Vom Fels zum Meer*)、《给所有人的书》(*Buch für Alle*) 皆为通俗娱乐杂志，分别创刊于 1881 年和 1900 年。

时髦人物。他还是一位侯爵，以热爱艺术、慷慨大方而著称。这位绅士会在每年的圣尼古拉斯节给饥寒交迫的学龄儿童发放赏钱。如今，一个饥寒交迫的艺术狂热者并不亚于那些忍饥挨饿的孩子，他或许也能讨得绅士的欢心。艺术也是一种年少的表现，而艺术引发的饥渴同样会使人受尽折磨，并不亚于现实生活中的饥渴。

文策尔起草了以下文书：

万分尊敬的先生！

我斗胆向您提出一个请求。我的心愿是成为一名演员，我认为我需要接受正规的培训。我必须学习台词与表演，可这需要钱。您能先借我一些钱吗？大家都说您很善良、对人很友好。如果您想要了解我这个微不足道的人是谁（可为了什么呢？）的话，我目前的工作是扯丝线。我恳请您不要觉得我在乞讨。我的真心发自灵魂，它促使我给您写信，它也在请求您；它是不可能乞讨的。一千法郎就足够了，我可以忍受贫苦。我对艺术的热爱是一种开放的爱，我不知道它有多深，我也没有测量它，可既然我因此而受到煎熬，那么它一定是很深的热爱。我研读了经典剧本，这给我带来了勇气。请原谅我斗胆认为您会愿意资助我。请宽恕一颗胆大妄为的心，这颗心相信，世上存在乐善好施之人。请您不要因为我的这种语气而生气，年轻的席勒也曾如此言语。

满怀敬畏与希望的

文策尔

信寄出去了。在此期间，他背诵着角色台词。这个勇敢、快乐的年轻人穿上了父亲结婚时穿的天鹅绒背心。他肩披叔叔在密西西比河畔的一座城市里购买的大衣，腰系一条胶质腰带。脑袋妥帖地戴上一顶毡帽，上面装饰着野鸭的羽毛。手明白自己应该握一把灰色的手枪，腿上则搭配一双游侠靴。

打扮好了才能进入"卡尔"[1]的角色。

此时，从那位爱好艺术的侯爵的府邸送来了回信：

我亲爱的年轻朋友：

请您慎重考虑您的舞台事业，那是具有欺骗性的。如果我阻止您踏入那个充斥着华丽台词、优美肢体和光鲜服饰的世界，请您相信，我是在为您考虑。那个世界的表象诱惑了您。请您仍旧做一名勤奋而知足的公民，您可以阅读经典剧目，但请您以平常心对待它们，不要对那些华丽书籍的内容信以为真，这才是健康和理智的做法。

健康和理智。这两个词并不能安抚一颗火热的艺术之心，使它平静下来。文策尔前去拜访特万市立剧院院长，请求他带自己去巡演。他可以扛行李，也可以抬帐篷。他本想说他或许也可以擦鞋，

1　《强盗》的主角之一。

但他没有勇气将这话说出口。一个长着小胡子的西班牙人回答他："年轻人，我担不起这个责任。"

这个世界上有许多十八岁的年轻人，他们中有人会接受别人的意见，另一些人却听不进那些箴言。文策尔决定坚持自己的想法。他写道："尊贵的先生与大师！"他以此称呼住在首都的一位近乎相当伟大的演员。这之后有了一次试戏的机会。两位蒙尘的桂冠听了这场台词诵读：一个女人，她的模样使人完美地联想起德国北部和《凉亭》上刊登的那些小说；还有那位演员自己——他站姿端正，长着一张画报一样的脸。这次拜访以失望告终。

妆造是在家练习的。文策尔试图在阁楼中再现哈姆雷特。打造《阴谋与爱情》[1]中的费迪南德则不费吹灰之力。镜子被用于检查他是否有能力使脸表现出不同的特质与个性。头发常常被弄得乱糟糟的，因为这样看起来像画家，还能表现一点桀骜。文策尔也会将自己剪下的丝绸边角料系在衣领上，这种装束能使时光倒流整整一百年。他登上山，山

1　《阴谋与爱情》(*Kabale und Liebe*) 是席勒的剧作。

上那美丽的圆形牧场也必须充当舞台，这些牧场曾造就了迷人的大自然。四周是杉树，头顶是天空，正中心则站立着蓄势待发的演员文策尔。一天，他成了特万与周边地区的戏剧协会成员。

这个组织的负责人是一位文学博士，他也是《快讯》的编辑。文策尔觉得他既无聊又自以为是。他们在一间亮堂堂的大厅里排练，这位博士总是颠来倒去地修正他们的语言表达。现场还有一名女主角，她是施图尔姆小姐，以及一个模样可笑的姑娘，她大概二十岁，长着朝天鼻，叫克努歇尔小姐。她本来想选悲剧专业，人们却嘲笑她的悲痛，将她抛进喜剧。他们给文策尔安排了一出名为《尼克劳斯·洛伊恩贝格尔》的历史悲剧，要他抄写剧本中单个角色的台词，他将剧本手稿带回了家。

一天夜里，吃过晚餐后，父亲要将这份手稿丢入火中。文策尔捍卫着他的手稿，他就像一头雄狮一样，将护卫的手盖在手稿之上。他喊道："父亲，你是野蛮人吗？你竟要撕毁成名作家的作品，还要将它丢入火炉？这些可怜而美好的纸页碍着你什么事了？如果你是因为我的事业才如此怒气冲冲，我宁愿你打我一顿。你似乎无法尊重我的事业，你只会憎恨它。你以为你那愤怒而轻率的举动一旦成功，就能迫使我背弃我的计划吗？你想怎么样？打我耳光吧，但不要用你的手碰这部文艺作品，我将它的安危奉为神明。还有，我抄写剧本能赚取酬劳。你怎么能如此激烈地反对一部无辜的戏剧作品，甚至不惜毁掉它？你最好能把我满脑子的念想都从我脑子里打出来，然而这怎么可能呢？除非你打破我的脑袋。父亲，要知道，我从前要当一名演员，我今天还要当一名演员。那是我在这个世界上最热爱的东西，也是我最看重的东西，可如果父亲的爱能做的只有憎恨它、费尽心思消灭它，那么父亲的爱对我来说又算什么呢？你纵容自己使用这样一种不恰当的治疗手段来治疗突袭我的高烧，可我怎么能被这样的手段治愈呢？而对艺术的热爱又怎么可能只是一场高烧呢？就算你成功治好了我，你的暴行将永远无法让我相信这是一件所谓的祸事，也无法让我相信这件祸事会对我造成任何伤害，除非你以比现在更低的热情来见我。热情对抗热情，疾病对抗疾病！没错，我有权将你试图实施的暴行称为一种偏激主义，你要用巴掌和拳头来谋杀我所致力的更高等的教育。就算我为之燃烧的是一件无意义的事，那也没关系，总有一天它会在我面前现出它的真实形态和声音，到那时，我就会主动放弃关于艺术的念头，我会死心。亲爱的父亲，你的行为让我感受到的不是不幸，而是愤怒，现在请允许我离开这个房间，这个不甚体面的事发之地，我要回我的阁楼。"对舞台剧本手稿的猛烈抨击就此打住。

不久之后上演了另一出戏，它的剧本更温和，却更让人痛苦。故事发生在厨房里。文策尔正在帮他的姐姐玛蒂尔德擦盘子。姐姐说："唉，文策尔，我还是不太相信你的天赋。想想米勒家那个年轻优雅的情人吧。再看看你，我的天哪，和他比起来，你就是一根粗糙平凡的野草。你有什么风度呢？你以为靠着你的那点激情，就能迈入舞台的世界吗？看看你自己吧！还是你以为你能靠着几个《玛丽·斯图亚特》[1]里的角色走出这里，走进那个大世界？就靠那个莫蒂默，还是靠那位你在擦鞋时老是念叨的老爷？我真的没法这么想。你有戴过手套吗？你太害羞了，不适合做这种事。你甚至没法在我的朋友们面前张嘴说话，更不要说在面向全世界目光的公开舞台上说话了。相信我，这对其他人来说可能是轻而易举的事，对你来说却很困难。你倒不如去写诗。"

文策尔回答："我知道自己有多不成熟、多不机灵。可我觉得，艺术不光是嘴皮子的问题。你刚才跟我提到的那些情人先生，不论是年轻还是年老，是贝克家的情人、米勒家的情人，还是阿尔门家的情人，他们算什么艺术家呀。我很快就可以做到那种程度。不过，当然了，他们倒是有那种大摇大摆的派头，仿佛世上再没有其他人存在一样地不知羞耻。在这方面，光是要追上他们我就得花很长时间，更别说要胜过他们了。这固然是很让人难过

1 　《玛丽·斯图亚特》(*Maria Stuart*) 是席勒的剧本。下文的莫蒂默是其中的一个角色。

的。可如果你期望我不要在美妙的表演事业上耽误时间，而是去写诗，我便只能谢谢你了。"

戏剧协会要排演一出舍恩坦兄弟[1]的剧目。文策尔被指定扮演一名王子的随从，除其他情节外，他还必须挨一记耳光。不行，他不能演这个，这太悲惨了。太伤人了。演出当天下午，他逃进了山里。狂乱冰冷的风在呼啸，高高的杉树弯曲了、折断了，比起那名忍受耳光的随从，这景象多么美好、多么自然。他缺席了那场演出，那太愚蠢、太毁人、太没有尊严了，他做不到。"我对舞台怀抱的热爱有这么深吗？"文策尔想，"这是爱吗？"对他来说，那个角色不够理想，此刻他问自己，这是否证明了他没有能力登上舞台。他的良知告诉他："爱和热情能使人经受一切，即便那是一记耳光。"

两个月后，文策尔身处远方一座更大的城市，他在一家运输公司工作挣钱，他领取薪水并节俭度

1　舍恩坦兄弟（Schönthan）是一对奥地利作家、戏剧导演兼记者。哥哥名为弗朗茨·冯·舍恩坦（Franz von Schönthan，1849—1913），弟弟叫保罗·冯·舍恩坦（Paul von Schönthan，1853—1905），他们共同创作了许多剧本。

日，他去上课，那是一位受到认可、演技精湛的主角演员开设的正规课程。现在事情总算有了进展。他操练肺部、舌头、嘴唇和呼吸，学着正确而清晰地发出元音和辅音。课程在方法层面逐步推进，这令他惊讶，而这名演员告诉他："您有所进步。"可这个时候，这位老师和教育者却收到了文策尔父亲的来信：

致演员扬克：

您在给我的儿子授课。这个消息是我通过住在那座城市的亲戚得知的，文策尔这个不成器的孩子就在她家借宿、吃喝，我感到非常痛心。您不应该这么做，您应该尽快停手。我已经受够了我和我儿子之间那些令人厌烦的争吵。令人难过的是，这个顽劣的小子还知道要去接近您，而您也没有立刻将他赶走。据我所知，您反倒支持了他对那件事的信仰和喜好，在我和其他安稳度日的人看来，那是一门不正经的营生。不止如此，作为英勇市民后代的我的儿子，他今后可能会走上流氓戏子的道路，还有可能成为那帮懒散度日的家伙中的一员，那帮人将这种耻辱的作风视作可被容许的好事。我想您肯定很乐意通过授课赚取一些额外的收入，可您和您身边的那类人教授的课程是有害的，它是有罪的，会败坏道德、致人堕落。我不知道您是谁，可凭我的感觉来看，您和那些找不到自己在这个世界的位置、所作所为不值得信赖、生活方式混乱不堪的家伙是一类人，这就够了。我刚才暗示了在我的猜测中您属于哪个阶层。文策尔是个一无是处的人，他活该被留在您的身边。演员先生，草台戏子，也许您残存不多的自尊心会让您在读完这些文字后将那个浑小子扫地出门，若非如此，我将即刻寻求警察的帮助。

　　此致

敬礼

　　　　　　　　　　　　文策尔的父亲

来之不易的课程就这样走到了尽头。主角演员对文策尔说："如您所见，您的父亲是这样一个人。如果我愿意，我可以起诉他，但我不会这么做。他的侮辱并不会对我有所影响，到此为止。他们那种狭隘的小市民就是这么看我们这些艺术家的，真让人好奇，我们俩谁才是那个更有良心、更优秀的本国公民，是我还是您的父亲。"

　　文策尔回家指责他的姑姑们，他就住在她们家。他说："你们都对我的艺术道路和目标干了些什么好事？好了！现在我要从你们家搬走，你们明白了吗？你们喂我吃的那种美味的果酱鸡蛋饼，并不足以让我和那些优秀的人中断或终止联系，比如那位好心的主角演员。我看你们还是自己吃吧。我已经长大了，我可以去让我觉得舒服的酒店，并在里面吃住。我首先要做的就是从这里搬走。我不会在这座城市再多待一刻。它伤了我的心。"

　　文策尔确实立刻出发了。他将自己的演员梦装进行囊，也没有忘记带上那些经典剧作。他乘车去了施瓦本地区[1]：然而就在那里，有一天，人们将他们的看法恰如其分地告诉了他，简单来说就是："年轻人，不论您是何出身，优越的市民出身也好，稍差的市民出身也罢，您都缺乏神圣的火花！"

1　施瓦本地区（Schwabenland）位于今德国西南部，其名称源于中世纪的施瓦本公国。

弗里茨

我的名字叫弗里茨。假如给我取另外一个名字，岂不是更好？我出生在汝拉外城[1]，假如我从未在那里出生，或许会更好。我的父亲是一名齿轮驱动工[2]。假如我的父亲从未驱动过齿轮，岂不是更好？这个怪异的问题缠住了我：我究竟为什么来到这个世界？在我的印象中，我从未明确表达过想成为生物的愿望，人们却丝毫不曾在意尚未出世的我自己的意见。后来我进入

1　汝拉外城（Juravorstadt）是瑞士比尔市的老城区。比尔是罗伯特·瓦尔泽出生的城市。

2　齿轮驱动工（Radtreiber）的工作是手动驱动齿轮和机器，并维持它们的运行。

师范学院

学习，那或许是一个我从来就不该进入的地方。众所周知，师范生都是眼高于顶的人。假如我从未眼高于顶，或许才是更理智的。可惜事实却是，我的眼光也相当高。我开始写诗，那或许是我从来就不该做的事，之后便开始有人对我表现出非同寻常的关注，或许他们从来就不该这样，可是简而言之，他们就是这样做了。结果，我将自己看作了一名未来可期的天才，我以为自己被选中了，要成就一番事业。那个也许相当幼稚的问题涌上了我的心头：假如我避免将自己视作天才，岂不是更好？他们给我发放奖学金，还送我去游学。假如人们拒绝给我发放奖学金，而我也没有去游学，岂不是更聪明、更理智？我去哪里游学呢？我去了

罗马，

我想去一座斑驳的宫殿，结识一位罗马侯爵。假如

我从未去罗马游学，从来没有踏足那座古老、斑驳的宫殿，也不曾在我的生命中认识一位罗马侯爵，岂不是更好？又是一系列刨根问底的新问题。我前往

阿姆斯特丹，

借机游览了那个因伦勃朗而闻名的犹太人街区。去阿姆斯特丹参观一个因上述大师而闻名的街区，这或许是完全没必要也毫无益处的。之后我再度前往意大利，并在那里见识了诸如比萨之类的城市。我为什么非得去见识诸如比萨之类的城市呢？这是非做不可的吗？在拉文纳[1]，我差点就想投身于意大利建筑艺术的研究工作了。在这里，我想提醒诸位，狄奥多里克[2]的宫殿以及那个某某某的陵墓就在拉文纳。可不论我如何一再提起狄奥多里克宫以及那

1　拉文纳（Ravenna），意大利北部城市。

2　狄奥多里克大王（Flavius Theodericus，约454—526），东哥特王国的建立者。

个某某某的陵墓，那个毁灭根本的问题仍未得到解答：我就非得在拉文纳开展上述研究吗？假如我从未探访诸如拉文纳之类的城市，岂不是更好？现在我经由威尼斯前往

苏黎世，

众所周知，这座城市会举办许多优秀的文学朗读会。在苏黎世，我要么脱口吟出脑海中的诗歌，要么照着我那本印刷成册的诗集朗读我的诗歌，好歹我读得还算顺畅干脆，而且在那些诗句出口之前，我会再度对它们进行恰当的润色，以便赋予诗句一种独特的迷人光彩，正因如此，现场的掌声异常热烈。即便我说，欢欣鼓舞的人群直接将鲜花和装饰物抛到了我的脸中央，我也没有夸大其词。然而，假如我从未在苏黎世采集宠爱的果实，也从未捡拾月桂的叶片[1]，岂不是更好？现在，我迈着巨大的步伐赶往巨大的山区，并从山区前往

1　月桂叶在德语中象征胜利。

图林根[1]，

在这里，众多中世纪的城堡令我着迷，假如我既没有迈着巨大的步伐，也不曾以某种其他步伐进入巨大的山区，不曾翻山越岭前往图林根，岂不是更好？正如我担心的那样，引起我注意的那许多中世纪城堡并未给我带来多大的益处。当然了，图林根附近还有一些诸如魏玛、耶拿、爱森纳赫[2]之类的小城，以马丁·路德为代表的名士在我心中点燃了美丽的灯火。我在歌德的花园别墅中寻寻觅觅。我让自己接受了"永恒女性"[3]的洗礼。耶拿使我联想起一位名叫席勒的有用之人。但我能从歌德的花园别墅中搬走什么巨大的好处吗？耶拿使我联想起那位能干的名士，可这能让我收获什么？"永恒女性"

---

1 图林根（Thüringen）是位于德国中部的一个州。

2 魏玛（Weimar）、耶拿（Jena）、爱森纳赫（Eisenach）皆为图林根州的小城市。歌德故居、席勒故居与马丁·路德博物馆分别位于这三座城市。

3 "永恒女性"（Das Ewig-Weibliche）出自歌德的作品《浮士德》的最后一句："永恒的女性，引导我们上升。"（Das Ewig-Weibliche zieht uns hinan.）

的洗礼真的能将我变成一个更好的人吗？而诸如路德之类的名士在我心中点亮的美丽灯火，真的能照亮我的心灵吗？又是一系列新的、叫人心碎的提问。或许我从来就不该参观那座花园别墅，或许路德也从来不该在我心里点燃灯火。可是简而言之，别墅已经参观了，我心中的灯火也已经点燃了，而上文提及的洗礼是深刻的，虽然假如它的作用弱一点或许会更好。现在，我揣着一部卖座剧本或戏剧作品，前往

柏林，

我想在柏林一举成名，成为戏剧圈名流，可戏剧舞台的好运并未光临，而那部卖座剧本也卖不出去。假如我从未前往柏林，从未想过要凭借一部最终被证实卖不出去的卖座剧本一举成名，成为戏剧圈名流，这样或许会更好。我结识了形形色色有头有脸的大人物，他们对我和我的那部卖不出去的卖座剧本给予了某种很低的关注，关于此事我不愿多说一

个字。假如我从来没有为了取得一些无关紧要的关注而去求见那些有头有脸的人物，那肯定会更好。正当我眼睁睁地看着希望破灭，前途渺茫，成功无望，心愿被撕扯成碎片，脚下的土地被投入烈焰，失败无比惨烈之时，正当我任由自己坠入冰冷的深渊之时，正当我迷迷糊糊地在街上四处彷徨与盘桓之时，一位美丽高贵的

夫人

迎面走来，她出其不意地问我是不是一名包装工人，这样的一名包装工她已寻了许久，却始终未能找见。我回答她，要是能付给我一笔不错的日薪，我随时愿意大胆行动、勇敢出击，我告诉她，我能轻松打包货物或包裹，我精通每一种托举货物的方法，我在推撞货物方面有明显的优势，我是打包与缠裹货物的好手，我还受过捆绑和打结的专业训练，等等。她微笑着听我说完这些，似乎十分满意，她开口道："这是一个薪酬优厚、非常轻松的

私密岗位。

我绝对会给您分派大量报酬丰厚、长期稳定的工作。"我回答她，我非常渴望报酬丰厚、长期稳定的工作，我渴望这样的工作已经很久了，况且我认为，自己无论如何都会需要一个薪酬优厚、非常轻松的私密岗位。她表达了以下看法，即只有激情燃烧的

乐观主义者

才能被纳入考虑范围之内，乐观主义者会相当费心地经营一切。对此，我的回答是，我已决心要如火如荼地燃烧、费尽心思地经营，我想我能成功令她满意，甚至能完全超越她的想象。我在任何情况下都是乐观主义者。她抛出了那个问题："您的名字是叫弗里茨吗？"我说我大概就叫这个名字。虽然我并不想那样强调我的名字，毕竟错误总是无法避免的，这是众所周知的事。之后，她表示自己是许

许多多任性想法的化身。我说我会爱她所有任性的想法，还要将它们奉为神明。"那您来吧！"她说。假如她从未说这句话或许会更好，可是简而言之，她说了这句话，而我也服从了她，尽管，假如我从未服从她，或许会更好。同样地，我从来都不该说我已决心要如火如荼地燃烧、费尽心思地经营，并永远要让她感到满意，也不该说我会爱她所有任性的想法，还要将它们奉为神明。可是简而言之，这些话我都说了，我跟着她回了家，到了那里，她先是将我拉向了她的

乳房。

她有一对极其丰满的乳房，假如她的乳房能少一点丰满，或许会更好，可是简而言之，那对乳房不管怎么看都极其丰满，并且造成了无法颠覆的事实：她使出浑身力气将我压在那硕大的乳房之上，她如此用力，以至于我差点无法呼吸，鼻子也被压得又扁又塌。现在，我非常惊讶地意识到，做一名在任

何情况下都能欣然接受的乐观主义者意味着什么。假如我从未做一名在任何情况下都保持愉快的乐观主义者，或许会更好，因为它会造成以下事实，即我会成为一个在任何情况下都快要无法呼吸的人；而另一个事实则是，我的鼻子在任何情况下都会被压得又扁又塌，这是因为我受到的柔情款待太过柔情，假如从来就没有那样柔情的款待会更好。现在，我遵守了我的诺言，也履行了我许下的承诺：只要我将自己全然扭曲的、皱皱巴巴的脸以及三四个弯曲变形的鼻子再次恢复到差不多的位置（这总归会费我不少力气），我就会迅速行动、勇敢出击；然而，假如我放弃了以上的事，不再这么做，这非常有可能会更好，可是简而言之，我行动着、进攻着，我还证明了自己是一名精通所有摩擦手法的大师。与我的猜测一致，我如此费心的经营也令她感到满意，可实际上，她感受到的已不仅仅是满意。为了让她明白，我在任何情况下都是一名激情燃烧的乐观主义者，并向她证明我非常愿意让她尽可能放宽心，我不得不安排了许多活动，而在这些活动

的过程中，我在她巍然耸立的、对我而言相当宽阔的身躯旁跪下，以最热切的模样覆上她还算美丽的、圆滚滚的

手，

献上在任何情况下都很热烈的亲吻。那只手其实非常粗糙，可这种情况并不会使我翻涌的癫狂减损分毫，而这仅仅是因为我是一名乐观主义者，而且我在任何情况下都是一名乐观主义者，这一点上文已多次强调。然而，假如我从未亲吻过那只手，或许会更好；假如我从未向着那堪称雄壮的身躯下跪，或许会更好；可是简而言之，我亲了，也跪了，并且我看见了一条绝美的

接缝，

其上是可以解开并扣上的纽扣；接缝就在她的身体之上，延伸至她的脚。这是一个我或许从来都不该

看的玩意儿，因为后来我一直黏在那条接缝上、扣在那些纽扣上，因为从今往后我将不得不周而复始地解纽扣、扣纽扣；当然了，假如这件事从来都不是这样，那会更好，可是简而言之，它就是这样了，并且我也一直扣在那里、黏在那里。有一天，我很可能会为这段冒险经历写一本又长又厚的书，尽管我认为，永远不要为了这个目的而去握笔或许会更好，原因很明显，关于那件事，我最好还是一行字都不要写。

托波德的生活片段

　　说件真事，我那时进了一座城堡当仆人，那是一位伯爵的城堡。当时正值秋日。

　　在我的印象中，勤奋、热情与专注这几个特质，在我身上体现得淋漓尽致。我的表现令主人很满意。当然了，最开始，他们对我并不满意，那时我的表现有点笨拙。不过或许换一个人也会是这样。

　　时至今日，我仍能看见自己在那间华丽的餐厅中肃立的身影。一名真正的仆人等同于安静与机敏。正如我预期的那样，经过一段时间的适应，我逐渐能够满足他们提出的一切要求，并完美胜任一切分内的工作。他们为我开具了一份很好的工作证明。

城堡本身就极其美丽。虽说在一名普通市民的眼里，任何城堡都有一种强大的魔力。然而，我的天，我在那里见过的每一个房间都有其独特的美；不过，现在先让我将目光转向那些厅堂吧，它们可当真是高大辉煌。

一间间华丽的厅室鳞次栉比。城堡里甚至还区分所谓的内间与外间。

每当主人们在这些富丽堂皇的厅室中用餐时，仆从们总会以一种谦逊而稳妥的姿态紧紧挨着主人们的椅子，站在他们身后。这就是那里的规矩。我们可以将其视作某种良好的餐桌氛围或仪式。每到这种时候，我总会站成一尊雕塑，然而，下一秒我又会恢复活力，变得神气起来。

餐厅里那些细长的双开门令我着迷，主人们一走近，它们便会被打开，主人们踏入房间之后，它们又会立刻被仔细地关上。

在整座宽敞的城堡内，弥漫着一种高雅的气息，这也许主要源自一种占据了所有廊道与厅室的宏大寂静。伯爵本人的行为举止非常低调；他的仆从更是有过之而无不及。

伯爵是一个高贵的人。他身材纤瘦，拥有一张真正的贵族式面孔，那张脸令人生畏。只要一看到他，人们就会变得小心翼翼，生怕惹他不高兴。

即便是那名对所有人都很放肆的看守，一旦远远听见伯爵的声音，也会吓得瑟瑟发抖，伯爵的声音很强势，那是一位天生的发号施令者的声音。可伯爵是个好人。我偶尔会悄悄观察他，我能感觉到，他有着高尚的品德。

他是一名单身汉，同样的情况若是放在村民身上，肯定会叫苦不迭。

村子很可爱。我一到那里就感到格外熟悉；因为这个美丽的村庄使我想起我的故乡。我觉得，世界上所有的村庄都是相似的。村里的小巷或主街总是落满金黄的叶片，我得空时便喜欢坐在那家名为"德意志皇帝"的酒馆里，虽然那里的啤酒很难喝，我还是喝得津津有味。

村里的年迈妇女和我家乡的村妇一模一样，

她们甚至留着相似的发型，而那些淳朴的园子也很像我家乡的园子。

关于那座城堡，我断定它建成于德法三十年战争期间。

到了晚上，也就是夜间，我会伴着一盏灯，坐在我那个位于一楼的房间里，我喜欢开着房间的窗户，总有一个老头突然出现在我窗前，闲闲地望进我的房间。他是守夜人。

他常常扯着他那被烟熏哑了的嗓子和我闲聊，我通常会给他一个硬币，答谢他给我带来的乐子。可也许正是那些硬币让他被赶出了城堡：有一天，他醉得不省人事。可怜的老头，我给他钱原是出于好心。

每当我独自坐在桌边，如饥似渴地阅读一本我从伯爵的藏书室里偷取来的书时，外面总会下起雨来，雨点落在夜色笼罩下的漆黑花园里。我热爱这种景象。可我不怎么热爱我的行军床，我甚至会诅咒它，因为它总是频繁地将我抛出甜美的睡梦。

我怎么会忘记初次见到伯爵的场景呢？

我们四名仆人，包括看守、内侍、第一仆人和第二仆人，都站在入口大门处的灯光下，等待主人归来，那是一个漆黑的夜晚。车子一出现，我们四人便急匆匆地奔向那辆仍在行驶中的车，我想说，我们表现出的急迫简直具备了某种风格。车门被殷勤地撕开，紧接着，伯爵便被他的几名仆人扶将出来，那模样就好像他已病入膏肓、无法自行站立似的，尽管实际情况并非如此。

就是在这样大的阵仗中，我有生以来第一次见识一位大人物的派头，此后我便知道了，当伯爵们结束旅途，深夜归来时，仆从们会如何迎接他们。

有一回，大约正午时分，我正惬意地坐在我的休息床上，门却忽然打开了。伯爵出现在我面前，陪同他的还有一位女士，显然，伯爵正想给这位女士展示这个房间。我迅速起身。伯爵兴致勃勃地指着我，就像指着城堡里的某个景观似的。那位女士莞尔一笑。随后他俩便离开了房间。

花园里长着美丽的树木，正是秋季，层林尽

染，放眼远眺，目之所及皆是黄色、棕色和金色，树木之上则罩着一片无比鲜亮明晰的蓝天。我的记忆是否出了错，我真的见过那样一个美丽温柔的秋日吗？

我愉快地吸入了多少新鲜、芬芳的秋日空气，又是如何闲立于花园中，快乐、满足并平静地望向空中的明月啊。

仆人可以在私下享受这样的美好事物。没有人禁止我享受自然风光，我也很享受我的工作，甚至是更享受工作，比如我很喜欢我的灯。

倘若有人想听我分享在城堡中的有趣经历，我会这么告诉他：总的来说，我在城堡中的有趣经历主要体现在，我能注意到，自己被认可为一个勤勉可用的年轻人。于我而言，这是一种巨大的快乐，也带给了我深深的满足感。也许我还可以幽默地补充一句，我在那两三名侍女之中，结识了一名特别有趣的侍女。然而，坦白说，我或许只是在讽刺她。

对我来说，我的仆人身份本就是一种扣人心

弦、精彩绝伦、妙趣横生的经历，并且，我这名仆人还出色地完成了自己的各项任务。一名仆人必须恭顺而忠诚地提供服侍，而不能搜集什么有趣的经历，他既不能在自己身上寻找乐趣，也不能在他服侍的人身上寻找乐趣，他唯一该做的就是一心一意地完成自己的工作，并努力使他人满意。不论从前还是现在，我大概可以这样总结我的处境。

我发现那些灯很有趣，我擦拭着它们，而在我看来，那块地板则比任何事物都要离奇、怪异且不同寻常，我必须将它擦得一尘不染。我对那些事物的记忆总是如此清晰，比如一块闪着暗色光芒的地板，以及地板上一小片忽明忽灭的光斑。我认为美丽动人的恰是这样的小事。

一名真正的仆人是安静、沉默、勤奋且谦逊的，他会礼貌地道晚安和你好；可他的内心一点也不期待任何特殊的经历。他更期待的是丰厚的小费，而不是波澜壮阔、独一无二的经历，这对他那单纯的灵魂来说毫无价值。

此外，我还认为，不论是谁，他在头脑清醒

的情况下，都不应该过于渴望非凡的经历，反而应该畏惧那种经历，毕竟日常生活的安宁与平静，依旧是当今世上最美好的事物。

要说我在城堡中确有什么非凡的经历，则非那些煤炭莫属，我从煤窖的煤桶中取出煤炭时，总会把自己弄得灰头土脸的，看守见了便会大肆嘲笑我。他会问我："托波德，您看起来成什么样？"我则会问心无愧地告诉他，所有和煤炭相遇的人，都必须把自己搞得灰头土脸，这是一种必要。

除此之外，一切都平静顺遂，食物也很合胃口，我完全无法形容它们有多美味。

内侍是个很难相处的人。他举止傲慢，尤胜伯爵本人。真正的大人物，即便在彰显自己的身份时，也只会低调行事；他们没必要表现得太过傲慢。毫无疑问，大张旗鼓的行事风格更贴合小人物，大人物不会这样。

伯爵将脚踏在自己的土地上时，是何等小心谨慎。这很好理解，因为他很珍视自己拥有的东西。这样的人，即使在家里也会表现得很得体，不会比在外面少一分。

那种高雅的寂静也是从他身上散发出来的，这种寂静如此轻柔，如同一阵花香、一种花的气息，拂过城堡内部。

不论是谁，当伯爵注视他并同他说话时，若是能在伯爵的目光中找到些微赞许之意，在其言语中感受到一丝友善，他便会感到高兴。

有时，伯爵也会表现得尖酸刻薄，当然了，这仅仅是针对他的同类人。在对待那些地位低于我们，并听命于我们的人时，我们往往会比对待同阶层的人更加温和。没必要对一名仆人展露尖牙。

我简单提一下那些他们将我塞进一件黑色旧燕尾服的时刻：他们将我转过来又转过去，好使我从各个角度看起来都恰如其分。那件燕尾服就像新的一样合身，我很愿意相信，穿着那件衣服的我一定贵气十足。那是我这辈子穿的第一件燕尾服。衣服扣子上还镶有伯爵的纹章。

一天清晨，为了给衣服做一点小修改，我去了一趟邻村的裁缝铺。那是一次愉快的晨间散步，我穿过森林和若隐若现的田野，当我再次回忆起那次散步时，我感到它仿佛就发生在昨天！

我尽情享受着惬意可爱的凉爽早晨！我满心欢喜地走在路上。我甚至蹦跳着走完了几段路，毕竟我是那样快乐又那样兴奋。我沉醉其中，沉醉是多么神圣的状态！我感到欣喜、幸福与勇敢，我甚至忘乎所以了，全身的关节都不再受控制，那种情绪从上到下、在内心深处、在手臂和腿上、在手上、在脑袋里、在脚上蔓延，并一直延伸至脚趾尖。噢！全是欢乐！

没错，生命中会有那样的时刻，我们会完全无法理解，自己为何是那么美好的存在。喜悦并不会因为命令或愿望而到来；它们是乍然降临的，可正如它们当初如此突然地从天而降一样，它们也会自顾自地消失。

说到城堡的园丁，他有一个异常美丽的女儿。可惜他自己总是闷闷不乐的，根据园丁先生多次强调的说法，这是因为伯爵先生显然太轻视这位园艺艺术家先生的贡献了。

由于我自己没有剃须工具，于是不得不常常下到村里的理发店去刮胡子，我在那里认识了一名对现状不满、垂头丧气，也因此显得很不合群的学徒工，他后来因为偷盗砂糖而遭到起诉、审讯和判罚，这很让人难过，好在他没有被判终身监禁。

　　这个淳朴、清贫的小村庄总是那般可爱。

　　后来的后来，冬天来了。

　　城堡里时而宾客盈门，时而又安静如初，我们这些人则时而忙得晕头转向，时而闲得发慌。

托波德

我以前叫彼得，有一天，一个奇怪的寡言之人给我讲述了他的故事，他叫托波德，他用一种平静的语气说道：我坐在一个偏远的小房间里写诗、做梦，我梦见了一种声名鹊起的伟大生活，梦见了女人的爱，以及一切美丽宏大之事。夜里我从来不睡，这样的失眠却让我高兴。我总是醒着，脑袋里满是各种念头。大自然令我着迷，还有那些穿越草丛与森林的隐秘小径。我整日都在幻想和做梦；尽管如此，我却从来不知道自己在渴望什么。有时我知道自己在渴望什么，然后又不知道了。但我热烈地爱着我那不确定的渴望，无论如何也不想看到它消失。我渴望危险，渴望伟大，渴望浪漫主义。在很久以后的一次良好机缘中，我将自己作为彼得写下的那些诗，以奥斯卡的名字出版了。我常常疯了似的笑话自己，那时我的心情好极了，还会讲笑话。作为幽默老弟的我，即在我心情非常好的时候，我会管自己叫文策尔。在这个名下，似乎归入了一些有趣、幽默、世俗、滑稽的作品。有一天，作为彼得的我彻底陷入了绝望，从那之后我便不再写诗。我幻想的是成为统帅，少一分也无法接受。真是少年的狂妄。我陷入了一种彻头彻尾的沮丧之中。另外，我那时的同伴也没比我好多少。弗朗茨想做一名伟大的演员，赫尔曼想当一名音乐家，海因里希想成为一名宫廷侍从。可他们看清了自己梦想的可笑，从狂妄幻想所铸成的高台上走了下来，成为士兵，参加了战争。抑或是他们已成为温和的公务员与市民，我不太清楚。我却与他们相反，因为明白自己将无法在这个世上成就任何高尚之事，我不由得陷入了无止境的悲痛，遁入了对我而言迷人又可爱的森林，出于对迅速走向终局的渴望，我大声哭叫祈求，呼唤死神的降临，善良又充满同情心的死神则化身为杉树，前来寻我，要用他的臂膀拥抱我，直至我窒息。可怜而不幸的胸膛碎裂了，本体熄灭了，从那被杀死之人的身体中却立起了一个崭新的人，这个新人逐渐被叫作托波德，他便是站在你面前，对你讲述这一切的人。作为托波德的我，感觉自己仿佛经历了重生，事实也的确如此。我以新的眼光看待这个世界；崭新的信念赋予了我未知的力量与生机。希望和美好的前景跳至我面前，亲吻我，那是我从来无法相信的存在，生命则突然亮起了神话般的光，它无比光明地出现在那个部分重组、部分再造的灵魂面前。我已跨越死亡并踏入了生命。死亡必须发生在我有能力活下去之前。在走出那可怕至极的对生命的倦怠之后，我很快便开始更深入地理解生命，并开始享受生命。当我还是彼得时，我从未思考过何为生命，也没有真正意义上的生命观，正因如此，我才走向了死亡。假如没有足以托住你的、将你举起的思考，没有观点，没有体察（即那些帮助你与生命中令人失望的事物友好和解的东西），那么，生命将使你筋疲力尽。如今我不再祈求名望及其他类似之物，也不再注视宏大的事物。我收获了一种面向渺小与贫乏的爱，我为自己武装了这种爱，看到了美好、公正与良善的生活。我愉快地放弃了所有野心。某一天，我成了仆人，并以仆人的身份进入了一座伯爵的城堡。

此外，在相当长的一段时间里，我只是带着这个单纯的念头，这个单纯得如同儿戏的念头四处游走，随着时间的推移，它自然也发展成了一个几乎成形的想法。我还清楚地记得，我曾有机会与一位非常高贵、睿智且德高望重的先生，就这一点展开了一次精彩的讨论。不管那个想法看似多么疯狂，或者它在实际中有多么疯狂，想法一旦植入了我的脑海，我便不得安宁。想法需要在当下被落实，需要被赋予象征意义；一个蠢蠢欲动的念头迟早都要转变为活生生的现实，并演化出实体。"可您去当仆人？据我的看法，您不太适合当仆人。"上文那位十分睿智、高贵的先生如此对我说道，对此，我想我可以做出如下回应："难道必须适合吗？我和您的想法很一致，我也认为自己绝不适合当仆人。尽管如此，我还是要为实现这个美妙的想法而奋斗，我也必须这么做，因为我有一种内在的自尊心，而这种内在的自尊心必须得到满足。这是我从很久以前就希望实现的计划，它应当也必须于某天得到实施。我是否适合做仆人这个问题，在我看来是一件无关紧要的事。至于这件事是否愚蠢，对我来说，这个问题也和第一个问题一样无关紧要。上千人乃至数千人都曾有过某个想法，可他们却任其溜走，就因为他们觉得，实现想法的过程太烦琐、太不舒适、太愚蠢、太笨拙、太困难或太无用了。依照我的观点，正因为行动需要勇气，它便可以说是一次良好的行动，是某种健康而坦率的行为。至于这次行动是否拥有光明的前景，在我看来这个问题仍旧是无关紧要的。重中之重的关键，在于我们展示了勇气与坚定的决心，在于我们终于能在某天按照计划好的行动去行动。所以，我现在也要践行我的想法，因为单是践行的过程就足以令我感到满足。在任何情况下，聪明都不会让我感到幸福，至少目前不会。堂吉诃德不就是在疯癫与可笑之中成了一个真正幸福的人吗？我一刻都不会对此有所怀疑。那种既没有独特之处，也没有所谓疯癫之举的生命，算得上是生命吗？既然那个悲壮的骑士人物可以践行他疯癫的骑士想法，那我也要从我的角度出发，践行我的仆人想法，其疯癫程度不亚于那骑士想法，或许还超出它几个层级。而您口中所言的一切聪明的劝导，对我有什么益处呢？人们会说，要试试看，不要纸上谈兵，因此，如有可能，我要通过行动与体验，教育并指导自我。"我说了这些话和别的一些话，作为对那位先生的回应，在听完我吐露的真心话后，那位先生露出了十分高贵且风度翩翩的微笑。

我读过韦德金德[1]和魏尔伦[2]，也曾参观各种各样的画展。有时我会穿一件双排扣长礼服，并戴一副亮面山羊皮手套，时不时踏进一间精致的咖啡厅，坦白说，这种行为挺让我开心的。对诗歌的喜

1　指弗兰克·韦德金德（Frank Wedekind，1864—1918），德国剧作家。

2　魏尔伦（Paul Verlaine，1844—1896），法国象征主义诗人。

爱将我领向了那些智力高度发达的人，他们在给这个世界定下基调，他们代表了当代的知识与文化。我结识了形形色色值得敬爱的重要人士，注视着他们并与他们结交，可这首先提醒了我，让我想要尽力加快自己的步伐，以便能在日后取得某种重要的地位。有一段时间，我表现得像是那种追随最新、最尖端的潮流，并按其规定而生活的年轻人；这样的生活状态却不曾使我的内心得到满足，反而进一步加强了我要成为一个关键人物，并加入某个特定团体的决心。书也不再读了；更重要的是，必须踏好那坚实的一步。在夏末的某一天，我来到一个乡下的火车站，一驾马车在那里等我。"您是托波德吗?"一名马车夫问我，我给出了肯定的回答，之后我被允许爬上马车。还有一名温柔的侍女或女仆同我一起上了马车。那是开端。

　　另外，隶属于开端的，还有下面这个小场景：当我们的敞式马车——或者也可称为简陋的货运马车——驶进城堡的后院时（我生平第一次见到这样一座城堡的后院），那名侍女或女仆以一种赏心悦目的灵敏和轻巧跳下马车，赶往一位身穿雅致绿色狩猎服的、年轻而高贵的先生面前，她飞快又格外轻柔地亲吻了那只款款伸出的手，那是一个非常优雅的吻手礼，在某种程度上，类似古老的法式屈膝礼或恭维仪式。那吻手礼叫我这名城堡新人既目瞪口呆又大为震撼。"这儿实行着特别的古典礼仪。"我想我没法不这样喃喃自语。后来才弄明白，那位高贵又温柔的年轻先生，即那位被飞快又恭顺地吻了手的先生，是伯爵先生的秘书，或者叫秘密写手，他出生时是个丹麦人，之后我还有机会谈到一些别的关于他的事。我的待遇则截然相反，正当我在一旁看得津津有味之时，一名一等一的伙计或下人，用一种粗鲁且蛮横的嗓音打断了我那些有用或无用的思考："跟我来！"我马上就会得知，那名粗鲁又莽撞的伙计是城堡的管理者、管家或看守，那伙计是个行事如电闪雷鸣的波兰人，最开始我并不怎么喜欢他，可到了后来，他的粗犷反而赢得了我的好感。在听到那句"跟我来"之后，除了恭敬而殷勤地听从之外，我还有什么别的选择吗？

这名看守便成了我的上级，一锤定音！

十分钟后，也可能是几分钟后，我站在一间半明半暗的华美厅室之中，我的对面是一位先生，我将无比荣幸地介绍他的出场，这位先生我们多少已经认识了，他便是那个温柔苍白的丹麦人，他用一种夹杂了丹麦口音的轻柔德语，以及一种只有在城堡中才能听到的讲究而和缓的声音，对我说了如下的话："您是托波德，对吧？从今天起，您将作为伯爵的仆人为伯爵先生服务。在这里，我们希望您勤劳、忠诚、准时、乖巧、礼貌、诚实、辛勤、尽职，并随时随地听从指示。您乍看之下是令人满意的，希望您的表现也能令人满意。从现在开始，您必须试着调整您的一举一动，并使其优雅。愚钝吵闹的个性在城堡里是不被接受的，这里也永远不会接受这样的人。您最好能将这句话铭记于心。您必须知道，在这里，所有声音都很轻柔，每时每刻的每个动作都必须保持优雅与谨慎。倘若您的举止中仍存在某些粗鲁和生硬之处，请您尽快磨平它们。无论您是否具备这个能力，请您从第一天开始就试着慎之又慎地踩踏地板，并坚持这样做。伯爵先生在这方面极为敏感。请您快速、准确、专注并轻柔地走路。另外，我会建议您换上一副冷酷严肃的表情。您会在短时间内学会这一切，毕竟您看起来完全不是那种不聪明的人，这很幸运。您可以走了。"说出上述这些话的，是一个轻柔、优雅、几乎有些倦怠和困乏的声音。它完全符合城堡的调性，极具风格，这个男人约莫来自十七或十八世纪，我鞠了一躬，踮起脚尖离开了房间。

那丹麦人如此呢喃低语，说话时就像一只鸟儿。而看守或那个粗犷的波兰人，却完全是另一副样子，他说德语的样子就好像他很讨厌这门语言，乃至要责罚它似的。可这一点无伤大雅，他仍是一名温顺、亲切、善良的伙计。他当然也给我上了一课，那是我还没上过的课程。"快过来，托波德。"他总是这么说，或者："您躲哪儿去了，托波德？"他总是像只猎狗似的追着我。"干快点。"他说，或者："您必须麻利点，知道吗！""当我喊您的名字时，托波德，"他说，"您应该已经就位了，数完

'一二'就到位，您明白吗？当我准备让您消失时，您就应该猜到我的意图，并已经消失了，这些要发生在我开口对您提出实际的要求之前。您应该像风一样迅速来去，像钢铁一样坚强且抗打击。您要是把脑袋垂下来，我俩就完了。您应该在我这儿学一些您今后可以运用或利用的东西。不要考虑太长时间，托波德！这样不好。您得时刻准备着，您应当像烈火一样坚定地对待一切，一旦有人将您点燃，您就能不止不休地燃烧。好了！出发吧！"——他就用这样或类似的方式将我呼来喝去。有一次，就因为我没有在工作岗位上，而是在房间里抽烟，他便要给我一巴掌。他像个魔鬼一样冲进来，脸上的表情似乎要将我羞辱一番。可我轻轻抓住了他的手臂，并瞪视他，我的目光传递的信息已然超越了一场火光四射的演说。我们面对面站立，靠得很近，脸贴脸，鼻子紧挨鼻子，这时，我对他说了下面这句简短的话："您不敢这么做。"他便突然瘫软了，变得小心起来，他甚至要哭起来了。为了好好利用这个有利情况，当秘书问我是否对一切满意时，我立刻向他报告，并明确请求尽快解除我在城堡中的职务，将我遣出城堡："我受够了，我现在什么都不想要，只是急切地想要离开这座城堡，再不回头。"

"这是为什么呢？"礼貌而小心的提问。

"因为看守是个暴虐之人，而我来这里并不是为了忍受这种粗暴的对待。"我大胆回答。

他没再说什么，只是回答我："这样的事也是我们不希望见到的，我们不得不友好并严肃地请您暂且回到您的工作岗位。我们会与看守谈谈。"

那名粗鲁的伙计被约去谈话，我却因自己投诉了他而几乎感到有些抱歉，或许我完全不必如此着急这样做。

花园和村庄美丽极了，秋天渐渐降临。我得到了一身制服，那是一件燕尾服，我对此很自豪。我渐渐放下了所有或每个害羞的举动，变得大方、自信并毫不怯场。有一天，内侍因其自尊心受到伤害，感到有必要给我上一课，那是在餐厅里，正当午餐时间，我们四名仆人——看守、内侍、第一和第二仆人，正忙于服侍主人用餐。用餐的流程自然总是合乎礼仪、优雅且隆重的。当时，我正准备端起一堆叠得高高的干净盘子，并打算鲁莽地端着那座高山在长桌周围游走，绕行过正坐在长桌边享用餐点的先生们。而那名内侍，也就是那个城堡中所有名贵事物的代言人，看见了我的鲁莽行径，由于他坚信那是一种鲁莽，便踏着十分做作的步伐，带着满脸的批判与惩戒，来到了我面前，他小声对我说："我们这里不搞服务生的那套行为艺术。您对尊严没什么感觉，我们不得不理解这一点。您服务的是一个尊贵伟大的家族，而不是一家随随便便的餐馆。鉴于您似乎无法尊重这种差别，这必得受到强烈的批评，我们也不得不试着让您明白其中的差别。请您帮个忙，放下一半盘子。"他脸上满是鄙夷，目光中充斥着怒火和高傲的不屑，声音里也全是崇高或极为崇高的正直腔调，他就是这样对我说了上述的话，我永远不会忘记。内侍在各方面都是一个榜样般人物，我却相反，我当然还远远不能被视为什么榜样，我自己非常清楚这一点，每时每刻都很清楚。那名内侍始终认为我有些不靠谱。

见到我在踏实、努力地工作，看守对我较为满意，他也公开向我承认了这一点。可他从来没有想过要完全放弃对我的追击与鞭策。我不愿忘了提及那个本身就很可乐的小意外，那也是一桩小小的不愉快：刚来城堡之时，有一次我在穿越园中灌木，意外撞见了两个猎人中的一个，他显然将我认作了某个主人阶层的人，于是满怀敬意地问候了我，当然那问候也必定是过分礼貌了，他因此犯了个错误，这个错误似乎导致他在之后相当长的一段时间内都对我心怀怨恨，虽然没有任何确凿的理由可以让他这么做。我从来没和伯爵本人有过真正的接触，当然了，我也不太在乎。我很喜欢我那个位于一楼的房间，那基本上就是我最看重的东西。还不得不提到一个英国人，他是英国军队的上尉，似乎也是伯爵非常亲近和信任的朋友，这位先生无时无刻不在发号施令。只要是他指挥或提议的事，都被当作了不得的大事，而这些不容置疑的要紧事也必须立刻得到执行。我不确定，是否德国所有伯爵的城堡内，都有或曾经有过这样一个威风凛凛的英国人，他一旦现身，就总能收获一种超高规格的关注。反正我们这里确实有这样一位先生，而我可以有把握地说，他有着举足轻重的地位。另外，由于我不愿有所偏颇，我觉得有必要解释一下，在我看来，这位英国老爷是个非常温和又宽宏大量的人。他在举手投足间透露出十足的单纯，他那张聪明的脸则焕发着友爱、充沛的能量与良好的教养。

城堡本身是一座宏伟的建筑，我得以瞥见的众多华美房间和厅室，自然也以其高雅的模样牢牢锁住了我的注意力与兴趣。一些厅室之中摆放着数量庞大、值得观赏的物件，包括那些诞生于讲究礼仪时代的精美火炉。一个杂乱的顶楼房间中塞满了各式各样值得注意、难得一见的物品，它们清楚地表明，伯爵是一名热忱的古董收藏家。藏书室则笼罩在一种高贵优雅的氛围之中，在那面时常沐浴着迷人阳光的、宽敞透风的过道墙壁上，挂着各种珍贵的古画，像是一些家族画像或城市景观画，画作都别具一格、引人注目，见证了从前人们对艺术的热忱。纹样繁复、过目难忘、珍稀昂贵的家具装点了城堡大堂，它们代表着一种浓烈的、早已过时的艺术品位，其中部分家具令人叹为观止，包括那些桌子、椅子、灯具或镜子。这里汇聚着一种出色的、真正的华彩与荣光，它们呈现着孤独与伟大。还有一些房间中，则摆放着帝国时期和毕德麦雅时期[1]的迷人物件与小玩意儿，那是所谓的躁动不安的时期，也充满了天才的感知力。在待客大厅中，一只奇形怪状的雪橇吸引着人们的注意，只有伯爵的卧室是空荡荡的。除了一把带有古典印记的祷告忏悔椅之外，房中仅展示了一种绝对现代的格调，那显然是一种有意为之、清醒冷静、去除了所有矫饰的格调——如果人真的有能力呈现出这种风格的话。不存在的东西（在绝对的空旷之中才能理解这是什么意思）是很难被呈现的。伯爵似乎偏爱阅

1　帝国时期（Empirezeit）指 19 世纪初拿破仑主政的法兰西第一帝国时期。这一时期流行的装饰艺术风格被称为帝国风格，其设计语言基于罗马帝国的奢华元素和众多考古宝藏。毕德麦雅时期（Biedermeierzeit）指德意志邦联诸国 1815 年至 1848 年的历史时期，此处文化史上的中产阶级艺术时期，呈现出保守的特征。上述两种装饰艺术风格较为一致。

读英国作家，比如萧伯纳。

　　我最光荣的职责之一是掌管数量众多的灯具，这项工作给我带来很大乐趣，因为我已学会了如何去喜欢它。每到傍晚，天色擦黑之时，便由我将所谓的灯光带入无处不在的凄凉暮色，或者你也可以说，我将光明带入了黑暗。因为伯爵嗜好美丽的灯具和灯罩，所以灯具们必须始终如一地受到极为仔细的保养与呵护。一些美丽的夜晚，各个厅室内鸦雀无声，皆笼罩在宁静的气氛之中，我便在其中游走，幻想着整座城堡都被施了法术。所有的厅室都像是魔法之屋，花园则是魔法花园，悄然、小心而谨慎地持着灯具的我，化身为怀揣魔法神灯的阿拉丁，阿拉丁在某个夜晚跳上了那巨大宽阔的宫殿阶梯，阶梯上铺设着东方风情浓郁的华美地毯。我的另一项任务同样意义重大，因为我要负责供暖，或者说负责照看火炉，毕竟天气已经渐渐转凉乃至转寒了。说到这第二项职责，可以说它几乎让我沉迷。我从前就很喜欢取暖和生火，自从我开始负责这件事之后，它更是给我带来了独一无二的快乐。

因此，我给人们，即给我的主人们奉上的不仅是光明（主人们对我这方面的尽忠职守很满意），还有蓬勃喜人的温暖，我甚至可以大胆地宣称，在经历练习与实战之后，我几乎成了后一种职责领域内公认的大师或艺术家，而这似乎已是无可争议且受到普遍认可的事实。我觉得最为有趣的是照看炉火的过程。我可以在壁炉旁的地板上蹲整整半个小时，只为看着那旺盛燃烧的优雅火光。当我入迷地注视着美丽的火焰时，一种发自灵魂深处的无垠的平静便会降临，它来到我的头顶，然后漫进我的身体。在对这种神奇现象（即那跳跃的、蹿动的、浪漫的自然现象）细致的观察之中，我感到隐秘而安全，这也令我觉察到了幸福这个概念的全部范畴与真实含义。关于四处搬运煤炭这件事，关于那些粗糙、笨拙、大块但仍旧耐用也有用的木块，关于细长柔软的松木火把，还有，我总会在贮藏煤炭的地窖中把自己弄得灰头土脸，而看守总会因此责骂我，每次他都会对我说："托波德，您看起来什么样！"关于以上这些事情，我不想再赘述了，否则言辞和描述就过于冗长了。

　　晚秋频繁而至的细雨落入夜色中的城堡花园，往往美得不似人间。每到这时，我便会坐在房内，在灯光的晕影下埋头做梦、读书，窗户是敞开的，整个夜间世界会如密友一般潜入我的小屋，并将勇气、慰藉与信心注入我体内。那个粗鲁莽撞的波兰人（除了看守老爷之外没有别人了）会在我安静地沉湎于书中世界时，出人意料地现身，这时，他的眼神总是非常忧虑且惊恐，他会一脸忧心忡忡地对我说："不要读书，托波德，不要读。我的老天，拜托你不要读太多书。这样不健康。这会害了您，托波德。读书会让您失去工作能力。您还不如去睡觉。睡觉是有益的。睡觉比读书重要，比读书有益。"

　　关于接下来那一小桶赢得了看守及另外某位人士（这位人士便是嘴角上扬至顶点、摩拳擦掌的我）芳心的最上等的谷物烧酒，关于这桶烧酒将遭到上述两位重要或不重要人物如何严厉的筛查、彻头彻尾的研究与调查，关于这些事，我会控制自己不要超出此处的三言两语。

我还记得，在某个夜里，我写了以下这份神秘莫测的

关于贵族的研究。

我不愿意在首都那不坚实的地基上扮演既不可靠又没前途的活人，不愿意像个惹人不快、叫人生气、可有可无的混子一样四处乱晃，不愿意带着时好时坏的运气显摆优雅的风度，叫那些善良又有耐心的人不耐烦，也不愿意当个无所事事的闲人、无药可救的小偷、一事无成的废物或百无一用的饭桶，比起那样，我更愿意在D城堡中生活，以K伯爵仆人的身份辛勤地工作、精力充沛地劳碌，靠着每日繁重又诚实的劳动挣得一口饭，并在这个过程中透彻地研究贵族，钻研他们的礼仪，对大部分人来说，这是一件非常困难乃至完全不可能做到的事，毕竟贵族都深

居堡垒之中，坐在遥不可及、坚不可摧的城堡里，那是他下达命令、施行统治并居住的场所，他就像是那里的上帝，或至少是半个上帝！贵族的居住场所是辉煌的，足以解救我的灵魂，他的马厩中排满了最俊最烈的马，他的礼仪历史悠久、极为崇高，至于他的藏书室，我相信也确信里面摆满了珍贵的书册，正如他的厅堂内也充溢着奢侈、优雅与富足。贵族难道不是受到了仆人们（这几行字的作者也是那些仆人之一）最为殷勤而周到的服侍吗？如果我大声宣告，所有与贵族相关的事物都是在吞金食银，我难道会说错吗？旁观一位伯爵的用餐过程会令人深感局促与煎熬，所以，最好的做法肯定是集中精神，力求避免一切可能打扰伯爵安静用餐的鲁莽行为。那么贵族一般吃什么呢？在我看来，要想以最出色也最简单的方法应对这个难以回答的细致问题，我们可以说：贵族嗜好培根煎蛋。另外，他也喜欢各种类型的稀罕果酱。

如果我们现在问出那个也许太出人意料，因此也有些令人惶恐的问题：贵族读什么书？那么，我们希望以下活泼的回答能正中靶心：除了从未送到他手中的信件之外，他读的书非常少。——可否劳驾他纤尊降贵地告诉我们实情，即哪种类型的音乐最符合、最配得上他的品位？——实情很简单：哎呀，就是瓦格纳的音乐。——那贵族做什么、干什么、忙什么来度过整个充实的白天呢？面对这个既开诚布公又令人惊讶、显而易见所以也几乎无伤大雅的问题，我们必得回答：他会去打猎。——那贵族的女人们可以利用什么来彰显或抬高自己的身份呢？为了回答这个问题，那灵动纤巧的侍女迅速赶来，她报告道：我不能说太多。但我多少可以透露的是，公爵夫人一般都以令人印象深刻的肥硕体型见长，男爵夫人则大多美得像温和且蛊人的月夜。公主们几乎都偏好拥有纤瘦、娇柔乃至羸弱的体型，而非雄壮与宽阔的模样。伯爵夫人则常常被撞见在抽烟，一般认为她们很有主人派头。侯爵夫人则相反，她们既温柔又谦和。

我热切地将这篇简短的论文寄往一家知名日报社的编辑部；可这次的努力被证实为一次无用功，这篇文化产品无缘印刷，它很可能会步入废纸篓，那个张开大嘴迎接各种徒劳无功的地方，这当然会令作者心生遗憾，可他不会愤愤不平，毕竟他从来都不认为自己应该成为一位大作家。当我报告以下事件时，我是想提醒或启发你们联想一下北美洲：有一天，那是我认为自己正好无事可忙的一天，我翻开了平时放在大堂游戏桌上的一本笔记簿，伯爵的客人们很喜欢在这本册子上记录一些东西，我在上面翻到了范德比尔特[1]的姓氏，这是一次让我惊喜的奇遇。

我不想在此处遗漏的是，虽然我们的伯爵先

1　范德比尔特家族声名显赫，其中科尔内留斯·范德比尔特（Cornelius Vanderbilt, 1794—1877）是美国工业家、慈善家，也是历史上最富裕的美国人之一。

生自然而然地在我们所有人面前流露出他那冷酷高傲的态度，虽然他让身边的人在某种程度上感受到（或出于特定的理由故意让他们感受到）他的强硬，但我一直都很欣赏他。我在描写他时，始终都会假设他拥有一种高贵、善良的品格，以及一颗美丽的心灵。我尊敬他，这是不言而喻的；与之相反的情况不可能发生。像伯爵那样的人倾向于呈现出比本人的真实性格更多的强硬、凶狠与恶劣，这种倾向部分是天生的，部分是后天习得的，低等灵魂则做不到这一点：我们常常见到这些人急切地想要表现出自己富有人情味的、可爱的一面，毕竟体贴而富有同情心的举止可以转化为某种优势。伯爵十分看不起要手段的行为，他是救世主，所以不必做出任何表情。像我的伯爵那样的人会鄙弃所有的欺骗行为；他这样的人身上不存在任何不洁、含糊、吹牛、背叛、虚假与狡诈。从某些角度来看，他们确实一点也不讨人喜欢、一点也不可爱，但人们反而能信赖他们的表现和态度。他们的样貌与那些格外美好、良善的品格并不相符，可正因如此，他们也很少会撒谎或欺骗别人。也许只有在偶然的情况下，他们那张强硬而恶毒的嘴才会吐出一句动听、善良、珍贵得像金子一样的好话，这时，我们才会突然认识到他们的真实面貌和模样。

十一月，狩猎时节刚开始，城堡里热闹非凡。宾客来来往往，高门大户内常常是一派熙攘的景象，上一刻还无所事事的仆从会在下一刻忙得不可开交。有时城堡会被如梦似幻的寂静笼罩；可突然之间，最喧嚣的吵闹又会再度传遍走廊与厅堂。贵妇们于某处骄傲而华丽地登场。仆人们必须专注、机灵并勤奋地投身于工作。看守始终在慌慌张张地奔走，内侍则培养出了一种传奇的、专属于他的高雅派头。有一回，秘书先生请我以他的名义将一杯柠檬汽水送至男爵夫人 H 的房间。这项甜美、艰巨的任务令我兴奋不已。我自然是迅速而又郑重地为那位美丽的夫人，那位在我看来似乎是由新鲜牛奶浇灌而成的可人儿送去了饮料。男爵夫人 H 确实是位难得一见的美人，她不仅苗条高挑，而且柔软丰盈。尼采说的那句话肯定没错，他说，身材不佳的矮个儿女人不可能美丽。我踏入那间房，向那位我十分仰慕的男爵夫人呈上柠檬汽水，随之奉上的还有一番若非十分小心斟酌，便是异常莽撞火热的话："我这卑微低贱之人，此刻怀着欢喜甚至异常欢喜的心情来完成秘书先生委托的任务，要将一杯柠檬汽水呈给男爵夫人，也是呈给世界上最美丽的女人，秘书先生此刻自然也怀着欢喜甚至异常欢喜的心情，希望此举能讨得夫人的欢心。秘书先生命我转告男爵夫人，他请求仁慈的大人能允许他举荐自己来伺候您，他甘愿伺候您一千次。我并不知道秘书先生此刻身在何处；但我知道一点，而且我也可以肯定地说，不论他此时此刻身在何处，不论他忙于多么重要的任务，他始终都在脑海中亲吻夫人的手，那或许会是一个越过严苛的贵族法则的火热之吻，毕竟他时刻都感到自己是仁慈夫人您的骑士、追随者和仆从，他愿对夫人言听计从，愿坚定地为夫人做任何事。您那人类能见到的最美丽、最善良的眼眸透出了诧异与些许惊奇，正如我所见，这样的目光落在了我这低微的派遣人、卑贱的递送者身上，此人因幸福而头晕目眩，以至于口出狂言，这一切皆因他有幸能为面前这位妩媚、仁慈与美丽的化身提供服务。男爵夫人，您会为所有能够接近您的人带来幸福，这千真万确，考虑到这样的前提，您或许能在某种程度上宽恕我的大胆发言和唐突语气。"

我是否真的发表了这样妄自尊大的演说，我是否只是在幻想和做梦，又或者确实信口开河了：无论怎样，在我的记忆中，清楚地留下了那样的痕迹，即我从那位美丽夫人的那双非同寻常的盈盈美目中，收获了一道异常友好、关切又迷人的目光，我还得到了一段简短又真诚、礼仪周到的感谢词，那是我的某种战利品，我将那珍贵的战利品收入囊中，深深地鞠着躬离去。然而，我却收到了一道来者不善、含着不快与怒气的目光，盯住我的是一个心烦意乱地在房间中来回走动的男人，他看起来似乎是个相当恶劣或完全可有可无的人，我不得不猜测，他就是那位美丽的男爵夫人的丈夫；似乎是因为我厚颜无耻地接近了他的夫人，而且还露出了幸福快乐的表情，他便想喊人揍我一顿。晚些时候，秘书向我询问男爵夫人在收到那杯柠檬汽水时的反应，我回答他："她的反应非常迷人！她真是一个魅力非凡的女人，她的微笑就像一个吻，她的眼睛美得无法形容。至于您的好意，她请我向您转达她最衷心的感谢。"这些话让秘书感到非常满意。顺便提一句，秘书先生会弹一手出色的钢琴，就因为这样，我私下很欣赏他。那些能以自己的技能、天赋、才学或知识，为我们带来美好享受的人，我们有什么理由不喜欢他们呢？

第一场雪已携着大片柔软的雪花落在了城堡的院落中，我为此感到了某种隐秘而独特的欢喜。我们非常尊贵的、在我看来还很高贵的主人们，常常会湿淋淋地结束郊游，回到家中。事实上，雪和雨水是非常不懂礼貌、没有涵养、没有规矩、没有风度且未经磨砺的家伙，我们似乎必须不计代价并煞费苦心地叫它们记住：高贵的出身与崇高的社会地位、名望、财富，这些都该得到特别的关照，一旦我们忽略了必要的那点体贴，就会彻底玷污高贵、高贵至极的主人们，而这是不明智的。然而，不必去要求风和天气善解人意；它们像国王一样自由自在，随时都可以容许自己粗心大意。没人会对着阴雨天气的狂风暴雨发脾气，因为每个人都确信，为此生气毫无意义。男女主人们一踏入家门就会前往大厅喝茶，我们这些手脚麻利的仆人则会热情而伶俐地，以最细的心思、最快的速度端来并奉上最上等的茶水，好使大家都暖暖身子并迅速恢复活力，哪怕是一个甚或是半个血统高贵之人都不能挨冻受寒。高阶贵族人数众多，也有剧院的首席导演或院长，以及宫廷剧院的负责人出席。在其他领域备受关注的工商界人士，在我们这儿的出席率却很低，我们这些仆从也完全不关心这个，毕竟我们不可能对社会政治议题有一星半点的关心。谁能给我们最丰厚的赏钱，谁就是我们的皇帝。其实，吸引并迷住我的并不只是某些事物，一切都让我着迷，我也逐渐爱上了这座城堡，就好像它是我自己的城堡一样。一种内心深处的怪异喜悦几乎令我手舞足蹈，它让我发自灵魂、发自整个愉快的心灵去热爱并拥抱所有的人和事物。我见到的一切都只叫我觉得美好，至于我每天必须经历的那些糟心事，我则可以立刻与它们和解，不论是多么强硬、多么不友好的事物，我都能与它们友好相处，或者至少试着去理解它们，这显然只会对我有好处。

　　在主宴或晚宴即将开席之前，需要用散发香气的香薰制品将走廊、阶梯、大厅，尤其是餐厅以及通往此间的厅室通通熏过，这是落在本文作者或笔者孱弱肩膀上的一项任务。之后，城堡内部就会像《一千零一夜》中的某个故事一样飘起馥郁的香气，仿佛优美的长蛇蜿蜒着身躯穿行过所有的厅室，彻底驱走了不受待见的污浊空气和难闻的厨房气味。在举办盛大的晚宴之时，城堡就成了一个美丽的梦，梦里皆是崇高而圣洁的神迹。华丽的礼服，准确来说是长裙和裙尾，窸窣地擦过大厅和走廊，在正式开餐之前，一个我自认为十分熟悉的熟人会手持瑞士牛铃站在走廊上，他将用响彻走廊的带旋律的铃声引起人们的注意，并以此提醒宾客，重大的介绍环节或高雅的酒席即将启动或开始。上帝啊，那离奇的铃声在我听来是多么美妙，伴随着那低沉动听的铃响，所有门都打开了，在场所有盛装打扮的人汇聚到一处，愉快地用餐和闲谈。通明的烛光，四处扦插的娇花，闪烁的杯盘，通红的人脸，莫扎特的乐章和响亮而爽朗的笑声，一切都美妙极了，有时，我感到餐厅和晚宴似乎就等同于这些事物。然而，由于书写空间和纸张的不足，此处不能再多加描述了。书写空间就像建筑空间一样珍稀、昂贵，因此我要约束并克制自己，希望我能毫不费力地做到这一点。

我认为，那些大大方方展露于人前的、弹软白皙的女人胸脯，从来都不会是不愉快的景象。像这样浑然天成的景致，总会在最大程度上提振我的精神与气力，蜡烛也要将它摇曳柔缓的亮光投在那上面，以便在某个层面上完善这幅图景。有一次，在一场午宴或更像是晚宴的宴会上，我经历了一次骇人听闻、令人沮丧的失败，当时我做了一件不可原谅的蠢事，我竟然让黄芥末酱顺着一位伯爵夫人的礼服流了下来。毁灭性的目光落在了这个不幸之人身上，这是他应得的惩罚，当然了，这个不幸之人肯定也不会认为自己已被彻底击垮，他离那样的感受还很远。本轮失败被另一次盛大的凯旋完美地抵消了，罪魁祸首是一只无伤大雅的木头虫子，它钻透了木头，使亮闪闪的自己呈现在了人们的眼前。当时我正立在餐桌旁等候，一只小虫爬上了雪白的桌布，并从一位娇弱女士的手边爬过，我灵敏地伸出我那只空闲的手，成功抓住或捉住了小虫，那无辜、可怜，或许也有点令人厌恶的小动物，最后爬进的是火炉，当然了，它将死于一场火灾。伯爵本人也见证了我的精彩功夫，他赞许地点点头，对我露出认可的表情。我不得不承认，木头虫事件让我高兴了整整一晚上。我为这次幸运的小意外感到十分骄傲，这也是极为正当的，可看守却因此扎实地嫉妒了我一回。在人的一生中，扮演重大角色的不常常是这样的小事吗？我愿这么认为！

我以普通仆人的身份认真观看着这出名为宴会的魔幻戏剧，我有足够的机会这么做，因为宴会期间往往会出现一个小小的工作空档，我便会趁机偷偷与自己小声交谈：我并不想同任何一名坐在桌旁的演出者调换角色，因为我觉得，单纯地观看那些人用餐的过程也挺好，毕竟，一旦我亲身参与到那赏心乐事之中，我就会彻底失去或至少失去一半美妙的全局视野，而那是我最宝贵的东西。正是通过这种方式，我让自己始终清楚地认识到自己的价值、定位与生活乐趣，我也很为我代表的那种朴素的存在而高兴，甚至异常高兴。也有那种人，比起能照亮自己个性的灯光，他们更喜欢昏暗的阴影，那阴影让他们感到无比舒适，有一种强大的引力将他们引至那个我们出生以前就存在的国度，身处其中，他们会觉得自己受到了最佳的保护与最忠实的庇护。我始终兴致勃勃地观看着壮丽和辉煌；然而说到自己，我向来希望自己能被放在后面，放在一个安静的、朴实无华的背景中，而我欣赏的目光将从那里出发，朝前或朝上，望向闪耀的灯光。

有一次，我因意外手滑而打碎了一只昂贵的古董杯子，我没有犹豫，立刻向严厉的看守报告了这桩老天开的玩笑，这也是闻所未闻的不幸，看守露出了相当犹疑的表情，他说："不妙，非常糟糕，托波德。您闯大祸了。可您向我报告了您的失误，而且您也没试图长时间隐瞒或搪塞此事，这至少说明您是明白事理的。您的做法肯定能在很大程度上弥补本次事故的错处。伯爵先生当然也必须立刻知晓此事，对此您必须让自己镇定下来，据我的观察，您也挺镇定的。可您还得冷静。不用过分担心。伯爵不是吃人的怪兽。不用问了，他会找到宽恕您的理由，他会明白的，在他的城堡里没人会恶意或故意打碎他的杯盘，也没人想把它们摔成一千瓣或一千片。看来也不存在粗心大意的情况，那显然只是一次意外，伯爵会理解的。好了！去工作吧！"

年迈的城堡夜间巡逻员；愤世嫉俗的乡村理发师，遗憾的是，他因犯下砂糖盗窃罪沦为一名锒铛入狱的可怜罪犯，或者也可以说，他是作为被收监的囚徒或囚犯而被逮捕并置于安全之地；那位中级军官先生，他会说五六个法语单词，再多就不会了（他为这微不足道的能力而自豪）；两位爱打扮的乡村美人——关于这些人我不再赘述。一间舞厅及时髦大胆的新潮舞会，或者也叫舞蹈之夜，有最热闹最欢快的铜管乐，还不能忘了长笛和小提琴；一家飘满烟草味的乡村小酒馆，酒馆有两个部门，一个部门服务上流人士，一个部门服务底层民众；一个美丽但残疾的酒家女郎，她以传神的眉目来掩盖她的残疾或残缺；一名铁匠，一名木工，一名教师，他坚决地鄙视无赖和奴才、悲惨的走狗，以及由我们这些奴仆代表的混混和流氓，但由于他的鄙视之情过于强烈，他几乎无法表现出几分来；一名可怜的、患病的日结女工，她躺在病床、穷床和贫床上；金黄的秋日落叶、之后的雪花和在宽阔宜人的乡村大道上常见的大鹅，教堂、牧师公馆和牧师先生本人，一个男人、店主或半个罪犯和囚犯，愚蠢的是，在他的脸上，在那根鼻子或变形的鼻子上，只有一只孤零零的眼睛，即便他长了两只好看、完整的眼睛，也只能用它们来显示或表明上述事实，即他的头脑确实简单且愚蠢；许多魁梧的年轻人，像是泥瓦工、裱糊匠和马夫，朱红的窗帘，大量装饰品和大片的雪花，崇高的波兰人，一名了不起的、青春靓丽的舞者，厨师，女厨师，马车夫，一名苍白、险恶、爱搞阴谋的侍女，城堡园艺师，还有，为了能够再度回升至高等地段与阶层，为了再次说回主人们：伯爵夫人 J 或"顶着死人脑袋的伯爵夫人"，我之所以突然想到要这么称呼她，是因为她常常将我吓一跳，似乎许多人也和我有同样的感受（有一次，我必须将一封重要的信件递给顶着死人脑袋的伯爵夫人，可我在执行这项急需勇气的任务时，因为害怕那个怪异至极的女性生物的诡异模样而差点昏倒在地，这件事将永远留在我的记忆中，至少还会停留很长一段时间），还有其他鬼魂，母狮子，公狮子，熊，狼，狐狸，无脚蜥蜴和差役，许许多多的次要人物和朦胧身影：他们都想在此处被提及，都想得到详尽的叙述、夸赞与再现，我却不能这么做，因为我不容许烦琐的解释打断这篇读来或许颇为精妙的小说的进度与发展，我必须像跨过瓦砾、残片、碎石和废墟一样，坚决扫除并跨过上述一切相当有趣的事物，继续我的讲述。

我感到工作一天比一天轻松，因为我一天比一天熟练，也一天比一天细心，随着时间的推移，我已丝毫不缺少游刃有余的工作能力。众所周知，勤学苦练在哪里都可以成就大师。我能驾轻就熟地完成他们派给我的所有工作。我从不或极少参加楼梯间的闲话与门后的八卦。城堡里的钩心斗角和其他大型公司或机构没什么区别。一会儿是厨师想挑拨我和看守的关系，一会儿是看守想挑拨我和厨师的关系，可所有的党派之争我都无心参与，我对此毫无兴趣。假如在某个地方发生了一次崇高、美丽并焕发理性光辉的斗争，我或许会愉快地加入其中，为什么不呢？比如善良对抗邪恶的斗争、宅心仁厚对抗居心不良的斗争、心软感性对抗麻木无感的斗争、清醒对抗无知的斗争、勤奋对抗懒惰的斗争，以及单纯无害对抗阴险狡诈的斗争。我也许会愿意参加上述斗争，要我说，在这样的战场上，人们是可以拳脚相加的，甚至越凶猛越好。不过感谢上帝，我可亲可敬的父母赐予我的自尊心，使我无法掺和那些龌龊事。我热爱我的工作，我几乎可以不假思索地、机械地干活。有时候，我面前的、眼前的环境似乎即将转变成一个梦，我便不得不突然问自己："我现在在哪里？"出于某种原因，我经常感到自己似乎就是这座伯爵城堡的真正主角，对此我就不再仔细说明了。"我以前在哪里，现在在哪里，以后会在哪里？"这样类似的问题偶尔会在朦胧中靠近我，它们阴郁而庞大。除此之外，正如我已经说过的，我从来不想东想西，也从来不问自己是否可能会感到些许失望和丧气。从这个角度来看，我养成了一种异常冷峻的态度，并以此来对付自己。头脑自由、平静、没有预设，也因此没有压力、没有忧虑，我就这样埋头于自己的事，所谓的只跟着自己的鼻子走，只履行自己的义务。如此，我感到自己已经超脱，没错，可以说我已经超脱了内心的那个人，我几乎不会再向他投去任何哪怕是简短的目光，更确切地说，是我几乎不再向他奉上任何思考。我在服务！我在工作！因此我的状态将不会出错，而我内心的那个人也将安好。只有当我们学会不再提出任何要求、忘记个人的心愿和欲求，或将它们搁置在一边时，我们才会开始领悟生命的美，不是吗？于是，从我们那解脱了的、满怀顺从的胸膛之中会生出一条戒律，我们会按着这条戒律的规定投身于一项踏实的工作，以我们的表演使别人感到满意，淡然而勇敢地放弃某种美。而在我放弃了某种美的时候：为了奖赏我那已被证实的好意和友善坚定的放弃之心，难道不会有一种崭新的、闻所未闻的、比前者还美上千倍的美降临在我面前吗？当勇气与同情心将我抬升至更高的思想境界时，当我出于自由意志放弃这片天空时：为了奖赏我那正直的做派，难道我不是迟早都会升上一片比前者美得多的天空吗？此处至少还可以简短地提及我的行军床，它常常在我陷入最深沉的酣眠或最美丽的梦境时，狠心地将我捉弄戏耍，还将我从睡梦中抛出。我梦见的大多是疯狂、刺激且精彩的故事，我梦见老虎、巨人、冲上阶梯的骑士、豹子、射击、玫瑰和溺水者、悄悄编织背叛罗网的恶徒，当然，我也会梦见可爱的天使脸庞与形象、梦幻般郁郁葱葱的丛林、色彩、声音和亲吻、废墟和视死如归的骑士、女人的眼睛和手、轻柔的触碰与爱抚，还有神秘莫测、永不停歇的享受、幸福与痴迷。我常会在临睡前疏忽大意地喝下主人或伯爵那浓浓的咖啡，或许咖啡尤其能使我在某种透彻的清晰中看见梦境的脸庞，它使我得以听见各种优美动听的声音或邪恶的声音，并令我在睡梦中时而经历可怕至极的东西，时而又撞见可爱至极的事物。

一大傍晚，正当天色逐渐变暗之时，我的脑海被某种思绪缠绕，像是迷失在思想之中，可现实中的我仍旧相当清醒并自然地踏着静悄悄的脚步向藏书室走去，我走过了一扇知名的走廊上的窗户，看见了那颗闪烁着耀目光芒的长庚星，它将它的光芒从那苍黄的、鬼魅般的天空之城向下送到我身边，我在藏书室见到了侯爵夫人 M，她握着一封信，静静地坐在桌旁，似乎刚刚读完那封信。她通身漆黑，仿佛想借着那件肃穆的长袍向外界宣布自己正深陷哀思，而那件事是最近才发生的。她面无血色，美丽而高贵无比的头颅上戴着一顶冠饰，冠饰深深地插入她那漆黑浓密的头发，并在昏暗的光线中闪耀着旖旎的亮光，就像是我先前透过窗户所见的那颗星星。侯爵夫人那双欲语还休的大眼睛噙满了泪水，似乎正在望向某种不在场的、无具形的远方。那样的美令我震撼，我不由自主地站在原地。侯爵夫人看见了我，可她也理所当然地没有在意我。一个美丽的场景仍可以使我变得勇敢，一种特殊的勇气将我覆没，它使我认为，对那位美丽的女士说出以下话语是自然而然的事："侯爵夫人也会哭泣吗？今天之前，我一直以为这是不可能发生的事。那可是如此高高在上的夫人们，我总觉得，她们永远不会用肮脏的眼泪来辱没她们那清澈美丽的眼睛，或者玷污她们目光中洁净透亮的天空，泪水会侵蚀那始终闪烁在她们面容之上的坚定神情。您为什么哭呢？假如连侯爵夫人都要哭泣，假如富有的权贵们也失去了平衡，不再有掌控一切的骄傲态度，被击垮并陷入深深的疲倦之中，那么，当我们见到乞丐在穷困潦倒中卑躬屈膝，当我们看见贫贱之人在绝望中扭紧悲惨的双手，看见不知如何才能改善处境的他们，只能使自己淹没在无休止的悲叹、哀号与泪流中，当我们见到这些时，我们又可以说什么，又能如何表达我们的震惊呢？在这个饱受风暴与灾祸摧残的世界上，没有一件事是确定无疑的。一切的一切都如此脆弱。既然如此，我愿意在某天死去，愿意怀着欢喜告别这个渺茫、病态、孱弱、充斥着恐惧的世界，远离所有的不安定与艰辛，沉眠于舒适又可爱的墓穴之中。"

　　由于我朗朗而谈，侯爵夫人清楚地听见了我说的所有话，她深深地、长久并诧异地看着我，她的目光很严肃，但毫无恼怒或不快之意，反而几乎是亲切的，我相当肯定，那是一种充满善意乃至友好的目光。"您叫什么名字？"她停顿了一会儿，问我；我回答说："托波德。"她沉思的目光落在了我的身上，说道："您说得很好，您说出了真相。"那是一个难得一见的庄严时刻。这时响起了一阵脚步声，似乎有人正在快速靠近此地，我便转身离开了，我想的是，在侯爵夫人也在场的情况下，我若是闲闲地站着，这场景绝对不会好看，反倒会让第三者心生怀疑。此外，已经到了必须点灯的时间，正如之前说过的那样，天已经黑了。我还听见看守正在一段距离之外叫骂。至少我听着是这样。总而言之，我还知道，要是在点灯这项任务上出了什么纰漏，伯爵会大发雷霆，必须避免这样的情况。

那之后不久，伯爵启程远行，因为人们不再需要我，他们便友善地将这种情况告知我，于是我辞别了城堡。他们好心地给我开具了一份非常好的工作证明，除其他事情之外，证明上还写了我是个非常可靠的人，并且我非常勤奋乖巧。这份证明自然让我很高兴。"听着，托波德，"看守一边说，一边露出和善的笑容，"您现在要离开我们去闯荡世界了。您已经在这里学到了一些东西，我很确定，不论在哪里，人们都能用得上你。"秘书在离别时送了我一枚大头针。"之后还会给您寄去十几件精美的衬衫。"他们给了我一百马克奖金，我不做任何推脱，将其收入囊中。所有人都十分友善地对我说话。所有人都向我表达了他们的满意与善意。第二天早晨，我坐上一辆汽车，八月小丑开着这辆车驶下了城堡所在的山丘。我将永远不会忘记这次愉快的出行，从云层密布的冬日天空中透出了潮湿闪亮的阳光，它使一切都变得好美妙。我像一位权贵一样坐在车里，卷着一支法国卷烟，等会儿我便会以一种不羁的模样将它塞进嘴里，我的内心充满了披荆斩棘的胆量与面对生活的诚恳勇气，我大声喊道："现在我是个好小伙子了。无论是什么，尽管冲我来，我会奉上额头，和你们较量，我会自信大方地回击你们。我觉得我现在能与全世界，或至少半个世界抗衡。想象、幻觉、美妙的命运！勇气就是我的荣耀。现在我身体里涌动着对生活的热爱和生活的力量，我真得为此放声大笑。我做着美梦！我最想变成一朵野玫瑰，然后朝着欢乐的国度飞奔。这个世界美得如此神圣，好得如此奇妙。我多么欢喜！我不再识得任何忧惧、任何焦虑。生命是一枝玫瑰，我要大声炫耀并使自己相信：我将成功折下这枝玫瑰。双脚前的土地正在轰隆隆地下坠。四周的天空呈现出一丝羞怯的蓝色。我愿将这看作一个好兆头。世界：我愿与你战斗。我刚刚结束了一次历险，现在我将旅行、骑马、乘车甚至漫步去迎接下一次、再下一次历险。蓬勃的生命与蓬勃的历险，你们将受到我最热烈的欢迎。这样是美好的：我们必须忍受某些东西，必须忍耐某些东西。在清醒坚定的忍耐之中，生活会变得轻而易举。所以，做一名卓越而无畏的泳者，跃入波涛吧。我觉得自己似乎刚刚克服了一些东西，现在我可以踏着坚定的步伐、带着坚定的目光，向前迈进了。"

工人

他本质上是一个温文尔雅的人。他有文化。某些人会通过相当特殊的途径习得一种与众不同的文化。

他那低下的社会地位准许他衣着俭朴。没有人会关注他，没有人会记录关于他的事。他觉得这样挺好，他为此而高兴。

他安静而沉默地沿着那些可谓黯淡又明亮、令人欣喜又引人深思的道路走向终局，身旁是纤弱的生命。他赞美自己朴实的境况。

对他而言，一本书代表着长达一周的，甚至往往长达一月的质朴幸福。精神和思想犹如心地善良的女人，友好地环抱着他。他在精神世界中的生活远超过现实世界；他过着一种双重生活。

在明亮的白日与漆黑的夜晚，大自然会携着丰富多彩的景色，为他创造许许多多寂静的快乐。

年轻的工人时常心怀感恩，他会在夜里怀揣一颗感恩的心，愉快地上床睡觉。也会在清晨怀着同样的心情爬下硬床，奔赴他的日常工作。

顺便说一句，我们为什么叫他"工人"呢？这会不会是我们的一种任性、一种怪毛病或一种执拗？我们是否认为自己已经正确地命名了他？为什么不呢？

他在一家像是平民餐馆的地方吃价值四十生丁[1]的午餐。如果我们都曾好好地了解一下那种地方，就会知道他吃的是寡淡、贫乏、单调且微薄的食物。

他像个士兵一样默默地活着；比起为自己而活，他更像是为了某种别的东西而活，他自己也不太清楚是为了什么；可只要他能感到自己在缓慢地向着某个高处攀爬，这就足够了。

1　生丁（Rappen），瑞士法郎辅助货币，1瑞士法郎等于100生丁。

夜里，他总是梦境缠身；他觉得夜晚及奇诡的黑暗就像天堂一样美妙。

没人同他谈那些。没人同他谈论思想。一切迷人、美妙的思想都像是凭空出现的，它们从最近的近处出发，也从远处出发，落入他的心间，向他献上它们的含义。

他的外表并未将他内心深处的细腻渴望泄露分毫。他的举止不曾将他的文雅本质透露半点。

随着时间的推移，他的知识愈发精细。但只有在某些场合、碰上好的契机，他才会畅所欲言，这时，他会让人们窥见些许他的个性与模样。

连绵不绝的乐趣是他的秘密。他的感受则是沉默的源泉，泉水滋养了他生命的幸福，那是奇怪而神秘的幸福感。

他是否对社会政治持有某种看法，过分的孤独令他无法形成这类观点。而且他也不需要这些。比起思考政治，他更愿意思考父亲和母亲，思考大自然，思考活生生的东西。我们可以说，他是浪漫的。

比方说，身为穷苦工人的他也会热爱宫殿，热爱显赫的做派，热爱富人们骄矜辉煌的举止。他热爱一切美好的事物。他热爱女人，热爱孩子，热爱老人和年轻人，热爱道路，热爱房子。

也许他不仅热爱正直与善良，还热爱邪恶；他不仅热爱美，也热爱不美。邪恶与善良，美丽与丑陋，在他看来都是不可分割的现象。

他便是如此生活着、爱着；他的内心住着某位贵族。

有空时，他写了以下

两篇短短的散文诗：

1.

那个地方的人很友善。他们心思纯良，总想询问彼此是否需要帮忙。他们不会冷漠地走过彼此身旁，但也不会打扰对方。他们关心他人，但无心探问；彼此亲近，但不相互折磨。要是有人在那里感到不幸福，也不会长久地感到不幸；要是有人在那里觉得如鱼得水，也不会因此得意忘形。

在思想的居所居住的人类已远离了那样的行为：在他人了无生趣时感受到某种趣味，在他人不知所措时感受到某种恶劣的欢愉。那里的人以任何形式的幸灾乐祸为耻；他们宁可自己背负伤害，也不愿见到他人受害。因此，那里的人特别渴望美好，而不愿看到旁人受伤。在那里，所有人都只会为所有人送上最美好的祝福。在那里，那种只愿自己过得好的人是不存在的，那种只想平安供养自己妻儿的人是没有的。他们希望别人的妻儿也过得幸福。

当那里的人见到某个不幸之人时，他自己的幸福也会被摧毁。在那个博爱的居所之中，所有的人类都是一家人。在那里，倘若不是人人都幸福，那就没有人幸福。在那里，嫉妒与怨恨闻所未闻，报复则是不可能发生的。在那里，没有人会挡住别人的路。没有人会骑在别人的头上作威作福。

在那里，即使有人显露了自己的弱点，也没有人会以此牟利。所有人都彼此关怀。在那里，所有人都拥有相近的力量，并行使着类似的权力；因此，有权有势之人便无法收割他人的崇拜。

在那里，人们秉持着美好的、不伤及理智与理性的互惠精神，相互给予并索取。在那里，爱是最重要的律法；友谊是最先行的规矩。

贫穷和富有是不存在的。国王与皇帝则从未出现在那个健康人类居住的地方。在那里，女人不统治男人，男人也不统治女人。人人都统治自己，除此之外，没有任何统治权力。

在那里，一切服务于一切，大众的愿望则是努力消除痛苦。没有人贪图享受，所以人人都能享受。人人都甘愿贫穷，其结果却是没有人贫穷。

那里是个美好的地方，我愿生活在那里！和那些因为对自己有所约束而感到自由的人一起，和那些彼此尊重的人一起，和那些无所畏惧的人一起，我想和那样的人生活在一起！可我不得不意识到，那只是我的幻想。

2.

从前有一个世界，那里的一切都过得很缓慢。一种舒适的、可谓健康的懒散统治了人类的生活。人们过得堪称悠闲。无论他们做什么，他们总会慢腾腾地想，再慢悠悠地做。他们不会违反人性地做太多事，他们无论如何都不会认为，自己有必要或有义务劳碌与忙碌。在这些人之中，不存在慌张、急躁或过分的匆忙。没有人会特别使劲，也正因如此，那里的生活十分美好。

那种不得不努力工作或必须高强度工作的人，已被摧毁了感知快乐的能力，他的表情都郁郁寡欢，而他的所思所想都是不快乐的、悲伤的。

一句老掉牙的谚语说：一切恶习始于懒散。

本文中谈及的这些人，并未在任何层面上应验这句颇为傲慢的谚语所包含的意义；相反，他们对这句话进行了证伪，扒走了它的每层含义。

当人们在安全可靠的地球上悠闲度日之时，他们也在梦幻般美丽的平静中默默地享受着自己的存在，而且他们彻底远离了恶习，因为他们从未动过与之相关的念头。他们仍旧做着好人，因为他们不嗜享乐；他们吃喝得很少；因为他们毫无大肆吃喝的需求。

他们对无聊及这个词代表的含义一无所知。各种各样的理性思考占据了他们的生活，他们活得严肃认真，同时又很开朗。他们没有工作日和休息日；每天都是相同的。生活如同一条河流，平静地向前流淌，没有人会想到要去抱怨生活缺乏刺激或奖赏。

这些人过着一种既简单又幸福的生活。他们的存在是可爱的、轻柔的、晴朗的。他们远离了对名望的追逐、对荣誉的渴求以及虚荣心，也因此获得了对三种疑难杂症的免疫；他们远离了冷酷无情，也因此不再知晓那种污染人类生命的瘟疫。

他们就像花朵一样生长并凋零。没有令人躁动不安、激动不已的计划打扰或侵占他们的思绪，因此，对他们而言，深不可测的痛苦将永远是陌生和未知的。

他们平静地接受死亡；他们既不为死者痛哭，也不为自己的死亡痛哭。因为所有人都平等地相爱，没有任何个体会得到过多的爱，因此离别的痛苦就不会那么强烈。

狂热的爱伴随着狂热的恨，狂热的激情则会带来等量的悲苦。理智存在的地方，一切便都有了约束，一切都变得温和、耐心、明智。

战争爆发了。所有人都赶往集合地，举起了武器。我们的工人也未经思考便赶往那里。当人们不得不保家卫国的时候，还有那么多值得思考的事吗？保卫祖国的义务驱散了所有的思想。

不久后，他站在了队伍之中，而他生来就有着强壮的体魄，他觉得和战友们一同在尘土飞扬的大道上向着敌人进发，是那般神圣而美好。唱着歌向前进，马上就抵达了战场，谁知道呢，也许工人便是那些为了祖国而倒下的人中的一员。

玛丽

我住进了一个小房间，它从前大约是一名钟表匠的工作室；可否允许我将它鼓吹为一个很讨人喜欢的房间？可否允许我将它形容为可爱、舒适与温馨的典范？没错，我可以这么形容它！那是一间局促的小屋，空间相当狭长，我甚至能在里头惬意地来回踱步，我很愉快地这么做了。墙侧是一排窗户，正对自然风光，视野极佳。

几乎不能要求人们将小房间所在的宅子称为"别墅"，"小宅"的名头肯定已能让他们心满意足。小宅靠近铁轨，坐落于延伸至此的棕黑色崖壁边缘，看起来像一间巫婆之屋。

此地确实住着一个巫婆，名为班迪夫人，然

而她其实不是巫婆，而是一位十分聪明、亲切的女士。她就住在下面的一楼，而我则住在楼上，下榻并借宿于屋顶之下。

每天，我都会见到一个好老头，他便是我的父亲，父亲白发苍苍，面容慈祥。每天中午，吃过午饭后，他习惯喝一杯黑咖啡，并就着咖啡读一份日报，这是一种训练，往往会将他弄得瞌睡连连乃至呼呼大睡，一旦出现这种情况，他总是颇为恼火。父亲还远远不想成为一个老头，这些小线索暴露了他年事已高的事实，他无论如何都不会为此感到高兴。

宅子配备了一个小巧雅致的露台，又名带顶游廊，附属的小花园则玲珑别致、尤为秀美。宅子东面紧邻一片年代久远的墓地，那里葬着过往的光辉年月遗留下来的骨灰盒。西面则是一片开阔的湖水。南面是老城区及城内庄严的楼房、细长的堡垒和塔楼，还有各类外观奇特的旧园，那些园子被个性十足的高大杉树占据。

能够在这样一个小房间中居住，我自然感到

十分满意，毕竟，按照我那多少有些梦幻的看法，倘若一位血统高贵的王子因其太高远的政见而惨遭流放，他兴许也会选择暂时居住在这儿。当美丽的夜晚降临，小房间或小屋内闪烁着白光；那是一些奇幻的魔法之夜，美丽而莹亮，有着无尽的多情月光，诉说着浪漫的月夜情肠。

班迪夫人颇具沉静、文雅的特质，只不过，她的说话方式在我看来几乎有点卖弄。她读很多书；顺便提一句，她最推崇的作家和诗人并不合我的喜好；然而这原本也合情合理。不同的性别往往会造就不同的品位与感受。班迪夫人已不再称得上是美人，可她仍旧保有昔日的风采，而且她很有才华。和很多才子一样，她有时也有些刻薄。她偶尔写点东西，却并未因此成为一名真正的作家，坦白说，要是她真当了作家，我可能会觉得有点奇怪。她嘴角的弧度有些生硬；她的眼睛则透着些许乖戾与冰冷。除此之外，她还是非常可爱的。总的来说，她是一个对现状非常不满的人，认为自己不幸福。显然，人一旦开始臆想自己的不幸，也确实会变得不幸。她使自己活在猫猫狗狗、高雅文学及伤春悲秋之中，有时她会给人那样的感觉，好像她至今还留着自己的性命，仅仅是因为抚慰人心的仁慈死神还没将她接走。她常常突如其来地陷入痛哭，然后啜泣不止。她渴望从生命中解脱出来吗？我不知道，我也几乎无法在最低程度上回答这方面的问题。然而我认为，在面对那些或许过于脆弱的事物时，正确的做法是安静地移开目光。

我的好父亲有些过分担忧那个漂亮的小房间该作何用，毕竟租客的经济状况可能较为窘迫，父亲认为，妥当的做法是将几条可大可小的疑虑当面谈明；因为他的儿子无疑会在某些时候成为冒失、冲动且莽撞的儿子大人，他相当清楚儿子的这种个性，即便还未到了如指掌的程度。

"可你能付房租吗，我亲爱的儿子？我这么问你，你不要生气。你知道的，我不是什么有钱人。"他一边说，一边以一种引人深思的姿态，将他那苍老干练的手搭在耳朵上，试图摆出一副忧心忡忡的面孔。

我一边笑，一边将一百法郎放在桌上，这场尤为棘手的交易便成了。

出于好意，父亲迟疑着，没有立刻将钱收下，我便学着西班牙阔老爷的模样，趾高气扬地下达了慷慨的指示："可别再推托了。"为着这话，身为房东的父亲赶忙取来红酒及两只玻璃杯，要给自己和我斟酒，他斟酒时优雅而亲切，焕发着年轻的光彩，真是让我钦佩。

只要外界情况允许，父亲向来都是个善解人意、热爱生活且有礼有节的男人，我可以很宽慰地说，他一直都是斟酒与品鉴红酒的大师。

在继续讲述之前，我还必须提一件事，我不仅要着重提起这件事，还要突出它，将它解释明白：其实我刚刚逃离一个前景非常好的终身职位，我在短暂考虑之后放弃了这个职位，因为我认为，我还可以告诉自己，我尚且年轻，还不能最终稳定或安定下来，与之相符的是，我还没有那么老，还可以选择离开或任性地辞职；要我被一种毫无起伏、周而复始、日复一日的工作义务永远束缚，要我永远固定在同一个枯燥无聊的地方，这对我来说恐怕为时尚早；即便是最稳定、最优厚的年薪或月薪，也不足以补偿我为此放弃的行动自由。

我冒险拒绝了一份摆在我面前的即刻生效的劳动合同，它原以为我会欢天喜地签下它，我却以一种不可思议的勇气拒绝了这把枷锁，虽然在某种层面上看，这是一把对我有着吸引力的枷锁，毕竟它代表了一种得到保障的生存状态。

所以，如今的我置身于一间小屋，一位友善的老人愿意将它租给我，我拥有了无限的自由时间。我将一部分时间花在森林里，在里面四处闲逛、乱晃、晃荡、游荡，其余的时间里，我则会写写这些四处乱转的经历，偶尔能写出一篇也许还挺漂亮的文章。我有时会卷一支法国烟抽，或是从我父亲众多的烟斗中取一支吸，他总归没有禁止我这么做。我拥有两套漂亮的整身西装，还有一些费心攒下的存款。

我非常严肃地对自己说："就算我暂时还在犹豫，就算我现在还是像个不入流的纨绔子弟，可我从没有因此而怀疑那个时刻，也许它很快就会到来，到了那时，我会无比坚定，我会做好准备，像其他人一样勇敢地直面生活，去对抗它所有的残酷、全部的赤裸。"

对于这段自白，我少不得有些得意。

那是一个初春；阳光明媚，附近的集市广场笼罩在初春清澈的天空之下，人头攒动，货物琳琅，一派迷人景象。鸟鸣声自周遭的花园传来，那声音穿透一条条或宽或窄的巷弄，朝气勃发、婉转动人、消雪融冰。无比熟悉又令人安心的色彩绽放在各处，从四面八方飘来的气息仿佛在渴求着爱情，又像在享受爱情的甜蜜。声浪一波高过一波，孩子们在街道和广场上纵情嬉闹。所有听得见的声音、看得见的色彩都在相互交融。所有老人与年轻人的面孔似乎比平日更为友善、亲切。一切美好的事物仿佛都在相互靠近；一切都显得春意盎然、喜气融融、生机勃勃。一切截然不同的、分散各地的事物都产生了联结，它们成为一个相互奉献的幸福整体。欢乐、善良和宽大的恩赐仿佛幻化成了明朗快活的人形，并在人群中愉快地向我们走来。

我去森林里采集花朵和漂亮的小草，将它们收入一个小盒之中，摆出迷人且富有表现力的样子，我希望它们最终能像一块小小的春日碎片。我在花束上方留了一张干净的字条，上面写了几句直率的情话，我将这整个盒子寄给那名在《阴谋与爱情》中扮演露易丝的年轻女演员。

此外，我还颇为幸运地结交了一些别的人，也就是说，我与一家高雅文艺杂志取得了联系，这是我生平第一次建立这种联系。

有那么些时候，我会认为自己必须实施、完成或着手我的酒馆巡游计划，不论好坏，我要将那些酒馆都走一遍。我永远不可能觉得啤酒不好喝，我也不认为逼自己像个苦行僧一样过日子会有什么好处。

我在家里一心一意地写作，班迪夫人偶尔会踏入我的小房间，看看我在做什么。

"男爵大人这是在写什么呢？"她戏谑地问道。我以同样的语气回答她："各种各样的蠢话。"

她几乎每天下午都会在她的客厅里为我备一杯茶，很容易理解的是，这杯茶每次都会提供一个闲谈的契机。她有时也会在这个时间接待访客。倘若她又想亲自拜访某人，我便会与她做伴。我们也时常一起出去散会儿步。

然而不久之后，我却与另一个完全不同的女性结成了更亲密的关系。班迪夫人的一举一动表明，她是一名典型的知识分子女性；反观另一名女性，我却不可能认为她有什么知识。我马上就会谈谈这另一位女性的事。

在那之前我还想提一句，我觉得早晨起床和上床睡觉一样，都是非常快乐的事情。天气好的时候，我的房间盛满了闪亮的日光，我可以在屋子里尽情享受日光浴。每天，我都会通过或长或短的路径攀登附近的山峰，有一天，就在那山上，在梦幻般的高高的树林中，我结识了一个特别的女性人物，正是我刚刚提起的那位女性。

那是个傍晚，我走在路上，脑子被各种各样的想法占据，下沉的日头将金色的余晖投入美妙的、溢满了丰饶与青春光辉的深邃绿野，一个高挑的女性身影突然出现在我面前，她离我很近，而在我看见她之前，她一直被茂密的灌木丛遮挡。我大为惊讶，呆立在原地；因为我从未见过这般既独特又美丽的身影，即便是隔着遥远的距离也没有，更别说我们此刻靠得如此之近。她友善地笑着，向我走来，将手伸向我，我握住了她的手，丝毫没有任何不纯洁的想法，接着，女人将我引向密林深处，她说要带我去一个地方，在那里我们可以彻底避开外界的打扰。一种不可思议的安定感袭击了我的内心。那是一种幸福的感觉，它像气流一般从四面八方渗入我的身体，我以前从未有过那种感觉，将来也不会有了。我感到自己仿佛置身于一个童话的国度，在那条偏僻的林间小道上站立着的、寂静的、高耸的、细长的杉树，此刻看起来都像是棕榈树。一种不确定的东西，但我想应该是一种美好的东西，驱使着我，令我以一种轻柔平静的语气对那个陌生女人说：

"我爱你，带我去任何你想去的地方。我无条件相信你，我全心全意地将我自己托付给你。"

她温柔但也十分认真地看着我。她没有回应我说的话，而是继续领我向前，直到我们到达了一个僻静之处，似乎由于那地方与世隔绝，她便认为它适合席地而坐，我们坐了下来，毫无顾忌地望着彼此，对此我们既有兴致也不缺时间。我感到时间仿佛静止了，而绿色的森林、我们两人周围的所有空间，似乎也因为我们而变成了一顶高大的、令人欢喜的、画一般的游乐帐篷，为了用它华丽的外表讨得这对沉默而幸福的恋人的欢心。我们相互依偎着坐在一片苔藓地上，那是一片柔软而美丽的苔藓地，我觉得它名贵得像是侯爵府上的珍奇地毯。这片绿色的、朴素的森林土地，难道不是很像波斯地毯吗？它们都友好而殷勤地邀人在自己身上坐下休息，我们则欣然接受了邀请。

仿佛所有的烦扰、不安和焦躁都已被驱逐出这个世界，永远消失了；再无任何不好的事能插手破坏我与这名奇女子在森林一隅、在亲密甜美的密林和蜜语中共度的魔法时光，只有夕阳带着它最后的、奢侈的爱之光线，如同玫瑰一般透入这令人愉快的隔绝之地，一阵轻柔的晚风以它最极致的温柔给我们提供了期望的陪伴，它时不时吹动我们四周的叶片，轻盈柔软的叶儿便颤动起来。我细细地凝视着那个女人，亲吻了她，她接受了我的吻。她的唇上掠过一抹好意的微笑，我以我的唇触及了那抹笑。欢喜穿透了我那无以言表的安静的灵魂。

我请她告诉我，她是什么人，叫什么名字，她说她想改天再告诉我。我对于这种回避感到心满意足。她的行为总是自然又率性，但这无法掩盖她那充满尊严的本质。在我看来，她的个性极为认真，但除开这点，她又很开朗。我们两人几乎没说几句话，因为我们更享受沉默地相伴而坐，我们思绪万千又长久地依偎在一起。她就坐在那里，庄严、美丽、勇敢。"显然，她是个很奇怪的生灵。她会想些什么呢？"我暗自思忖。

夜晚已降临了许久；一切都黑沉沉的。

"你得回家了吧。"她说。

"你呢？"我问。

她说："我就住在这森林里。"

我们分别了。

班迪夫人正在翻译一部波兰语小说。她需要照看的家务事似乎只占用了她所有时间和精力的一个小角。

有时，她会请我通读她的译文，并协助她做一些可能的修改。我遵命了，也就是说，我照着她的吩咐做了，可在这个过程中我感到极为无聊，因此，我几乎无法完全压抑我的哈欠，尽管那其实相当令人厌恶，还有两三次，我几乎忍不住叹息起来，那或许是完全不被容许的叹息，因为它格外招人厌烦、夸张，声音拖得又长又高。对我来说，那部波兰语作品太伤感也太阴郁。黑漆漆的、黑漆漆的，又是黑漆漆的乌鸦；眼泪、眼泪，又是眼泪，眼泪在这部了不起的中篇小说里肆意流淌飞奔，窒息、压抑、暗哑、恐怖。年轻人，年轻人，把嘴闭上，否则你就会无可救药地迷失。——总之！这个惊天动地的、充满悲剧色彩的、像乌鸦一般漆黑的故事一点也不符合我的审美。但是我亲爱的读者，请您听听班迪夫人的说法，她与那位年轻的波兰作家，即那个肯定格外有趣的人保持着书信来往呢。

"您知道吗？您真是个无礼的、不知廉耻的怪人！您还不立刻收回您那嘲讽的叹息和愚蠢的哈欠，向我道歉吗？您要不要这么做？您这个人啊！"

她这样说，由于我冒昧地显露了我那不可否认、过于明显且毫不谨慎的不足之处，即我缺乏对波兰的尊重和认识，她便非常轻蔑地看着我，我当然也要为这种情况捧腹大笑。当然了，我仍旧毕恭毕敬地请求眼前这位怒气冲冲的女士原谅我。"您等着，我很快就会原谅您的！"她说，也大笑起来。

有时，她会弹一种曼陀铃，边弹边唱歌；然而，她的嗓音不够好，她的歌唱水平无法取悦任何一个人的耳朵。她对那只漂亮的安哥拉猫说话的方式倒是十分可爱又有趣，猫儿会风度翩翩地听她说话，它的眼神会让人觉得，它似乎能听懂人类对它说的每个词语。

"说实话，您现在过的生活和流浪汉的有什么两样？您不会为此感到羞愧吗？您真的从来不会自我批评吗?"有一天,班迪夫人这么问我。

我允许自己这样回应她:"这取决于个人的看法。总的来说,我对自己目前看似草率的生活方式并没有任何不满,我暂时没有这种感觉,因为我能告诉自己,我并没有挡任何人的路,而且我总会明白之后该怎么迈出下一步,我希望是这样。"

然而,有时连我自己也会猛烈地抨击自己这种持续游手好闲的状态,可我不会为此过分使自己感到焦虑。我心里一直都想干活,也有工作计划,然而我已经很久都没有工作了,反而还像从前一样赋闲在家,并无所事事地到处乱晃。沉思与忧郁以一种特殊的方式将我困住了,我一整天都无法真正走出胡思乱想,我认为我被自己的想法困住了。从某个层面看,我既是囚犯也是牢房,我感觉我在对自己实施限制、阻隔与囚禁。我是自由的,却突然又一点都不自由了。父亲的白发使我感慨良多。我本想走出去,进入那个明亮、广阔、开放、健康的世界,我本想走得很远,然而我却一点兴趣、一点动力也没有,虽然我原本肯定没有这么懒惰。

在我的阁楼小房间、宝藏屋、装饰屋、堪称理想的阁楼小屋之中，我给我的班迪夫人写了一些小小的留言、信件或笔记，我想借此讨她的欢心。晚些时候，我将那些文书丢进她位于楼梯间的信箱中。有一封小信是这么写的：

亲爱的班迪女士！

我待在楼上的这个小房间里，感觉自己仿佛置身于一则短篇小说，小说是这么说、这么写或这么印刷的：有一天，有这么一个不错的年轻人，他可能是一个没那么聪明的人，他坐在一个雅致的阁楼小房间之中，兀自做起了梦。有时，我觉得自己就像一个梦中的人物或幻想出来的角色。我不是真实的活人，但我活着。怎么会这样呢？您呢，您在下面的一楼还好吗？此时此刻您在做什么呢？愿您早餐的配菜是一百个甚至是一千个喜闻乐见的明媚心情。温暖的阳光已照进我的房间，它落在书桌上、纸张上、鼻尖上甚至笔尖上，我的笔尖写下了这些不甚聪明的文字。可您原本也持有和我一样的看法，我们都认为这个世界美不胜收，不是吗？您是个什么样的人呢，我认为您是一个非常讨人喜欢的女人，而我可以坚定地声称，我确实对您有那种所谓的好感。我很喜欢您，但我怎么才能证明这件事呢？我认为，我自己是一个相对善良的、蠢笨的、诚实的人，而不是一个坏心的、狡猾的、三心二意的小子，我认为自己是真诚的，整体上不奸猾，我是正直的，是不弯折的，可惜我也是无足轻重的，是不重要的、毫无地位的。总的来说，我或许是一个还算过得去的好人，当然了，目前我还没能证明这一点。您是否有可能相信，只要我愿意，在某些情况下，我可以变得很好？我请您试着这么相信。而不管怎么样，您肯定是个很不错的女人。

这样的真情流露有时能博得班迪女士的畅快

一笑。她总是咯咯地笑着，像银铃般清脆，听她那样笑可以是一种享受。毕竟，对我们这种常常受到阴郁情绪折磨的人来说，这样的愉快时刻难道不是我们所能经历的最美的事情吗？

大概在这段时间，我同一名诚实谦逊之人结伴去登山。我还能清楚地记得，我们在路上交谈了一番，对话内容很有启发，且十分令人愉快，在谈话期间，那名与我结伴的超凡之士发展出了以下走向的想法：一般来说，我们人这一生都无力摆脱某种执着的追寻与渴望，我们也不应该费尽心思摆脱它；因为我们对幸福的渴望要比幸福本身美好得多，它往往也更温情、更有意义，究其本质，很可能那种渴望才是更值得我们追求的东西，幸福本身则也许毫无存在的必要，毕竟在许多时候，炽热而充实的追逐过程及持续燃烧的渴盼之情，已完全满足了我们内心的需求，而且是更深层次的需求；如果我们不继续提问，如果我们不苦思这个世界的意义，如果我们不拥有诸如生命目标与终极意义之类的东西，那么我们绝对不可能感到幸福。

"您为什么不干脆放松心情去一趟意大利呢？意大利的天空和暖阳肯定不会对您有什么坏处的，倒是会有好处呢。"

"当然，这肯定不是什么坏主意。"我说。

与此同时，那位来自森林的陌生美人在我的脑海中挥之不去。我和她本质上很相似。我就像熟悉自己的灵魂一般熟悉她。

我走过高高的栗子树去看天鹅，正当我专心地观赏那些美丽动物的优雅风采、傲人身姿、华丽羽毛与高贵仪态时，我又一次勤勤恳恳地想起了那个独特而迷人的女子，我在脑海中对她的模样做了各种各样的观察，她几乎如同一个雾气缭绕的梦，就那样飘浮在我眼前、我心里，然而我的眼睛却曾那样真切地看过她，我那实实在在的手也曾以最热烈、最不容置疑的方式抚摸过她。她的身影一直如影随形地跟着我，我甚至不断地听见她那动听的声音，那是她低沉、可爱、亲切的嗓音在说话。对那古怪且神秘的美人的思念，仿佛构成了我的全部生活。于我而言，呼吸和想她是同一件事。我倚在栏杆上专心致志地钻研湖水美丽闪烁的波动，可我的眼睛只能看到她，她吸引着我，那是一种令我无法招架的吸引力，她无限地占据了我的存在、感受和思想。

天色已暗，这是个很美的傍晚，林荫道上、凉爽的绿荫之下，许多散步者朝这边走来。四周的一切沐浴在日光的金色气息之中，裹上了一层如梦似幻、使人哀愁的雾。我看到班迪夫人迎面而来，便向她走去，同她问好；然而，我的心仍想着另一个女人，想着那个大自然的生灵、来自森林的奇幻精怪。

我和班迪夫人在一张无人的长椅上坐下，然后她开口说：

"您不是经常见到我哭的样子吗，还见到我那垂头丧气、彻底绝望的样子，见到我那样地哀叹着逝去的美丽梦想，又那样地为那些已经永远离开了我的、值得爱的、值得活的事物而哭。您也曾对我说过您喜欢我，或者说，您偶尔也会让我产生这样的感觉。那么，假如有一天我活不下去，不再有能力生活在这个世界上，对一切都感到绝望，下定决心要死，却没有勇气这么做，到那时，您可以杀了我吗？还有，您可以和我一起死吗？您愿意这么做吗？您能够这么做吗？"

"请您别说这么伤感的事。我坚定地相信，耐心而平静地留在世上总归是值得的；我想，即便您认为许多美丽的事物都已陨落，可总归还有些美丽的时刻能燃起您的热情吧。"

说这句话时，我试着往自己的声音里填入了尽可能多的温情与尊重。或许我还可以再多说几句；可我认为，我必须得明白，在这种情况下，一句简单的话便是最好的。另外，我想我有权暗自告诉自己："也许她根本没那么认真。"

她站起来离开了。

我也很快起身，急匆匆地奔向葡萄山，我满心热切地期盼并渴望着重逢，一边登着那陡峭的山，一边已喜不自禁。鬼魂般苍白的湖泊在远处的朦胧暮色中闪闪烁烁，如同一位肤色白皙的侯爵夫人。玫瑰红的晚霞灼灼地漂浮在广阔的、好似镜面的美丽湖水之上。我抵达了那条熟悉的小径，并在那里见到了她，她就像是一幅画或一尊雕塑，那般悠闲地坐在古旧的断壁残垣之上，仿佛已耐着性子等了迟来的人许久。再次见到她，我感到很快乐，那种快乐等同于：当我注视着她那双好像随时都在提出深邃问题的大眼睛时，当我得以牵起她的手时，所感受到的幸福与快乐。她那令人安心的沉默、她的骄傲、她的力量，使她像一名从早已逝去的黄金年代里走出来的人物，她仿佛来自别处，也并不属于我们这个地方。她似乎蕴含着某种既不会凋零，也不会衰败的力量，因此，那也是种不会腐烂，也不会朽坏的力量，它好似既不造作又不矫饰的善良，好似美、好似她和顺的微笑，那是足以令人联想起母亲与姊妹的微笑，那是有力、甜美而圣洁的微笑，她愿意以那样的微笑亲吻我，我自然也必须回吻她，回吻这个地球上最柔软、最温暖的人类女性的嘴唇，而她是绝对不会拒绝我这么做的。她没有戴帽子；她的头发垂下来，像一场美妙、惊人、狂野的风暴，金色的光泽撼动了晚霞。

我们再次一同沿着那条老路慢慢走进密林深处。我感到了前所未有的快乐和内心的笃定。她也很愿意见我，而且对她自己、对我感到满意，我能够清楚地感受并看到这一点。

我们很快又坐在了上回那片珍稀、美丽的苔藓地上，我战战兢兢地抱住她，生怕她有任何不适，然后舒服地枕在了她那友好、善良的胸脯上，那是世上最美丽、最柔软的枕头。小心翼翼地倚在我亲爱的人儿身上，将我的脸贴在她的脸上，长久地抱着她，尽我所能地敞开、温柔又热烈地拥住她，我做这件事及其他类似的好事时无须思来想去，也不用遣词造句，如同一艘鼓起风帆、驶向理想之地的帆船终将停靠在某个地方，那里居住着受到祝福的、无忧无虑的人，他们享受着永无止境的欢乐。

她抚摸着我的额头，一边这么做，一边告诉了我她是谁。她是这么说的：

"我叫玛丽，来自爱蒙塔尔[1]。我很早就没了父

1　爱蒙塔尔（Emmental）位于瑞士伯尔尼东部，瓦尔泽的母亲即出生于此。

母，幼时便落入他人之手。我干活麻利，因为我强壮。我的所见所闻很快让我察觉到一切事物的冰冷、陌生、渺小。那个被人们称为生活的东西，我从来都不理解。那些为小事哭泣，又为小事欢笑的人类，我觉得他们越来越陌生，越来越无法理解。我无法参与他们速成的快乐；我无法理解他们的痛苦。我始终是平静的、冷静的。躁动与恐惧都无法触及我。我从不惧怕任何事物。人们开始躲避我，就好像我是一个鬼魂；但我从没丢失我的平静，将来也不会。在森林里，我感到自在。我不喜欢那些人。我当然不住在这片森林里，我上次跟你说了假话，我住在下面那座城市里的一条小巷中；可总有什么吸引着我上山，我在这里或坐或站，度过整整一天。你也喜欢森林。"

"跟你一样喜欢。"我说。

"我从来不哭，可是，"她接着说，"我也从来不会特别高兴。我一点都不懂那些区别，也不懂世间万物。我一直很认真，一直这样，就像你见到的这样。我既不愤怒，也不悲伤。我总是一个样子，所以别人都说我是一个冷漠的人，他们用厌恶的目光看我，虽然我从没伤害过任何人，也没有做过坏事。那些人从来都不理解我，于是他们开始恼怒，他们冲我发火、驱赶我；因为他们想了解所有事，还想立刻理解一切。我热爱我的沉默，就像我热爱我信任的天神，我的沉默却点燃了他们的怒火。我的平静和我的沉默羞辱了他们，可我的平静和沉默并非出于叛逆。我从来不愿用我的天性招致厌恶。我生来如此；可人们总是认为，我是故意这样或那样的。我今天不会太在意这件事，有你陪在我身边，我甚至可以完全不在乎那些事。你很好，你爱我、信任我。你是安静的，而且你不怕我。"

我们相伴而坐，沉默地倾听彼此，直到我们周围的一切再次没入黑暗。她轻声说："现在我要回家了。"

我没有对班迪夫人说起过任何关于玛丽的事，我完全没提她。班迪夫人无论如何都不可能理解我在与玛丽这样的女人来往时所感受到的快乐，她也不会理解我的这种需求。要是我向她描述玛丽的美，要是我向她细细倾诉另一个女人在我眼中是多么迷人、多么有魅力、多么有价值，要是我这么做了，只怕要惹她生气，我不想这么做。必须更小心地避开一切类似行为。不管从什么角度看，这都是在肆无忌惮地伤害某个人的自尊心，侵犯那个人与生俱来、无法辩驳的虚荣心，我认为这是冷酷的、粗暴的、无礼的。谢天谢地，我一向认为这种行为既不温柔又不明智，既粗鲁又愚蠢，既懦弱又残酷。好了，无论如何，我认为谨慎地守住我幸福的秘密是合理的。这使我明白，我不得不严格防止自己暴露温柔心事，我必须在人前展现我那令人愉快、意蕴丰富的缄默，并避免自己犯下那种毫无益处、只能为我招来怒火、让我不好过的错误。谈话会毁掉某些优秀、可爱、杰出的东西，与之对应的是，沉默并不会造成哪怕一点点伤害和不快，既然已经有了这样的觉悟，那么还是沉默吧。

玛丽总是那样美丽淳朴，我与她一起度过了许多灵光乍现的欢乐时光，这些日子始终在极高的层面上给我带来满足。

一天，我与班迪夫人结伴去森林附近散步，我们来到了我和玛丽经常见面的地方，并在那里意外遇见了玛丽。那天她手执一柄怪异大胆，甚至可以说是出格的扇子。她的手腕上装饰着亮闪闪的、显然很廉价的手镯。像大海一样湛蓝的奇异光芒闪现在她友爱的眼眸中。她确实就是那种女人：她被创造出来，仿佛是为了获得某个人的爱，并为他带来幸福。她的神色意气风发，却又无比谦逊，堪比一位女神。她既轻巧又伟大；她婀娜又款款地走了过来，足音如同乐曲，动作恍若旋律，她还是没有戴帽子，穿着轻便，这为她那曼妙的身体提供了充足的自由行动的空间。

班迪女士只快速瞥了玛丽一眼，眼神中满是厌恶与鄙夷，这显然是不公平的。我在一旁见证了这种不假思索的轻视与敌意，我为这位知识分子女士感到遗憾，因为她以震惊和轻视的态度来看待那个美好而无辜的自然之子，她仅凭其外在形象便认定自己应该对其予以否定。

我一得空便去找玛丽；可我绝对没有因此而

停止将班迪夫人看作一名难能可贵的高贵女性，因为对我而言，重要的是这两位特别的女性之间的反差：玛丽更加吸引我的心，可我对文化的渴望与向往，又将我紧紧地与班迪夫人所代表的那类女性束缚在一起。

然而有一天，玛丽消失了，没有留下任何蛛丝马迹。于我而言，她的人间蒸发始终无法解释。她就这样消失了，仿佛从来没有存在过。只有一缕甜蜜的气息、一阵夜莺的啼鸣、一幅可爱的画像或一段轻如晚风的蝴蝶般的回忆残存了下来。整整几天，我徒劳无功地游走，失魂落魄地搜寻，伤心欲绝地找寻着那个消失的人，我张皇失措地奔忙，却遍寻无果，我来来回回地进出森林，此刻它好比一栋被人遗弃的房子，曾经的居民已然搬离。

我再没有见过玛丽，可我感到那个时刻终于来临了：我是时候动身，是时候找一两样活计，是时候干一份什么稳定的工作，使自己再次习惯一种目标明确的追求了；总之我下定决心了，我要收拾行囊，要告辞，要远行。

"您要去哪儿？"班迪夫人问。

"我还完全不知道呢。总之！我要去的是某个当代文明的中心，它也是文化、工作、贫穷、奢侈享受、伟大的现代性与教育的中心，我要去一个喧嚣的大都市，到了那里，我会学着如何起步，我会学着在人群中获得一点尊重和名誉。"

"您不想再多待几天吗？"

"不了。"

"我将很久都见不到您吗？"

"可能是的。"

"您会经历什么呢？您会过得好吗？"

"这要看情况了。"

"请您走近点，像个亲密的友人一样靠近我，请您温柔地亲吻我的额头，和我告别吧。"

我按她的吩咐做了，我们就此别过。父亲祝我好运、一路顺风；我祝他身体健康、长命百岁。我就这样出发了。

曼努埃尔

曼努埃尔站在人群中；宫殿外的广场上正在举办音乐会。一些人安静地站在那里，另一些人则尽其所能避开障碍，在人潮中来回走动。一些事逗乐了他；单纯的站立使他感到惬意。不引人注意可以是一种非常美妙的享受。他以极缓慢的兴味抽着一支当地常见的雪茄，这不会令他显得比任何人突出。我们无法准确地知道，他做了什么事以填满这个下午。来到此地时已是寂静的夜晚，他站在他的同类之中，与两个姑娘产生了关联，顺便说一句，这并不是很费力的事。一个姑娘紧贴着他站在他身旁，令他感受到了丝绸柔软的凉意和她身体的温度。他并不想要这个恩赐，是她将自己给了他。另一个姑娘在上方，在敞开的窗边出现的熟悉与不熟悉的身影之中，他曾对她承诺过类似忠诚的东西，迄今为止他并未有过不忠，即便在当下这个有些不清不楚的时刻：另一个姑娘的靠近并未带来不适。"音乐会的声音难道不讨人欢心吗？就因为有一样东西让我非常喜欢，我就不该喜欢别的东西了吗？"他是在自言自语？也许吧！他静静地望着几次出现在上方的她，她脸上带着他如此熟悉的表情，那是忧愁、轻微的不满与细小的怀疑。"她总是在害怕什么东西。她是柔弱的。一边暧昧，一边却抬头冲她笑，这是不公平的；她什么都不知道；我身处人群之中，包裹在狡猾的安全感和优越感之中。那美人被推崇至高处，抛头露面。近处的爱慕者怎会不颤抖？"曼努埃尔是冷静的，他的冷静好比一棵大树，树上挂满了周身褪去外皮、平和又沉重的果实。他是镇定的，他相信自己可以做到某些事，他不急着解释，他要先填饱自己容易满足的心灵。

音乐会结束了，人群散开。他想，他对自己有把握。在他献出自己之前，他要大胆地惹些麻烦。他检视起自身，毕竟他不吝于付出。

施枉先生 [1]

从前有一个怪人。喂，喂，是什么样的怪人？他多大了？是哪里人？我不知道。那也许你能告诉我他叫什么名字？他叫施枉先生。哎呀，他叫施枉先生呀！好吧，很好，极妙，极妙 [2]。请继续讲吧，如果你不介意，请跟我们讲讲：这个施枉先生要什么？他要什么？唉，这件事连他自己也不太清楚。他要的东西不多，可他想要某个对的东西。施

1　施枉先生（Schwendimann），其读音为"施文迪曼"，这是一个较为常见的瑞士姓氏，源于瑞士德语中的"schwende"一词，意为消逝、离去、灭亡或毁灭，词语的后半部分"mann"则可理解为男人或普遍意义上的人类。瓦尔泽对该姓氏的使用意在暗指角色最终走向灭亡的命运。此处将其翻译为"施枉先生"有以下三个考虑：其一是贴合德语读音；其二是令该姓氏更符合中文人名的形式；其三是试图传达原词的含义："施枉"在读音上接近"死亡"，且"枉"有"徒劳"之意，符合人物徒劳寻觅之举。

2　原文为法语"très bien, très bien"。

枉先生要找什么呢？他要搜寻什么呢？他找的东西不多，可他要找某个对的东西。他在广阔的世间走迷糊了，走丢了。是吗，是吗？走丢了？哎呀，走迷糊了！伟大的主啊，这个可怜人该往哪里走才能找到出路呢？虚无？太空？还是哪里？这个问题叫人忧心！所有人都疑惑地看着他，他看着所有人。噢，他是那样惊慌，那样无措！他无精打采、慢吞吞、跟跟跄跄地朝着那里走去，小学生们恶作剧般追在他身后，要寻他开心："施枉先生，你在找什么？"他找的东西不多，可他要找某个对的东西。随着时间的推移，他希望自己能找到那个对的东西。"会找到它的。"他的嘴在拉碴的黑胡子下面咕咕哝哝。施枉先生的胡子乱成一团了。这样吗，这样啊？乱成一团？如此！这般！[1] 真显眼。确实是这样！这太有意思了！一眨眼的工夫，他已站在议会大楼门前。"我没什么可帮的，也没什么可议的。"他说，而且根据他的认知，他在市议会没有丝毫可找的东西，于是他悄无声息地继续走，来

1　原文为法语 "C'est ça! Voilà!"。

到了济贫大楼门前。"我虽然贫穷，但我不属于济贫大楼。"他心想，继续勤奋地走，没过一会儿，他意外地来到了消防大楼门前。"哪儿都没着火！"他说，然后闷闷不乐地继续走。又走了几步，当铺大楼出现在眼前。"在上帝创造的这辽阔的世界里，我没有任何可以典当的东西。"又一小段路程之后，便是澡堂大楼。"我不需要洗澡！"一段时间后，他来到学校大楼门前，他说："我上学的时候已经过去了。"他一边静静地继续走，一边摇晃着他那怪异的脑袋。"随着时间的推移，我自然会找到那栋对的大楼。"他说。不久之后，施枉大师站在了一座巨大阴森的建筑前。那是监狱大楼。"我不应该被惩罚，我应该得到别的东西。"他暗自嘟囔着，继续前进。他很快来到另一座大楼门前，那是医院大楼，他说："我没有生病，我的情况不一样。我不需要护理，我需要的是完全不同的东西。"他颤颤巍巍地继续走，那是一个明亮乃至晴空万里的白昼，日光闪耀，美丽的街道上人头攒动，天气如此明朗、如此宜人，可施枉先生并没有注意到美丽的天气。这时，他来到了父母曾居住的大楼门前，那是他童年时居住的可爱楼房，是他出生的大楼。"虽然我想再做一回小孩，也想再次回到父母身边，可父母已经去世了，而童年也不会再回来。"他犹豫着，迈着谨慎的步子继续走，他见到了舞厅大楼，之后是百货大楼。在舞厅大楼门前，他说："我不喜欢跳舞。"在百货大楼门前，他说："我不买东西，也不卖东西。"此时，夜晚已慢慢降临。施枉先生究竟属于哪里呢？办公大楼？他已不再有兴致办公了。或者是风月大楼？"兴致和风月对我来说都已经是过去的事了。"不久之后，他站在了法院大楼门前，这时他说："我不需要法官，我需要别的东西。"在屠宰大楼门前，他说道："我不是屠夫。"据他的看法，他在牧师公馆楼内也做不成什么，在剧院大楼也几乎找不到什么适合施枉先生这种人的东西，像他这样的人也不会踏入音乐厅大楼。他沉默而机械地继续走着，几乎无法睁开双眼，他已如此疲惫。他感到自己似乎睡着了，仿佛在睡梦中前进。你什么时候才能抵达那栋对的大楼呢，施枉先生？——耐心点儿，会找到的。他来到一栋哀悼大楼[1]门前。"我虽然哀愁，但我不属于哀悼大楼。"他继续走；他走到祷告大楼[2]门前，一言不发地继续走，他走到一栋宾馆大楼门前，他说："我不是什么好客人，没人会愿意接待我。"他又继续走他的路。最终，在千辛万苦的跋涉之后，在天色已然变暗之后，他来到了那栋对的大楼门前，他一见到它，便说："我终于找到我要找的东西了。我属于这里。"大楼门前站着一具骸骨，他问骸骨："我可以进门好好歇息一下吗？"骸骨露出友善至极的诡笑，他说："晚上好，施枉先生。我认得你。快进来吧。欢迎你来。"他走进那栋大楼，每个人最终都会找到那栋大楼，里面不仅有留给他的位置，也有留给所有人的位置，而他一进门就倒在地上死了，因为他进入的是死亡大楼，在这里，他得享安息。

1　哀悼大楼（Trauerhaus），即灵堂，供人吊唁的场所。

2　祷告大楼（Gotteshaus），即礼拜堂。

孤独者

不确定他是站是坐。

孤独者：某个地方有湖，我看见湖水在闪烁。叶片在寂寥无人的林荫道上窃窃私语。我曾见过的画作、读过的诗歌在此刻复活。我在沉默中扮演伟大的主。我是否愿意走入人群？为什么不呢？可我认为，人际交往会使人分心。消遣即骚扰。言谈的魅力会在对话中轻易流失。我当然也渴望与某人交谈。人是多么不知感恩！只有当他们希望得到某样东西时，他们才会想起来要表达感谢。对于他们已拥有的东西，他们便轻视。孤独者的精神自由是光辉的，他的思想立刻便能显形，思想与思想者之间毫无距离。年龄层次被跨越。道德边界由他自行划定，他跟生者和逝者交谈。我所思念之人也在思念我；他们已知晓我有多么快活。我既不恐惧嘈杂，也不恐惧寂静。值得恐惧的只有恐惧本身。我只去一场音乐会，而不是二十场，于是所闻之乐便可猛烈地穿透我记忆的厅堂。斟酌词句、把握其效果，这是说话者比沉默者更容易荒废的能力。裹挟着银色泡沫的溪水泠泠地流下寂静的想象之崖。比起现实生活，我更珍视想象的生活。谁会想到要因此而责备我呢？我从小就喜欢做梦；我长高了，又变矮了。存在是山丘的形状，起起伏伏，仍充满意义。谈论重要之事不等于活出最深刻的印记。协商会削弱协商的对象，会慢慢地吸干源泉。谈话令人疲倦。过去与现在为孤独者带来同等的振奋。当我想哭泣时，这样的想法在这个社会中是多么糟糕。在这里我可以随心所欲地哭。在这里我才明白，眼泪多么美妙，交给自己的感受是多么美妙。如果不是这里，哪里还能允许我放下自尊，如同走下一座台阶一般傲慢地踏入悔恨的洼地，怀着忏悔之心在女友面前乞求宽恕，令耻辱淹没自己。谁敢像孤独者那样弱小，谁能像他一样接受此种胆量的锻造？愤怒往往来自伪装的压力，于我而言它已不复存在。就这样离我远去吧！理所当然的是，我在忙忙碌碌的人群中获得了我的知识、我与生俱来的乐观，他们传授了我抚慰、平息的力量与技艺。没错，也许其他人已做了足够多的好事，推心置腹者始终在宽恕。也必须有这样一个人的存在：他毫不在意，并愉快地相信这不会有什么害处。永不休止的返老还童在他周围低语。透过寂静的时间，他听见原初的水流在吟唱。他曾努力地退回自身，也是在拓展自身。他不会逃离人群。我多么想看到人见人爱的自己，我曾多么希望融入他们的圈子。可我想，我已做了我力所能及之事，即保存我自己。我曾坚持开放的心意。

自然研究

今天我几乎没法向自己说明，这一切是如何让我受到了那样深的触动与那样怪的感动。

比方说，我还记得自己在某个傍晚目睹了一场迷人的夕阳，它飘浮在葱郁的夏木之上，我极为深入地观赏了那场夕阳。大地与生命在我眼中是沉默、勇敢、伟大的。一切事物都有着某种微小的美，或许那种美只是以一种庞大的面貌孤零零地存在于我自己的内心。在这方面，人有时会产生错觉，在其他某些方面也是如此。我们以为，自己观察到的与我们有所关联的事物，其实都来自我们自己内心的浇灌，凡此种种不一而足。此外，虽然这种观点原本的目的是解释前情，可它也与我之后要谈的那些事有关。奇特的是，在我眼中，早前与往后、此时此刻与很久以前、清晰的当下与已然忘却一半的过去，都在相互流通、彼此交融，它们闪烁着，如同闪亮的光线与迟缓的浪花，相互碰撞并发生纠缠。我以极大的热情爱着这种颤动与这种炫目。我和模糊不清的状态是公开的密友。在某种混沌之中，一切事物被演化得更为纤美，我则感到了非同一般的自在，有时候，当我的心灵与精神世界的周遭沉入黑暗之时，我会感到很深的快乐，因为我将不得不努力在精神、心灵与幻想的世界中再次找回自我，还要真切地寻回已经失落一半的那些美丽可爱的事物、脸庞与画面。寻觅、感知、搜寻、窥探、倾听，我认为它们能激发与众不同的灵感，因此，它们也能以某种方式令人感到愉快。我希望我将自己的想法表达清楚了。

说回夕阳！

我记得有一次，我经过了此地的某座花园，玫瑰与百合之上，红彤彤的晚霞正在浮游。夏日的农民花园呈现着这般梦幻的美景，如此盛大、热烈乃至狂野，我想此情此景会使人们的灵魂飘然而至印度的某地，或者南海的某个岛屿。我立在一扇乡下花园的门前，情不自禁地联想起一名身强体壮、衣着华丽、家境殷实的农妇。长裙、漂亮的纱巾、红润的脸色，在我看来她和花朵有几分相似。一切城镇乃至大都市的事物，在与浓郁的乡野风情相比时，都不得不败下阵来，或至少黯然失色。另外，我允许自己持有以下观点：在开阔而丰美的乡间总会生发出许多美好的品质，比如健康的理智、无所不在且令人欢喜的和平与谨慎的知足之心，相反，在城市里冒头的总是灾祸、不安、邪念及其他类似的事物。无论在哪里，乡下人都不可能参与意图改变世界的计划。反倒是在城市中，常常会自然而然地孕育出真正优秀的思想与行动。假如我们可以将乡村比作人的躯体，那么城市便很可能接近人的精神。总的来说，乡村似乎是耐心而柔软、温和且富饶的，城市则相对显现出了锋利、尖锐、不安、浮躁、狭窄、坚硬、瘦削、贫瘠、贪婪、专横且悲惨的模样。此刻，我想以这样或类似的方式解释这个话题，可若是其他人对此有不同的看法，我也绝不会阻止他。

我只是想问一下：城里的花朵都是什么样的呢？人们将不得不回答我：肯定都是些受损了的花朵，毕竟我们都很清楚，只有长在乡间花园中、绿野之中、茂密的野草和植物之中，生在新鲜的空气里、受到阳光的照耀、经和风照拂的花朵，才能绽放真正的美丽，可我也许说得有些片面了，似乎是有点片面，我很乐意真心地承认这一点。

我不得不意识到，自己已有了快要迷路的趋势，意思是我正在偏离真正的议题。所以，为了能够顺着正确的道路继续前行，我还是尽快折返回刚才的岔路口吧。

我想我可以如此假设，对于面前所有的事物，我还远谈不上痴迷与狂热，应该说，我是被一种极度的专注捕获了，在我看来这似乎是一种状态，我想，这种状态比某种麻木之态更有价值，麻木会使人略去所有的准确观察、深入思索、用心记忆以及扎实思考。我还非常准确地知道，也因此能够说的是，我的性格既不狂热也不单纯，反而更偏冷酷与多疑。可同时我也能保证，过不了多久，我就会被一种温暖吸引。在某些时候，触及内心深处的快乐也能将我诱惑，并吞没我的一切思虑。

我环顾四周时，心中怀有的那种柔情已经谈过了。我承认，我的内心充满了感激。各种各样的事物都可感动我，不论它是明亮还是黑暗，是特别还是美妙。我有时会同各种想象、杂七杂八的思绪、小而疯狂的念头争斗；有时又像是突然生了根似的站在原地，仿佛在我面前高高地堆叠着什么令人震惊的东西。我走着走着就会停住，接着走呢，又会在晚些时候停在某个地方，像一名站岗的士兵那样仔细勘查所有方位。似乎有一股奇异的水流注入了我的身体。

说起来，那是年初的事了。坐落在岩石坡上的某几座花园燃起了熊熊火焰，发光的火苗被曲折地卷入昏暗潮湿的早春空气中，那景象如此壮观，令我无法忘怀。色彩有时能凭着它可见可思的属性给人留下深刻的印象。奇怪的色彩混入了同样奇怪的生命记忆。我着了魔一般四处走动，几乎像是一则童话中的王子，可我其实不是王子，我只是一个人。

另外，我和王子不可能有任何关系，尽管在那个身份之下，终究也只是个和其他人一样的人，这是我的大胆猜测。

我始终在寻找某种东西，我追随着大地的特别之处寻来找去，已在提前期待那个找到的时刻，然而，我并不认为找到的时刻会比找寻的过程更有趣，后者比前者美妙多了。每一次收获的过程都能为你注入蓬勃的活力，给你带来巨大的幸福，但每个收获之物都让你感到如此乏味。如果你问一位诗人，哪本书是他的最爱，他给你的回答毫无疑问会是：那本我正在求取的书！同样地，能让寻金者快乐的绝不是一团黄金，而是他对黄金的向往。勤勤恳恳的找寻会使我们抵达那个找到的时刻；我们却宁愿马上失去所有寻得之物，以便能够以崭新的面貌再次投身于寻的过程。

当我像被施了魔法一般在此处与彼处停下脚

步，当我沉默地、长久地、仔细地注视着大地时，奇迹便会发生：一切美丽的外界事物都会反过来回望我。对那些可见之物而言，我本人也是可以被看见的，而我所见的一切事物本身也在四处张望，这让我觉得非常奇特。观察、仔细检查、注意、聆听、各种形式的观看与记忆，还有提问与监视，这些似乎都成了双向行为。在我不断研究的时候，我自己也在被考察，在被仔细地观察。至少在我的想象中是这样的。在我惊叹他物的时候，我或许也在令他物惊叹；周围的环境在我眼中似乎疑虑重重，而我在它的眼中也是如此。至少在我看来这是有可能的。大地和它所有的美景都有眼睛，而我对此感到满意。

尤其是森林，在我眼中，森林始终有着某种少见的美和丰盛，林中飘满了幻象。我总会觉得，从森林的某处传来了特别的声音与气味，而且两者在悄悄地互通有无，声音带上了一种肉眼可见的光泽，气味则收纳了某种音色。在茂密可爱的森林边缘，立着一栋神秘的古老别墅，别墅像藏进自己的身体一样藏进了森林。那聪明的好建筑仿佛是按着本人的心意，为自己挑选了一处风景优美的位置。四周飘着林鸟迷人而原初的悦耳歌声。时而像痛苦，时而像嘲讽，时而像欢呼，时而又像是即将溢出的、拖得老长的控诉。痛苦与欢乐像影子一般在各处漫游，由于它们的脚步如此清晰，我甚至会对自己说，这附近听着像欢愉，那附近则是忧愁与丧气。所有的声响仿佛是从黑暗之嘴中自然而然地漏出来的，所有伶俐无辜的小小鸟儿，用甜美的歌声唱着尘世间古往今来的一切痛苦、历代人类不得不感同身受的一切恐惧；它们似乎要以此种充满爱意的方式，同时呈现美与恐惧，并将它们解释清楚。被沉甸甸的锁链束缚的、美丽动人的、波澜壮阔的、充满痛苦的存在变成了唱曲，一切令人类困惑的事物都得到了触及本质的表达。大地本尊似乎也唱起了它最初的歌谣。我只能倾听，正当我细细聆听时，美妙的海潮声从上方落下，坠入了包围着我的寂静。树木时而想模仿滑稽的梦中角色，时而又想再现庄严的梦中人物。各色高高的杉树伸出长长的枝丫，意味深长地向我招手问候。即便一切都很安静，我仍觉得周围的所有事物都在默然骚动，它们在前后浮动，上下滑行，升入高空，也在落入深不可测的低谷。

一座安有三扇碧色百叶窗的宅子，顶着它机灵的脸蛋默默地从外界探视森林。晚些时候，我来到了葱郁的草地，它也拥有自己独特的风貌。这里的每一棵树、每一丛灌木、每一簇小小的野草，都有自己可爱又实在的特质。威风凛凛的果树倔强而滑稽地立在那里。我差点要对它们说："你们可真是正直的小伙子！"见到如此真诚、强壮、天然的果树，我无法不感到强烈的喜悦，也可以因此松快些，以前我很少会这样松快。顺带一提，"天然"或许是个太常见的被用滥了的词语，可这丝毫不会影响我使用它。

白天与黑夜、清晨与傍晚，带着自己既不浑浊也没有任何含混不清的面孔降临。我突然想到，每个存在都拥有它自己不染尘埃的、符合天性的色彩印记，石头印有石头的色彩，而树干印有树干的色彩。土地、树叶皆是如此。一切事物都有其饱满而全然纯粹的色彩。每一种壁垒都在为自己发出清晰的声音，并泾渭分明地区隔自我与他者。此地的树木生长得单纯且无所拘束，它们保持着自己真实的模样，既不为某个公园服务，也没有其他用途，除了自己之外，它们不屈从于任何人。林中其他的事物也是类似的情况。树木的躯干似乎洋溢着真正的健康、活力与自由，它们占据着宽阔舒适的位置，朝着美丽、清澈、透亮的天空伸展并舒张枝干；它们如此自由、丰盛并任性地舒展自己，可以在不受打扰、毫无痛苦的环境中生长，看见这样的它们，人肯定会感到快乐。所有大自然的事物都坚定地立在此地，可它们又很柔软，因为它们自由地保持着自己的个性，因为它们是独立的，它们带着讨人喜欢的古怪与可爱的鲁莽，不受任何减损地长在此地，它们面前没有任何阻碍，也绝不会给自己设限或制造障碍；迷人、晴朗、缤纷的天光照耀着一切光明、广阔、无限的自由，将它们照亮，毕竟天空是一切欣欣向荣、恣意生长的事物的密友。天空自何时起将不再是所有美妙事物的好友、挚友呢？我现在又到了哪里呢？

我想，我又该对我的思路稍做整顿，这分散的心神急着要将一切迅速展开，我应该将它们多少再集中起来。

我对洁净清新的春日之绿深有感触，我想，若不是因为春天，我见不到那样美丽的绿。叶片从高高的栗子树上垂下，新鲜、青翠、硕大，犹如某种碧色的肉类。我将很难描述那种美。然而，假如我这支慎之又慎的笔，能以一些技巧轻盈地掠过这种美，并轻巧地勾勒出它的模样，我会很高兴，在那之后我便能长舒一口气了。事实上，这种绿有一种令人惊叹的、可谓青春的神圣光彩。它有着如此神性的美感，既像灵魂又像肉体，既是思想又是画面，既如精神也似躯体，那是只有少女的脸颊和嘴唇才会拥有的美，它们不过是呈现出了另一种色彩。绿色在树木上闪烁着、浮动着，如同莫扎特谱写的悦耳曼妙的乐曲。绿色像优雅的胜者、散播幸福的女王一般四处征战，将美丽至极、动人至极、可爱至极的音律传至各方，并统治了各处，它从岩壁上大胆地垂落下来，就像漂亮柔软的鬈发缠绕在额头上；它在此地跌落，是为了在别处再度勇攀高峰。矮树与灌木拥有的，或许是最美丽、最明亮、最火热的绿色，而在它们迷人而热烈的绿色中，渗入了另一种快活、美丽的色彩；一段优美的旋律中渗入了另一段毫不逊色的旋律，我想说的是，在这种绿色中，深深地注入了某种蓝色，那么深，以至于甜美的双方将战火蔓延，且渗透进对方的阵地，它们或许还会相互争论谁更美、谁展现了更多的神性。一丛蓬勃生长的矮树，难道不是和蓝天一样圣洁，难道不是和其他景致一样美丽，难道不是和其他一切神圣之物一样神圣？说到底，万事万物不都是神圣的吗？难道会存在某种未经上帝洗礼、未受上帝恩泽的事物吗？另外，我还想强调一下，当我四处游走之时，我也在努力地、仔细地观看周围的一切，无论我在何地遇见了美好的事物，我都会尽力将它们印入我专注的脑袋。那柔软、年轻的绿色像攒动的绿焰，像明亮、莞尔的烧灼，像响亮的亲吻，像少年的热望。蓝色也在攒动，于是便有两团火焰在攒动。就像绽放与燃烧同时发生；绿色的火焰覆盖着所有小而平凡的枝丫，蓝色的火焰却在一切山顶蔓延，在整个地区蔓延。蓝色灼烧在近处的湖泊，它几乎像一块打磨后的蓝宝石，而在那镶嵌了灰色边线的湖水之上，时不时刮起迷醉而狂乱的暖风，风将这团蓝色的焰火吹出迷人的波形起伏，苍白的神迹从一岸潜行至另一岸，时而可见，时而又不可见。巨大的白云在天空中涌动飘浮，看起来就像是姿态灵动的少年。有某种力量在烧灼、在舞动，它的震动穿透了目之所及的整个世界，从迷人的天际线到另一条天际线，从空气到空气，从地平线到地平线，从天空到大地，从全部到全部，都在震动，那是一种令人欣喜、辉煌壮丽的野性，那是奇异又满怀爱意的进攻与冲击，是震撼人心的翻腾，仿佛大地自己厌倦了维持至今的统一性，它沉迷于自己的美，将抛开所有的沉着冷静，坠入自我的辉煌并分崩离析。

　　我时常遇见那种雨，它会伴着舒适、绵密与

温暖的水流落上半日之久。大雨过后，一切都变得如此清澈透明，空气如此好闻，远景如此柔软而洁净，大地的图画如此丰满，一切色彩都如此饱胀。到处都是冷冷的声响，回荡在世间的各种声音听起来比平时更为轻快透亮，比如短途火车、长途火车滚过轨道的声音，口哨声与鞭子挥动的声响，呼声与叫声，还有远近响起的个别喊声。世界是那样高深、潮湿又辽远，云彩是那样美丽，蓝色又是那样让人感到愉快与幸福，远处的原野闪着光，房屋那样可爱，广阔天地中的万事万物都包裹在影影绰绰的光芒之中。有一个下雨天，我在森林中一棵滴答落雨的杉树下站着躲雨，后来，我离开了那棵树继续走，我走入了鸟儿的鸣啭，也进入了美妙至极的傍晚余晖之中，余晖中的一切事物似乎都心怀难以言喻的喜悦。

单纯的存在成了我的一种幸福，对此我找不到合适的词语或思想来形容。我很乐意将自己比作树木，它们是缄默的，似乎完全不需要思虑，它们静静地站在那里，便成就了一片森林；它们可以生存，却不必得知生存的理由，它们生长，却不必体悟快乐或忧愁，它们不需要缘由，也不会给自己提出各种各样的问题。反倒是那些可怜、不安的人，时而得意忘形，时而被击倒在地，孱弱、焦虑的人类常常向自己提问，他们总是急匆匆的，却仍旧无法在最重要的事务上向前迈进，因为他们虽有高度发达的智力，却可悲地困在了混沌与偏执之中，这些悲惨的特质造就了恐惧缠身的奴仆。

有时，我会全然忘记自己和他人的存在，独自到处闲逛、呼吸、游走，漫步出门，往这儿，往那儿，什么都不想，就像脑袋空空、垂死中的植物，然而，脑袋中的思考又会自行回到我身上，随后我就会不由自主地对自己咕哝："可怜的、迷失的大地。"这句话仿佛是自己从意识里走出来、走到了嘴边的。有好多次，我穿越多刺、潮湿的树丛，浑身湿透，可对我而言，这样沉默的行走蕴含着许多迷人、亲切、愉悦、鼓舞人心的东西。

一天傍晚，我从很远的地方以最快的速度跑回家中。尘土飞扬的乡间道路上方集起密布的阴云。沉重、坚硬的雨滴一颗颗下坠。狂风呼啸着席卷过湖泊。一切都呈现出一种特殊的美。我与狂风大作的天空、与升腾的暴雨一同飞奔疾行。我在夜色中见到了樱花。土地散发着浓烈的气味，天空几乎沉至大地。烟雾蒸腾，包裹住了一切。远处的一座山上燃起烈火。那里已是电闪雷鸣。大自然似乎被挖穿了一个裂孔，有了悄然的震动，低沉的断裂。我却赶在雷雨落下之前及时回到了家中。我的公寓紧挨着一座古老粗壮的塔楼，因此它既压抑又昏沉。床始终都是潮湿的。小屋中萦绕着一种穿透历史的忧郁，不过对我而言，这种气息有些太羸弱了。

　　紧邻市区有一块明亮别致的坡地，我需要费尽心思才能形容坡地在阳光明媚的早晨会呈现出的那种美。在这方面，钢笔和言语没什么两样，它们都存在极大的不足。黄绿色的春草地散发着幽香，令人联想起诗歌，它在甜蜜温暖的阳光中铺开，仿佛已准备好迎接快乐悠闲的散步和愉快的游赏。蝴蝶与蠢蠢欲动的感觉在四周翩翩飞舞，透出雪白、微红、泛蓝与橙黄的色泽。山坡下，云雾缠绕的、柔美的低处，大地天真无邪又郑重其事地延展着自己，它既伟大又渺小，既古老又永远年少，闪烁着富饶的光芒，伸向忽明忽灭的远方，大地上满是鲜嫩的浅绿、开阔的风景、河流、村庄、田野、森林、可爱圆润的山丘、散落各处的民居与形形色色美好的生机，大地就像一块纹样繁复的地毯，向着所有阳光普照、慷慨的远方铺去。

我曾与一个女人并肩散步至此，我已很多年没见过她了，那时我却再一次被她吸引。我们走过一栋人见人爱的、隐藏在阔叶木与杉树中的度假小屋，经由一条明亮的小径缓缓攀上山林。我不时查看女人那张美丽但冷酷的脸庞，想要找到一丝和缓的表情，可我在那张脸上没有发现一点兴致。她的表情始终很阴沉，甚至带有怨恨，美丽的自然风光也并未让她展露丝毫的开心。她优雅而冷漠地走在我身边，对于我试图发起的所有话题，她要么只是以不快的、厌烦的口吻作答，要么一言不发。

"您在埋怨我。"我大胆发言。

"这会给您带来什么伤害吗？我想几乎不会，因为您早就把我忘了。我们能重逢，这事本身挺让人高兴的，不是吗？而且接下来还一起散步。这有什么意义吗？我们笑着，看向对方，可这不过是机械的动作。我们的知觉和脑袋还在别处。好吧，这当然不会有任何害处。只要我们礼节周全，这就完全足够了。我怎么才能相信您是忠诚的呢？不，我绝对没有生您的气。我不会怨与我无关的人。这应该不太难理解。"

她说这些话时非常镇定。我握住她的手，对自己说："这几乎是一部小说的情节。"我大声说：

"真的吗？我对您来说是无关的人？"

她阴沉地望着自己的脚下，闷闷地赌气。在那曾表露过各种鄙夷之情的、高傲娇艳的双唇之上，扯出了一个苦涩的微笑，可那双含着怒意的蓝眼睛中似乎闪着泪光。是我看错了吗？"我们周围的风景多美呀。"我说。

她没有回话。我们沉默地继续往前走。我小心地将她那纤细冰冷的手握在我的手中。

"您为什么那么强硬呢?"过了一会儿,我问道。

"您呢,您为什么那么不坦诚?"她回答说,之后我认为应该放开她的手了。我们往家的方向走,她在途中问我:

"您明天还会来找我吗?"

"假如我找不到时间来看您,我会遗憾的。但我可能在别处有事要忙。"

戏已经错过了。我唯一能做的,就是做出一个小小的举动,以此来告诉自己,本轮交锋已经结束。

因为一次引人注目的无心之举,我几乎滑进了《凉亭》小说的情节之中,我可以直截了当地承认,若真是如此,我会觉得好笑。可又正因如此,现在我可以更加从容地从不重要回到重要,从不羁回到规矩,从次要回到主要,从岔路回到主干道。顺便提一句,我似乎也能将另外一出有趣的幕间爱情戏顺当地加入并编进文本里。可我还是要省去这类场面,因为我的观点是,任何此种类型的交锋、逸事等，在此处几乎都不对味，因此它们也绝对不属于这里。"麻烦您说正题，尊敬的、天赋异禀的作家先生。"连我都想对自己这么说。事实上，本文的主旨是描写大自然，而不是其他什么东西，它将重点描写一种平静的、目标明确的、针对世界的观察，而不会描写戏剧化的场景或香艳的场面。可我也很愿意说明，我绝不是在反对精彩的故事情节。当然了，《汤姆叔叔的小屋》以及与之类似的作品无聊至极，因为那类书毫无灵魂到令人发指。请你注意一点，话痨鬼！保持缄默，可怜的哈姆雷特！平静地吃你的面包，将你的智慧好好地留给自己。更好的东西始终都是更好的，下雨时我会撑开伞，以便尽量使自己保持干燥。就像其他不机灵但可靠的人一样，老老实实地从事自己的职业，工作六天，第七天则好好休息，这样真是舒适自在！诚实地赚取每日所需，这样多么美好！得以处理一件特定的事项，像个老实人似的好好望着前方，能够忠诚而持之以恒地盯着自己那良好的、确定的目标，并跟随一个清晰、美妙、聪明的意图往前走，这样会让人感到多么安心！想象一项真正的、只此一次的有趣任务，试着完成它，并满足于此。"勤劳地工作吧，"我想对所有心存不满的人呼吁，"保持忠诚和谦逊，那样你们就不再需要过分看重所谓的灵魂，或者其他什么我不懂的东西，否则你们将受到伤害。"我这个不幸的、一文不值的人，是否应该允许自己持有以下看法？在大多数情况下，工作比其他事情重要多了，工作的意义是无止境的。当你投身于工作之时，你的心情只能平静，你的心灵只能健康，你自己也只能是美好、细致、优雅、高贵、伟大的，当然，你也肯定会在此基础上变得——友爱。

对我而言，要描述一名刚起步的女演员绝非难事，她身穿一件白得耀眼、质地柔软的晨服，站在敞开的窗户前，对着笼罩在蓝天下的、沙沙作响的梧桐大道朗诵苔丝狄蒙娜[1]的段落。春日早晨的阳光是甜蜜的，我这个贫困、糟糕、寡淡、无趣、乏味又卑微之人，闲逛在喜人的喧闹、盛放、蜂

1　苔丝狄蒙娜（Desdemona），莎士比亚悲剧《奥赛罗》中的女主角。

鸣、芬芳与鸟啼之中，游走在郁郁葱葱与明媚秀丽的万物之中，在游走和闲逛中，我经过了林荫大道上的那扇窗户，并寻得机会，以一种异乎寻常的礼貌与极致的乖巧态度问候了那位未来的艺术家，这当然也令我感到了至高的愉悦。至于她是否也这样觉得，就不得而知了。

这段或其他几段都是读起来很有趣、可爱精巧、用处不大、优美且具有吸引力的段落，我原本可以将它们写得讨巧些，甚至还可以在某些地方叠加些嘲弄，并轻浮而优雅地、变戏法似的售卖这样的段落。倘若我这样做了，便能显而易见地偏离常规，而且无论如何都将呈现出令人惊叹的文采与华章！可是，天哪，这不就是高级杂耍、奇观与异景吗？或者是愚弄和嘲笑？风趣的笑话、绚烂的突发奇想、谎言、烟花、胡椒和不健康的刺激，本文能与这些东西扯上关系吗？我难道应该接下这类订单，并批量生产一些刺激的调料，只为了用它们来招惹并激发人们饥渴而扭曲的欲望、堕落而非自然的口味、有害的欲求、可耻而焦黑的野心吗？我从什么时候起成了奴隶，要盲目地服务所有摧残人性之物？比起制造那种光鲜亮丽、夸夸而谈、璀璨夺目、引发狂热的大众商品，我当然宁可谦虚地奉上简单的手工劳作，换句话说，也就是可口但适度的食物，我愿意千百次地奉上这样的食物。

假如我感受到了内在的驱动和召唤，我也可以轻佻地编造一些长筒袜逸事或香槟场景，我却有幸认识到，这样的情节完全不会有任何益处，即便有也是微不足道的。假如我费尽心思达成了令读者们大吃一惊的效果，我又能赢得什么伟大的奖赏，实现什么有价值的愿望呢？

不，我愿意坚守正直良善、高贵有益、友爱美好的品质，最重要的原因在于，不论是面对我自己还是面对其他人，我还远远没有做到高贵、友爱与正直，因此无论怎么看，我都还有向上攀登的必要。

我现在为什么这么高兴，还要大笑呢？我真的不会为自己的喜不自胜感到羞愧吗？

然而，有时我也不得不为自己感到一些羞愧，因为我这般无所事事地游来荡去，还四处收集各种见闻，在这个过程中，我见到医生、装订工、裁缝大师、锁匠、木工、市长在履行他们的职责，见到律师、编辑、银行职员和银行行长、钟表匠、道路管理员、猎人、守林人、园艺师投身于他们的工作，见到洗衣工、农民、电车乘务员、火车乘务员、制碗工、排字工、金矿工、商人、电工、技工、工业人员和高级国家公务员在出任并坚守他们的岗位。可是说到底，我不是也在履行某种职责，不是也在完成某项严肃的工作，不是也在好好出任并坚守我的岗位、专注于完成自己的任务吗？我与他人不也是一样的吗？我这种表现难道不美好吗？从本质上来看，这一切难道不是极为迷人、温暖、渺小，同时又非常伟大、阳光且很有意义的吗？还有其他可能性吗？我难道没有在不断地告诉自己，这是"令人振奋的、美丽的生命"吗？我难道没有在不断地思索万事万物，并从中感受到奇妙的快乐吗？

如果我说，我常常在湖岸边的一条长椅上、

在温柔的柳树下坐着，然后自顾自地陷入幻想，那么，我想报告的绝不是一件令人吃惊的事，也并非不真实的处境。湖水有时快乐而湛蓝，有时阴沉而黑暗。

一天下午，我站在一座山崖上，山崖位于那片闪光的湖泊上方，那里有一座亭子，我站在那儿畅快地看向低处的迷人风光，脑中尽是各种各样的胡思乱想。天空仿佛在温和、缓慢地燃烧，像是在同时表达愤怒与友好。当天空开始下雨时，绵长的阴云与阴影便飘过来，笼罩在湖水之上。然而，此处或彼处仍旧透着蓝光。上帝的爱从来不会完全消失。

山下，那潮湿但整洁的乡道上，为了避开淅淅沥沥的雨水，几个没有带伞的人敏捷地奔向几棵宽大的栗子树，躲进了茂密的树冠之下，这场面着实有几分可乐。毕竟美丽的大树能为他们提供所需的庇护，而且是充足的庇护：几乎没有几滴雨水能穿透挤挤挨挨、密密麻麻的叶片，滴落在人们的帽子、衣服和脑袋上。

当湖水在所有美丽、温暖而柔和的色彩中熠熠闪光之时，一道温和的闪电缠住了愤怒的天空，将天空染成了暗黄色，同时响起了隆隆的雷声。稍远处，山峰画出了一道奇异的弧线，顺着迷人的轨迹延伸至湖面，而在那平静、安详、落雨的湖面之上，还漂浮并停泊着几艘船只。暴露在外的渔夫奋力地继续他们的捕捞。所有的画面与人物都涂抹上了一层暖洋洋的、鲜活的亮光。愉快而可爱的世界似乎已将自己亲昵地献给了天空，天空的举止却如此严肃，一切组成了一幅无与伦比的图画，我觉得那幅画既浓烈又让人欣喜。哭泣的双目难道不比干枯的、毫无泪水的眼睛更美吗？背负着伤痕光辉的欢乐，难道不比任何其他的欢乐都显得更欢乐吗？不论是转瞬即逝的幸福还是努力求取的幸福，它们难道不比那种从未经受厄运折磨与诅咒的幸福更美满、更富饶、更高尚吗？使人哭泣的愤怒，难道真的不比冰冷得体的平心静气更美好吗？奔放鲁莽难道不比冷静的深思熟虑要美丽得多吗？失败难道不比得胜的笑脸更伟大吗？剧烈的动摇，难道不比镇定与平静更让人自在吗（尽管后者是值得追求的品质）？比起以粗野而未开化的方式庆祝胜利，我的垂头丧气与因此而生的叹息难道不是更好吗？落在一件物品上的微光，难道不比物品本身要美丽千倍吗？最后，那发怒的、电闪雷鸣的天空，难道不比那任性的大地要美上百倍千倍吗？天空仁慈地支撑着大地，用气流将它包裹，若是失去天空，大地将塌缩成一文不值的存在，沉入空无、跌入荒芜的灰暗之中。成就了躯体的灵魂，难道不比躯体本身更好吗？使你愉快地行动起来的精神世界，难道不比你本人更美吗？还有激发了我的活力、使我感到快乐的为数不多的美好目标，它们难道不比我本人要美好得多吗？不论在何处，上帝不一直都是那个最高尚、最美丽的存在吗？

欢乐的童年之国、如父如母的明朗大地、高耸的山崖、明亮的小径、城市的民居、农民的居所。属于上帝和人类的光明世界、引人入胜的小角落、灌木丛、草丛、植被、苹果树、樱桃树、深浅不一的百合、深绿色的温馨花园中生长着的大片美

丽的玫瑰、清晨的曙光，你像神一般用新鲜的希望
照亮我，然后还有你，耐心、快乐、忧郁、金色的
思想的波纹，满怀希冀的歌曲，充满爱意的河流幻
化出的夜晚，同你的忧虑和知晓，同银色的沉静水
面上的你的天鹅、有月亮和星星的夜晚——那夜
晚扯出了半个月亮的苦笑。火烧云笼罩着傍晚的苍
白湖水、朝霞的红光、风、雨水和甜蜜的正午暑
热，我看着你们的时候是多么感恩，我是如何深切
地体悟着你们，当我与你们亲昵地来往并消磨时
光、与你们进行充满爱意的互动之时，我是多么幸
福。我要将我的眼睛和耳朵、所有的注意力、感官
和思想，以及灵魂热切地献给你们，我将永远不会
后悔这样做。许多事情都可能伤害我；这些却不
会。让你活过来的事物怎么可能伤害你？浪费时
间？只要我能获得力量、勇气、耐心、爱和灵魂深
处的满足，我将心甘情愿地浪费时间和金钱。时间
是一场梦，我们所有的勤勉奋斗终究都极为可疑，
所谓的成功本身就尤其堕落，而金钱是一种值得珍
视的、可爱又璀璨的垃圾。另外，我理所当然地认

为，合理的做法是竭尽所能，逐步取得某种成就。也不需要取得太多成就，因为我无须借用他人的尊重来证明自己的价值，我并不期望从生命中获得什么东西，我只求能赤裸、简朴地存活着，同时夹杂一些乐趣，也就是说，如果要以更尊崇、更高尚、更优雅的词语来表达我的想法，我只要：清贫，且有爱！我想借此说明的是，我对自己很满意，因为我能时不时在生活中享受到乐趣。在我看来，我们人类有两件要紧事：履行职责与享受快乐！

我很少在家待着，相反，我喜欢一次又一次地提振精神、走出门去，去感受那富饶而迷人的郊野，领悟勃勃的生机，感知土地，亲密地靠近仁慈的土地，并孜孜不倦地欣赏花朵、树叶和其他事物，当然还有探查所有周边的地区。

乡村让我认识到城市的欢乐，城市又让我感受到乡村的平和。对一件事物的认识可以帮助我了解另一件事物，并逐渐了解其他所有事物。对一项工作的投入，难道不是在助益另一项工作吗？一种认识难道不是迅速促成了下一种认识吗？不论在何处，各种各样的爱意，各种各样忠诚的细腻心思，这两者难道不是在默默地相互促进吗？当我在某些地方展现关心，培养出参与度和热情，并表达暖心与好意时，那么，以下情况也会自然而然地发生，即某个难得一见、遵守规矩的联盟也会反过来对我表现出一些善心并表达爱意。我助其存活的事物也会愿意帮助我存活，并推着我前进。我愿意相信是这样的，至少我希望是这样的，假如情况不是这样，你、我和我们所有人也不会迷失。毕竟世间万物都紧密相关。如今万物也是互相关联的状态，并且这种关联已足够温暖和紧密。

有那么几次，几扇敞开的窗户引我望进了富足的房间，我也因此从容地看见了市民的家庭生活。假如乡间所有因恐惧而紧锁的、令人焦虑并局促的环境，都能开诚布公、宽宏大量地袒露自己，岂不是更好？有一回，我得到了一个机会，观察到一个可爱至极的美丽小女孩，那时她正在窗边毫不在意地更衣，这个画面使人产生一种错觉，让人觉得似乎从现在开始，恶毒的口舌，愚蠢且讨厌的诽谤，流言蜚语散布的恶意，令人难过的污蔑、羡慕、嫉妒、憎恨以及所有玷污好戏、败坏兴致的因素已不复存在。我多么欣赏这美丽生灵那无忧无虑、单纯无辜的个性！

我只想再次迅速踏入杉树林，并在这之后平静地中断讲述。才靠近森林的边缘，便已感受到了那种温柔的寂静。正如你一踏进高雅的神庙大堂、庄严的教堂内部，就会有某种令人欣喜的缄默从四面八方弥漫至你的身边。地面咔嚓作响，空气轻声细语。在这绿色的大厅之中，我几乎不敢往前行走，因为我唯恐惊扰了面前的一切虔诚、善良与美好。我屏住呼吸，以便仔细聆听善良诚实的同伴们发出的可爱的声音。杉树像国王一样立在那里。它们疑惑地看着我。所有的思考都暗哑了，所有的知觉都在瞬间中断，尽管如此，每一个步伐又都伴随着思考，每一次呼吸也都孕育出了感受。出生与死亡、摇篮与墓碑，从某个隔绝之地显现，浮现在我眼前。我聆听着头顶的沙沙声，与此同时，我在想象中看见了生与死、开始与结束，它们亲密地躺在一起。白发老人身旁站着孩子。盛放与凋零拥抱彼此。起源亲吻着发展。开端与终局微笑着向对方伸出手。出现和消失是同一件事。在森林中，一切都变得可以理解。啊，谁能永远活着，谁能永远死去。

落雪

雪落着，落着，也许是从天空落下的，也许会落下许多。不停地落，没有开始，也没有结束。不再有天空，一切是一片灰白的落雪。不再有空气，它装满了雪。也不再有大地，它被雪覆盖，一次又一次。屋顶、街道、树木积起雪。雪落向万物，而这可以理解，因为雪花下落时，它当然会落向万物，无一例外。万物都必须承担雪，不论是固定的物体还是包括汽车在内的运动体，不论是动产还是不动产，不论是地皮还是货品，不论是块、钉、桩还是行走的人类。不存在仍未经受冰雪侵袭的角落，除了房屋、桥梁或洞穴的内部。整片森林、田野、山地、城镇、村庄、土地都积了雪。雪落向整个国度和千家万户。只有湖泊与河流不会积雪。湖泊不可能积雪，因为水会轻松地咽下、吞没所有的雪，然而，垃圾、废物、破烂、废品、石块和石堆天生容易积雪。狗、猫、鸽子、麻雀、牛和马披上了雪，帽子、大衣、外套、裤子、鞋子和鼻子也披了雪。雪随意地落在美丽女人的头发上，也随意地落在脸上、手上，以及正在赶往学校的、娇小可爱的孩子们的睫毛上。一切事物，不管是站立的、行走的、爬行的、奔跑的还是跳跃的，都被干净地盖上了雪。灌木丛装点了雪白的小鞭炮，彩色的海报涂抹上了白色，此处和彼处，这或许并不坏。广告变得无伤大雅并隐了身，引起广告商人白白的抱怨。有了白色的路、白色的墙、白色的树枝、白色的杆子、白色的花园栅栏、白色的农田、白色的山丘，上帝知道还有哪些白色的一切。雪不知疲倦地继续落着，仿佛完全不愿停止。红、绿、棕、蓝，所有颜色都被白色覆盖。不管你望向何方，都是雪白一片；不管人看向何处，都是一片雪白。它是寂静的，温暖的，柔软的，洁净的。要在雪中弄脏自己，即便并非完全做不到，也肯定相当困难。所有的杉树枝上都落满白雪，厚而白的重负使它们深深地弯向大地，挡住了道路。路？就好像还有路似的！人就这么走着，一边走，一边祈祷自己走的是正确的路。它是寂静的。落雪盖住了所有声音、所有噪声、所有音色与声响。人只能听见寂静，听见无声，而它发出的声音确实不大。在那所有密集柔软的雪之中是温暖的，如此温暖，就像置身于一间温馨的客厅，在那里，爱好平和的人为了某种别致可爱的娱乐活动而聚集在一起。还是圆润的，周围的一切都像是被磨圆、磨平了。锋芒、利角、尖头都被雪抚平。那些曾经有棱有角的东西，如今都拥有了一块白色的罩子，于是它们变得圆润。所有坚硬、粗糙、崎岖的东西，都被慷慨的精神与友善的同情心覆盖，被雪覆盖。不论你走到哪里，遇见的都只有柔软与雪白；不论你触碰的是什么，它们都是平缓、潮湿与柔软的。一切都蒙上了一层轻纱，被调和，被弱化。从前缤纷繁多之处，如今仅存一样事物：雪；从前剑拔弩张之地，如今仅有唯一与统一的事物：雪。千姿百态的形状与轮廓相互贯通，成为一张唯一的面孔，成为一个唯一的、思索的整体，交融的过程多么甜美，又多么平和。唯一的画面统治了一切。那些曾经过于突出的事物已被消解，那些曾经超出共性的事物，则在最美的意义上臣服于美好、善良、崇高的整体。可我还没有说完。再等一会儿。马上，我马上就说完了。因为我还想起一位英雄，他曾英勇地对抗天命，他不愿成为俘虏，他将他战士的职责履行至最后一刻，或许这位英雄也已倒在了大雪之中。那张脸、那只手、那可怜的身躯与流血的伤口、那高贵的坚持、那男人的决心、那英勇无畏的灵魂已埋葬于落雪之下。即便有某个人踏过这块墓碑，也什么都不会发觉。那躺在冰雪之下的英雄却怡然自得：他享有安宁，享有平和，而且他已回到了家园。——他的妻子站在家中的窗前看着纷纷落雪，想道："他会在哪里呢？他会过得怎么样呢？他肯定过得很好吧。"突然之间，她见到了他的身影，那是她产生的幻觉。她从窗边走开，坐下，哭了起来。

SPRING 野
更具体地生长

策划编辑 ｜苏　骏
责任编辑 ｜苏　骏　　夏明浩

营销总监 ｜张　延
营销编辑 ｜狄洋意　　闵　婕　　许芸茹

版权联络 ｜ rights@chihpub.com.cn
品牌合作 ｜ zy@chihpub.com.cn

至 元
CHIH YUAN CULTURE

出品方 至元文化（北京）
CHIH YUAN CULTURE

Room 216, 2nd Floor, Building 1, Yard 31,
Guangqu Road, Chaoyang, Beijing, China